꽃씨 뿌리는 마음으로

꽃씨 뿌리는 마음으로

이계송 지음

북&월드

이계송 선생 산문집 출간을 축하하며

그동안 재미(在美) 언론계에 종사하는 분 가운데 산문집을 낸 경우가 몇 번 있었고, 경제계에서 성공한 분들의 자서전도 10여 권이 출간됐습니다.

그러나 이번에 출간된 이계송 선생의 산문집은 독특합니다. 무엇보다 예리한 관찰력과 날카로운 문장력이 감탄을 자아냅니다.

한국에서 성장하고 고등교육을 받은 분들의 미국 이민 생활은 그야말로 하나의 새로운 문화 속으로 들어가 그것을 이해하고 소화해내는 삶으로, 여간 힘든 것이 아닙니다. 이러한 미국 생활에서 겪은 애환과 문제점을 예리하게 파악하고 설명한 이 산문집은 지금까지 봐온 산문집과는 남다를 뿐더러, 미국 사회와 문화를 이해하는 데 큰 도움이 되리라 자신합니다.

사실 미국에 거주하는 동포들은 무슨 일을 하든, 어디에 살든 나그네 의식을 갖고 있는 한편, 객지 생활에 대해 늘 불안한 마음을 지니고 있습니다. 그분들은 20년이 지나고 30년이 지나, 한국에서 살았던 기간보다 더 긴 세월을 미국에서 살고 있지만, 여전히 나그네 의식을 떨치지 못하고 있습니다. 이 산문집은 동포들의 이런 나그네 의식을 명확히 꼬집어 우리에게 진솔한 언어로 들려줍니다. 즉, 긴 여정에서 30대의 고비를 넘기고, 60대의 고비에서 느껴지는 이민 생활의 우여곡절과 마디마디가 참으로 진솔하게 묘사되어 있습니다.

특히 이 산문집은 개인의 편력이 아니라, 재미 동포들의 일상에 대해 이야기합니다. 그런 만큼 동포는 물론, 한국에 사는 일반인도 꼭 읽어 타향에서 생활하는 동포들의 참모습을 이해하는 계기로 삼았으면 하는 마음입니다.

2010년 8월

이광규(전 동포재단 이사장, 전 서울대학 인문대 교수)

한국을 떠나 온 지 35년여, 조국의 품이 늘 그리웠다. 조국을 떠나 살 이유가 있었던 것도 아니다. 운명이었다. 첫 해외 생활은 '달러($) 벌이가 애국'이라는 그 시절의 영향을 받았다. 즉, 대학을 졸업하자마자 취직해 사우디아라비아 지역 주재원으로 해외 생활을 시작했고, 나머지 25년은 미국에 공부를 하러 왔다가 눌러 앉은 경우이다.

그동안 조국은 땀과 피를 흘린 보람이 있어, 산업화와 민주화를 동시에 이루었을 뿐 아니라, 완전히 새로운 나라가 됐다. 북한도 역사의 흐름에 따라 개방 쪽으로 방향을 잡아가는 분위기여서, 남북 화해는 시간 문제로 보인다. 이런 조국의 모습이 자랑스럽고, 가슴 뿌듯함은 말할 것도 없다.

한편, 해외 동포들은 자기가 사는 곳과 조국을 늘 비교하면서 살아간다. 미국에 사는 나의 경우, 물론 문화적 차이가 있긴 하지만 고도의 산업 사회와 자본주의 사회를 꽃 피운 미국인의 삶을 바라보면서 우리가 지향(指向)해야 할 것과 지양(止揚)해야 할 것들을 무의식적으로 가려내는 습관이 생겼다. 여기 모은 글들은 그동안 익숙해진 환경에서 느끼고 실감한 것들이다. 나의 이야기가 옳고 그름을 떠나, 밖에서 사는 해외 동포들이 어떤 생각을 갖고 살아가는지를 가늠해보는 시간이 되었으면 좋겠다.

　지독하게 외로운 땅, 그래도 한 지붕 아래서 사랑과 용기와 희망을 북돋아준 아내 황보수복, 큰딸 유경, 작은딸 민경, 셋째 딸 재영, 막내아들 승범에게 고맙다는 말을 하고 싶다. 그리고 늘 나의 삶에 화롯불이 되어준 여러 선후배와 친구들에게 이 기회를 통해 고마운 마음을 전한다. 특히 미국 생활에서 큰 가르침을 주셨던 남일리노이대학의 은퇴 교수 김상기 박사님 내외분께 감사하지 않을 수 없다. 마지막으로 나를 세상에서 가장 사랑해주셨던 어머니 영전에 이 책을 바친다.

2010년 10월

이계송

차 례

1장

우리는 외로운 존재, 그러나……

2장

우리는 모두가 하나, 그리고……

3장

조국이 있기에, 그러므로……

1장

우리는 외로운 존재,
그러나……

1 돈과 인생

사람들이 미래를 두려워하는 이유는 돈, 가족, 외로움 등 여러 문제 때문이다.

미국에서 《다 쓰고 죽자(Die broke)》라는 책이 출간되어 인기를 끈 바 있다. 저자 스티브 플랜은 이 책에서 '다 쓰고 죽자, 인생을 즐겨라, 자녀에게 돈 대신 '즐거운 추억거리'를 남겨주어라"라고 설파한다.

그의 이야기는 크게 네 부분으로 나뉜다. 첫째, 오늘 당장 그만둬라. "똑같은 일을 죽을 때까지 하지 마라." 둘째, 항상 현금으로 지불하라. "신용카드를 사용하면 자기 수입에 과분한 물건도 덥석 사게 된다. 땀 흘려 번 빳빳한 지폐로 물건을 사라. 자신도 모르게 낭비가 없어진다." 셋째, 은퇴하지 마라. "은퇴는 '끝없는 휴가'라는 환상에서 깨어나라. 당신이 돈을 치밀하게 투자해두지 않으면 절대 불가능한 일이니까. 자식들에게 손 벌리면서 불안하고 고단한 노년을 보내기 싫다면 연금 등 정기적인 수입이 나오는 펀드에 투자하라." 넷째, 다 쓰고 죽어라. "직장은 인생의 의미를 찾으러 가는 곳이 아니라 돈을 벌기 위해 가는 곳. 인생의 의미는 가족, 친구, 취미생활 등 사생활을 통해서 찾아라. 당신은 직장에서 '용병' 일 뿐이라는 사실을 명심하라. 부모가 온갖 희생 끝에 유산을 물려주면 고생 모르고 자란 자식이 다 날려버린다. '다 쓰고 죽자' 신봉자들인 X세대들처럼 재미있게 살아라."

우리는 왜 돈을 벌려고 기를 쓰는가? 미래의 무엇을 두려워하는가? 스티브 플랜은 돈과 인생에 대한 해답을 비교적 솔직하게 이야기한다. 직장이나 사업체 역시 돈을 벌기 위한 수단에 불과하고, 돈이란 결국 쓰기 위해 버는 것이라고 말한다. 그의 말에 동의한다면, 우리의 삶을 단순화해 생각해볼 필요가 있다. 다시 말해 왜 돈을 버는지도 모르는데다, 돈을 번 다음에야 자신의 진짜배기 삶이 있으리라는 막연한 기대감보다 현실적으로 자기 삶의 목적과 가치를 명쾌하게 세워보자는 뜻이다.

이민 와서 사는 우리 같은 사람에게는 돈이 곧 생존을 의미하지만, 생존 문제를 극복한 사람에게 돈이란 과연 무엇일까? 물론 돈이 신분을 말하는 세상이긴 하다. 또한 '소금 먹은 놈이 물켠다' 는 말처럼 돈을 벌어본 사람이 더 많은 돈을 벌고 싶어 하는 것이 인지상정이다.

그러나 돈이 단순히 신분 상승을 위한 도구이며, 돈벌이가 인생의 전부일까? 스티브 플랜은 아니라고 말한다. 그는 돈의 의미는 인생의 의미 속에서 찾아야 한다고 강조한다. 그의 말대로라면 인생의 의미를 사업체를 늘리고 돈을 버는 재미 속에서 찾기보다 가까이에 있는 가족, 친구, 그리고 자신의 취미생활 속에서 찾아야 하는 것이다.

그의 충고를 따른다면 돈을 버는 목적을 '가족과 친구, 취미'를 위한 행위로 단순화할 수 있다. 즉, 가족의 안녕과 친구들과의 우정, 그리고 자신의 취미생활을 좀 더 풍요롭게 하기 위한 것이라고 풀이할 수 있다.

30대 초반에 유럽을 여행하던 중 기차 안에서 60대의 미국인 치과의사를 만난 적이 있다. 기차가 스위스를 통과하는 동안 창밖으로 지나가는 아름다운 풍경에 감탄하면서 우리는 인생에 대한 이야기꽃을 피웠다. 그 의사에게 물었다. "당신이 내 나이라면 인생을 어떻게 다시 살겠습니까?" 그는 이렇게 대답했다. "내가 당신처럼 사업을 하는 사람이라면 좋은 비즈니스 파트너를 한 명 구해 동업을 하겠습니다. 그리고 파트너와 교대로 반년은 일하고 반년은 나의 가족과 친구, 그리고 취미생활을 위해 바치겠습니다. 나는 일생 동안 치과의사로서 죽도록 일만 하고 이제 이 나이에 여행을 하러 돌아다니니, 힘도 없고 별로 즐겁지도 않습니다."

당시에는 그의 말이 무슨 뜻인지 잘 몰랐지만, 60세가 넘고 보니 참으로 멋진 충고였다는 생각이 든다. 우리의 멋진 인생은 돈을 번 다음에 하늘에서 뚝딱 하고 떨어지는 것이 아니다. 함께 웃어야 할 가족도 세월이 흐르면서 흩어져 살 수밖에 없고, 돈이 있다고 새로운 친구가 생기는 것도 아니다. 오직 살아가는 이 순간에 인생을 즐기고, 친구를 만들어야 하는 것이다. 취미나 하고 싶은 일도 마찬가지다. 즐길 힘이 남아 있을 때 즐겨야 제대로 즐길 수 있다. 스티브 플랜은 바로 이 말을 하고 싶었던 것 같다.

　"누가 그것을 몰라서 못하나?"라고 반문하는 사람도 있을 것이다. 하지만 "알기만 하는 사람은 좋아하는 사람만 못하고, 좋아하는 사람은 즐기는 사람만 못하다"는 공자의 말씀이 결코 헛소리는 아니다. 즐긴다는 것은 어떤 대상 또는 관계와 일체가 된다는 것을 뜻한다. 따라서 인생의 의미를 안다고 해도 가족과의 관계에서, 그리고 친구나 이웃과의 관계에서 그들과 일체가 되고 그것을 몸으로 즐기지 못한다면 무슨 소용 있겠는가.

　스티브 플랜의 헛소리(?)를 하나 더 소개하자면 "사람들이 미래를 두려워하는 이유는 돈, 가족, 외로움 등 여러 문제 때문이다. 그러므로 전문가에게 재테크를 배우고, 가족과 화해하며, 지금 몇 살이 됐든 쑥스러워하지 말고 적극적으로 소개팅(Blind Date)에 나서라." 현대를 살아가는 우리에게 얼마나 솔직한 충고인가.

2

스트레스 테스트

어떤 스트레스가 몰려와도 웃으면서 극복할 수 있는 자양분을 평소 저장해두어야 한다.

금융업계 용어 가운데 '스트레스 테스트'라는 것이 있다. 엉망진창이 된 금융업계 직원들의 심적 스트레스를 테스트한다는 뜻인가? 알고 보니, '금융시스템 스트레스 테스트'를 줄인 용어로, 금융위기가 발생했을 때 금융시스템이 받게 될 잠재적 손실과 극복할 수 있는 능력 등을 예측하는 가상 시험을 가리킨다. 원래 스트레스 테스트라는 용어는 정보기술(IT) 분야에서 자주 사용해왔는데, 짧은 시간 동안 하드웨어나 소프트웨어에 대량의 데이터를 투입한 뒤 제품이 정상적으로 기능하는지를 조사하는 테스트라고 한다.

금융업계의 부실로 세계 경제가 혼란을 겪고 있을 당시, 오바마 정부는 미국 내 상위 19개 은행을 대상으로 스트레스 테스트를 실시했다. 금융은 우리 몸처럼 가정 경제나 세계 경제를 건강하게 돌아가도록 해주는 피와 같다. 돈의 흐름에 문제가 생긴 직후 세계인은 경제 공황과 비슷한 상황에서 심장의 고통을 느끼며 힘들어했다. 이런 고통스러운 상황은 아직 끝나지 않았으며, 경제 전문가들조차 이 상황이 얼마나 더 이어질지 예측하지 못하고 있다. 단지, 국가의 경제성장률은 낮아지고, 실업률은 계속 오르며, 주택가격은 앞으로 더 떨어질 것이라는 예측만 나오고 있을 뿐이다.

이런 상황에서 앞으로 금융업계가 얼마나 자금을 더 확보해야 경제가 호전될지를 진단한 것이 바로 스트레스 테스트였다. 진단 결과 보완하면 큰 문제가 없을 것이라고 나왔지만, 이런 결과를 비판적으로 보는 시각도 만만치 않다. 스트레스 테스트 자체가 부실 은행에 면죄부를 주기 위함이라는 것이 비판의 요지다.

아무튼 스트레스 테스트란 사후에 일어날지도 모르는 위기 상황 속에서 그 압박을 견뎌낼 수 있는 능력 정도를 알아보기 위한 것이다. 그런데 만일 이런 스트레스 테스트를 이민 생활에 적용해보면 어떨까? 사실 이민 생활이란 스트레스의 연속이다. 그리고 앞으로도 예상할 수 없는 엄청난 스트레스가 놓여 있다. 과연 우리는 그런 스트레스를 뛰어넘을 수 있는 능력을 얼마나 지녔을까? 만일 그런 능력이 없다면 은행이 정부로부터 구제 금융을 받는 것처럼, 그런 능력을 갖추는 데 있어어느 누구에게 어떤 방식으로 도움을 받을 수 있을지를 생각해볼 필요가 있다.

나의 경우를 말한다면, 자식 네 명의 짝을 찾는 문제, 은퇴, 은퇴 후의 생활, 갑작스럽게 찾아올지 모르는 병마, 죽음을 앞둔 절망적인 상황,

친구들이 하나둘씩 세상을 떠나는 순간, 떠나온 고향, 그리고 친구와 친척들에 대한 그리움 등 노년에 부딪히게 될 온갖 장애물들을 극복할 준비가 하나도 되어 있지 않다. 죽음의 사자(死者) 암이라는 병은 한꺼번에 몰려드는 이런 걱정거리들 때문에 생긴다고 한다. 이런 걱정거리들을 자신 있게 극복할 만한 자양분이 나에게 있는지 불안하기만 하다.

내 인생의 스승으로 가까이 모시고 있는 철학 교수님에게 물었다. 이제 은퇴해 책에만 파묻혀 사는 그분은 "책 속에 모든 답이 있다"고 말한다. 책과 함께 하면서 현인들의 지혜를 즐기는 노년의 생활이 참으로 행복하다는 것이다. 나는 그분의 말을 믿는다. 또한 죽을 때까지 함께 해줄 가족과 친구들의 사랑, 내 영혼을 편안하게 해주는 신앙이 나에게는 구제 금융에 해당할 것이다.

결론적으로, 이런 구제 금융이 필요할 때 언제든지 손을 내밀 수 있으려면 나 스스로가 일상생활 속에서 끊임없이 신용을 쌓아놓아야 한다. 어떤 스트레스가 몰려와도 웃으면서 극복할 수 있는 자양분을 평소에 많이 저장해두어야 한다는 것이다. 이는 주위에 있는 모든 것들에 대한 진정한 사랑에서 시작된다. 책을 사랑하고 가족을, 친구를, 친척을 내 몸처럼 사랑하며, 신앙을 통해 내 영혼을 사랑해야 한다는 뜻이다.

우리는 외로운 존재, 그러나……

3

장사꾼과 낚시꾼

좌판을 벌려 놓고 장사하는 우리도 돈을 낚는 낚시꾼이나 다름없다.

나는 어려서 '엄마야 누나야 강변 살자' 라는 노랫말에 나오는 그런 강변에서 살았다. 울타리 바로 앞쪽에는 개울물이 철철 흐르고, 강변 낮은 곳에는 맑은 물이 흐르는 아름다운 곳이었다. 자연스럽게 낚시꾼들이 몰려들었으며, 나도 낚시를 꽤 즐겼다. 보통 석양 무렵에 고기가 잘 잡히는데, 낚싯대를 들고 나가 고기를 낚은 뒤 어머니에게 저녁거리로 드렸던 일들이 추억거리로 남아 있다.

요즈음 장사를 하면서 그때 낚시하던 기억들을 떠올리곤 한다. 그리고 장사와 낚시를 연결해보기도 한다. '따분한 기다림도, 지치는 일도 없다는 점에서 낚시에는 절망이 없다. 비록 오늘 공쳤어도 내일이 있고, 언젠가는 고무신짝 같은 붕어가 와주리라는 기대를 끝내 버리지 않는다는 점에서 낚시는 '희망 예술' 이라고 할 수 있다." 작가 신일철이 쓴 〈기다리는 情〉에서 뽑은 말인데, 어쩌면 장사라는 것도 그런 낚시꾼의 경지에 다다라야 재미를 느끼지 않을까 생각한다.

좌판을 벌려 놓고 장사하는 우리도 돈을 낚는 낚시꾼이나 다름없다. 그런데 어떤 사람은 낚싯대 하나로 만족하는가 하면 어떤 사람은 3~4개 낚싯대로, 어떤 사람은 10여 개의 낚싯대로 돈을 낚는다. 어떤 사람은 그것도 모자라 그물을 쳐서 잡고, 다이너마이트를 터뜨리기도 한다.

얼마 전 자기 집에서 종업원으로 수년간 일하다가 나간 사람이 자기 가게 인근에 새 가게를 오픈한 일로 속이 상하다는 지인의 말을 들었다. "그렇게 잘 해주었는데, 어떻게 그리 배은망덕할 수 있지? 정말 참기 힘들어"라는 것이었다. 옆에서 그 말을 듣고 있던 친구가 이렇게 충고했다. "그런 일로 속을 끓이면 자네만 손해지. 건강에 해로우니 마음을 편히 먹게. 그동안 자네도 장사를 잘 해왔고, 이제는 형편이 그렇게 아쉬울 것도 없지 않나? 자네 종업원이 나가서 장사를 잘 하고 있다면 자네의 은덕 아닌가. 그렇게 생각하면 자네는 더 행복해질 걸세." 쉽지 않은 일이지만 그 충고가 참으로 귀한 말로 들렸다.

강변 낚시터에 나가 보면 낚시꾼 옆에 낚시꾼이 있고, 그 옆으로 다른 낚시꾼들이 새까맣게 몰려 있는 경우가 많다. 고기가 몰리는 곳에 낚싯대를 드리우는 것은 자연스러운 일이다. 그처럼 돈이 몰리는 곳에 상점을 오픈하는 장사꾼도 낚시꾼과 다를 바 없다.

'한겨레신문사' 홈페이지에 있는 '나눔으로 아름다운 세상' 캠페인에 들어가 보면, 나눔으로 세상을 재미있게 살아가는 이야기가 수없이 올라와 있다. 돈을 많이 벌어 혼자 독식하면서 위세를 부리고 떵떵거리며 살고 싶은 사회가 바로 자본주의 사회이다. 그러나 그 속에 나눔의 철학이 없다면 고상한 용어로 '천민자본주의 사회'가 되는 것이다.

이민 와서 돈을 낚아야 자식들과 먹고살 수 있는 우리로서는 가게 하나가 그날의 먹을거리를 낚는 낚싯대이다. 그런데 낚시의 묘미는 무욕(無慾)과 기다림에 있다. 고기를 왕창 잡으려면 그물을 던지면 된다. 하지만 그물잡이보다 낚싯대 하나로 고기를 잡는 묘미와 재미가 더없이 크다는 사실을 낚시꾼은 잘 알고 있다. 《논어(論語)》에서 공자는 "낚싯대로 고기를 낚되 그물을 치지 아니했고, 나는 새를 쏘되 자는 새는 쏘지 아니하였다"고 말한다. 이것이 곧 낚시의 묘미이자 삶의 묘미이다.

작은 연못 속에 6000여 개의 낚싯대가 드리워져 있는 것이 우리 업계의 현실이다(미국에서 한인 동포들이 장악하고 있는 뷰티업계는 흑인 고객을 대상으로 전국에 6000~8000개의 숍을 운영하고 있다. 경쟁이 심한 편이다). 서로 더 많은 고기를 낚겠다고 눈을 부라린 채 싸움을 벌이는 낚시터의 광경보다, 이웃 낚시꾼끼리 미끼도 나누면서 오순도순 고기를 낚는 모습이 보기에도 더 좋지 않을까. 더 나아가, 낚싯대 하나로 가족과 함께 하루하루를 즐길 수만 있다면 더 욕심을 부릴 필요가 있을까라는 생각을 해본다.

한 번 웃어 보자. "낚시질과 인생은 대단히 흡사하다. 여자는 남자를 낚고, 남자는 여자를 낚으려다 낚이고 있다. 나도 고기에게 낚여서 돌아올 때가 많다." 어떤 시인의 말인데, 돈 낚시도 그렇지 않을까? 돈을 낚으려다 돈이 나를 낚아 인생이 덧없이 될 수도 있으니……

4

참날라리, 개날라리

속과 겉이 똑같이 알차고 멋진 인생을 살아가는 사람은 참날라리라고 할 수 있다.

수년 전 한국에서 친구 부부가 1년간 연수차 미국에 왔었다. 그 부부는 고등학교 1학년 딸과 중학교 1학년 아들을 두고 있는데, '날라리' 같은 딸 때문에 고민이 많다고 했다. 내가 보기에는 착하고 공부도 잘하는 것 같아서, 도대체 무엇이 문제냐고 물었다.

"땅바닥을 쓸고 다니는 힙합바지에다 배꼽티를 입고 다니는 모습을 보면 울화통이 터져 죽겠어요. 유행이라는 유행은 다 따라하고……. 요새 아이들을 이해하지 못하겠어요."

엄마의 말을 옆에서 듣고 있던 딸이 "엄마, 그래서 뭐가 나쁘다는 거예요? 그렇다고 제가 나쁜 짓을 하는 것도 아니고, 공부도 다른 애들에게 뒤지지 않고, 엄마아빠께 피해를 드리는 일도 없잖아요"라고 말한 뒤 자기는 '날라리'는 맞지만 '참날라리'라고 강조했다.

내가 옆에서 맞장구를 치며 "옳거니, 그럼 공부도 못하면서 배꼽티를 입고 유행이나 따르는 학생들은 '개날라리'라고 부르겠구나?"라고 했더니, "네. 저는요, 개날라리는 되기 싫어요. 그렇다고 공부만 잘하는 바보도 되기 싫고요. 시대에 맞게 유행도 따르면서, 학생으로서 해야 할 본분도 완벽하게 해내는 그런 사람이 되고 싶어요"라고 대답하는 것이었다.

"그래, 그래. 나도 그런 학생이 좋단다. 나도 네 나이 때 그랬지. 나팔바지를 입고 장발을 좋아했거든. 어른들은 머리카락을 깎으려 들고, 우리는 도망 다니고……. 나 역시 뭐가 나쁘냐는 생각을 했었지. 어른들은 말이야, 무조건 자기 눈으로만 청소년을 판단하기 때문에 화를 내고, 야단을 치는 것이란다."

나의 말을 듣고 있던 친구 부인이 "아니, 유경 아빠는 누구 편을 드시는 거예요? 오히려 아이의 기만 살려주고 계시잖아요"라고 불평했다. "아니에요. 저는 누구 편을 드는 것이 절대 아니에요. 시대마다 청소년들은 자기 개성을 드러내 보이려고 하지요. 우리 때는 우리 식의 특징이 있었고, 지금 아이들은 그들만의 특징이 있는 거랍니다. 그렇다고 그때 세상에 비해 지금 세상이 개판이다, 그렇게 볼 수는 없지 않나요?"라는 나의 대답에 친구 부부는 어이없다는 표정을 지어 보였다.

나는 아이가 네 명이나 된다. 위로 딸 셋에 막내가 아들이다. 그런데 아침마다 난리법석이다. 힙합바지에 제 몸 두 배나 되는 헐렁한 티셔츠를 입어야 하는 아들과 아내가 전쟁을 치르기 때문이다. "도대체 단정하고 잘 맞는 옷을 왜 마다하고, 바보처럼 보이는 헐렁한 옷만 찾니?"라는 것이 아내의 논리다. 그러나 아들은 무조건 몸에 딱 붙는 옷이 싫다며 "싫은데 도대체 왜 입으라고 강요하세요?"라고 항변한다. "허허" 웃고만 있는 나에게 아내는 "아이들 좀 야단치라"고 성화이지만, 나는 모른 척 그 자리를 빠져나온다. 그것이 최선책이기 때문이다.

아이들의 세계가 따로 있다. 늘 꿈과 환상 속에 살아가는 그들이 어른과 똑같이 생각하며 생활할 수는 없다. 어른들의 눈에는 요새 아이들이 버르장머리 없고, 하고 다니는 꼬락서니가 마음에 안 들지 몰라도, 그들에게는 나름의 세계가 있는 것이다. 유행이라는 것이 춤판의 분위기를 잡는 '날라리' 같은 것이라면 '참'이냐, 아니면 '개'냐로 따져볼 일이다. 어른들 식으로 규격화하고 자기 눈에 맞는 아이들로 키우기보다 참날라리는 참날라리대로 인정해주자는 것이 나의 생각이다.

어른도 마찬가지다. 자기 스스로 나는 '참날라리 인생'을 살고 있는지, 아니면 '개날라리 인생'을 살고 있는지를 생각해봐야 한다. 속은 텅비어 있으면서 겉치장만 화려하고 멋져 보이는 인생을 살아가는 사람이 개날라리라면, 속과 겉이 똑같이 알차고 멋진 인생을 살아가는 사람은 참날라리라고 할 수 있다.

그런 관점에서 보자면, 멋진 저택에 살고 화려한 차를 굴리면서 거창한 몸짓으로 살아가는 사람들을 무조건 매도할 일도 아니다. 아름답고 멋지고 크고 힘 있게 보이고 싶은 것이 인지상정일 테니까. 단지 구분하자면, 화려하고 튀어 보이면서도 이웃에게 애정을 갖고 사회에 대한 자기 책임을 다하는 사람은 참날라리다. 미국 같은 선진국은 이런 참날라리에게 엄청난 박수를 보낸다.

우리 어른 가운데 개날라리는 누구일까? 아버지이기는 하지만 껍데기만 아버지고 아버지 구실을 못하는 나 같은 사람은 '개날라리 아빠'이다. 선배로서 선배답지 못한 선배는 '개날라리 선배'이고, 감투만 썼지 아무 일도 하지 않는 사람도 개날라리다. 돈은 왕창 벌었는데 자기 목구멍만 채우고 살아가는 사람도 개날라리다. 이름 있는 학교를 나와 멋진 직업을 갖고 자기를 알아주기만을 바라면서 혼자 고고하게 살아가는 사람도 개날라리다.

우리가 어찌 아이들만 탓할 수 있으랴. 개날라리 아이들은 개날라리 어른들을 닮고, 참날라리 아이들은 참날라리 어른들을 닮아갈 뿐이다.

5

교양 없는 것들

교양은 모든 사람이 자기 직업을 수행하는 데 필요한 주요 덕목이다.

한 친구에게 새해 결심을 물었더니, "올해는 공부를 좀 하고 싶어. 이 나이에 무슨 큰 목적이 있어서가 아니라, 나름대로 교양을 좀 더 쌓아 곱게 늙어가고 싶거든"이라고 대답했다. 왜 갑자기 그런 생각을 하게 되었느냐고 묻자 "지난가을 모처럼 한국에 나갔는데, 한국에 사는 친구들에 비해 여러 면에서 너무 뒤처져 있는 자신을 발견했다"면서 "특히 교양과 예절 부문이 그렇다"고 말했다.

친구의 이야기는 나 역시 느끼고 있던 바였다. 한국에 사는 사람들은 미국에 사는 우리에 비해 교양과 예절 부문에서 한 수 위라는 사실을 한국을 방문할 때마다 느꼈기 때문이다. 물론 지나친 경우도 없지 않지만 관혼상제(冠婚喪祭), 남녀노소의 만남에서 지켜야 할 예의와 교양의 정도는 상당한 수준에 이르렀다. 다양한 만남 속에서 서로 배우고, 수많은 언론매체나 시민운동 캠페인을 통해 자연스럽게 몸에 익힌 것으로 보인다.

　미국에 살고 있는 동포들은 어떤가? 만남과 교육의 기회가 비교적 적은 동포들은 그만큼 교양을 쌓을 기회 역시 적다. 더불어 양키 문화 속에 살면서 그동안 지녀왔던 한국의 전통적 교양과 예의가 실종되어 버렸다는 느낌을 지울 수 없다. 이제는 편의주의, 실용주의, 물질주의 같은 것으로 대변되는 양키 문화에 더 익숙해져 있다는 뜻이다. 물론 양키 문화의 아름답고 긍정적인 측면을 전적으로 부정하려는 것은 아니다. 다만, 미국에서 우리 고유의 풍습과 문화가 삶 속에 녹아 어우러진 교양을 쌓기 위한 노력을 외면한 채, 서양인도 동양인도 아닌 어중간한 사람으로 살아가고 있지는 않은지 되돌아볼 필요가 있다는 뜻이다.

　세인트루이스 소재 워싱턴대학에 공부하러 온 대학 후배가 들려준 이야기다. 그는 지난 3년간 공부하면서 교수를 스승으로 존경하는 깍듯한 한국식 예의에서 한 번도 벗어난 적이 없었다고 한다. 그래서 교수들이 그를 특별히 좋아하고 칭찬하며, 그의 부탁이라면 절대로 거절하지 않았다는 것이다. 이렇게 교양이란 문화적 수준에만 멈추는 예절에 국한되는 것이 아니다. 다시 말하면, 에티켓에 국한되는 것이 아니라, 인간의 기본적인 심성과 지성을 보여주는 것이기 때문에 동서양 문화의 틀을 벗어나는 인간의 보편적 가치라고 할 수 있다.

　흔히 '교양 없는 것들'을 지칭할 때, 그것이 내가 아닐까 생각해본 적이 한두 번이 아니다. "교양 없는 사람은 광택 없는 거울과 같다"는 독일 속담이 이를 확인해준다. 교양을 함양할 수 있는 다양한 교육 기회가 있음에도 게을러서 아직도 요 모양으로 살아가는 내가 한심스럽다.

　교양은 향기다. 교양은 또한 모든 사람이 자기 직업을 수행하는 데 필요한 주요 덕목이다. 고(故) 노무현 대통령이 스스로 "(나는) 교양이 없다"면서 "준비 안 된 대통령이라고 말하는 사람이 있는데, 다른 점은 승복하지 않지만 언어와 태도에서 품위를 만들어가는 준비는 부실했던 것 같다. 나도 대통령이 될 줄 알았다면 미리 연습을 해두는 건데, 행동을 기품 있게 할 필요가 없는 환경 속에서 살았다"는 때늦은 소회를 밝혀 동정하지 않을 수 없었다.

　"마음속에 쌓아 올리는 교양은 본인의 겉모양을 변화시킬 뿐 아니라, 자손에게까지 유전된다"는 주장은 설득력이 있다. "비즈니스맨에게는 교양도 돈이다"라는 말은 또 어떤가? 장사가 잘 안 된다면 나도 모르게 고객에게 무례한 행동이나 말을 하고 있지는 않은지 생각해볼 일이다.

우리는 외로운 존재, 그러나……

삶과 죽음, 가족, 그리고 친구들

지위가 높은 사람도 낮은 사람도, 부자도 걸인도 그들이 가진 행복의 샘은 사랑이다.

여기저기서 친구 자녀들의 결혼 소식이 이어지고 있
다. 얼마 전 골프선수 타이거 우즈가 결혼식을 올려 유명해진 남미 근처
의 휴양지 바베이도스(Barbados)라는 작은 섬나라에 다녀왔다. 친구의
딸이 남자친구를 만나 처음으로 사랑 고백을 받았던 곳이라고 했다.

요즈음 젊은이들이 참 부럽다. 결혼식도 아무 장소에서나 하지 않는
다. 신혼부부 자동 제조기 같은 결혼식장에서 싸구려 결혼식을 올렸던
우리 세대와 다르다. 그들은 인생살이 자체를 자신만의 독특하고 아름
다운 추억거리로 만드는 것 같다. 바닷가에 위치한 고급 레스토랑, 그
레스토랑 옆으로 그다지 높지 않은 절벽이 자리 잡고 있으며, 파도가 밀
려오고, 멀리 고깃배들이 하얀 구름을 배경으로 떠 있었다. 결혼 예복을
갖춰 입은 신랑 신부가 두 손을 맞잡고, 성공회 신부 앞에 섰다. 어느 화
가가 한 폭의 수채화를 그렇게 아름답게 그릴 수 있을까. 싱글벙글 입을

다물 줄 모르는 신랑, 아름다운 신부, 먼 길을 달려와 신랑 신부를 둘러싼 채 축복을 빌어준 80여 명의 가족, 친지, 친구들……. 나는 속으로 '원더풀(Wonderful)'을 연발했다.

그런데 결혼식을 마치고, 다음 날 집으로 돌아가는 길에 함께 갔던 친구의 아버지가 돌아가셨다는 슬픈 소식을 전해 들었다. "기쁨과 슬픔은 오늘과 내일"이고, "방 안에 기쁨이 있으면 슬픔은 대문에서 기다린다"더니 우리는 하루 사이에 기쁨과 슬픔을 함께 했다. 96세까지 건강하게 살다가 돌아가셨지만, 유가족의 슬픔은 결코 작지 않을 것이다. 다른 친구들에게 소식을 전하고, 조화를 보내고, 장례식 절차에 대해 이야기한 나는 결혼식에 다녀온 어제와는 전혀 다른 하루를 보냈다.

이틀 사이에 벌어진 전혀 다른 일을 겪으면서 탄생, 결혼, 삶, 죽음, 그리고 가족과 친구 같은 단어들이 주마등처럼 머리를 스쳐 지나갔다. 생각해보니, 이 단어들을 서로 연결하는 단어는 '사랑'이었다. 사랑으로 맺어진 부부가 가정을 이루고, 가족의 사랑으로 자라고, 친구의 사랑을 받으면서 한평생을 행복하게 살다가 가족과 친구들의 애도 속에서 인생의 종지부를 찍는다. 지위가 높은 사람도 낮은 사람도, 부자도 걸인도 그들이 가진 행복의 샘은 사랑이다. 그리고 그 사랑을 베풀어주는 사람은 누구보다도 가족과 친구들이다. 삶과 죽음, 사랑, 가족, 친구……, 인생살이가 이런 단어들의 집합이라면 출세의 기쁨도, 성공의 벅참도 가족과 친구들이 있어 배가되며, 슬픔은 그들이 있어 반이 된다. 사랑하는 가족, 사랑하는 친구들, 그들이 바로 나의 세계이자 삶의 에너지다.

우리는 외로운 존재, 그러나……

딸아이, 자기 길 가겠다는데

가족 경영이 성공하려면 자식들의 방식을 따를 수밖에 없다.

최근 재미 동포 가운데 부모가 이룬 사업을 자식에게 넘겨주기 위해 부모와 자식이 함께 사업체를 운영하는 경우가 늘고 있다. 좋은 일이다. 사업은 세대를 이어가며 성장하게 되어 있고, 이는 대기업이 탄생하는 원천이 된다. 그래서 동포들 역시 아무리 작은 사업이라도 대를 이어갔으면 좋겠다는 것이 개인적인 생각이다. 그런데 이런 과정을 거치고 있는 동포 중에는 예상 외로 부모와 자식 간에 갈등을 겪는 경우가 많은 듯하다.

아이비리그 대학을 졸업하고 좋은 직장에 근무하던 아들을 데려다 사업 경영을 맡기고 있는 K사장, 그리고 변호사가 된 딸의 도움을 받고 있는 H사장과 우연히 저녁식사를 함께했다. 이런 분들을 만날 때마다 호기심을 갖고 몇 가지 질문을 던지곤 한다. 나 역시 대학을 갓 졸업한 둘째딸에게 지난 1년 반 동안 사업체 운영을 맡기면서 문제들을 겪었고,

또 고민해왔기 때문이다.

K사장도 나와 비슷한 고민을 안고 있었다. 체험으로 익힌 경영 방법과 머리로 배운 경영 방법의 차이가 그것이다. 밑천이 부족해 몸으로 때우면서 사업을 일군 아빠의 자린고비식 경영과 비용 부분에 비교적 신경을 적게 쓰는 자식 간의 의견 차이가 쉽게 좁혀지지 않는다. 당장의 이익을 생각하는 아빠와 장기적인 안목으로 투자가 선결되어야 한다는 자식의 견해 차이는 하늘과 땅 차이만큼이나 크다. 주먹구구라도 당장의 실무가 중요하다는 아빠와 모든 것을 시스템화하고 정확한 분석을 통해 경영이 이루어져야 한다는 자식의 생각은 쉽게 좁혀지지 않는다. 한국식과 미국식의 충돌도 그렇다. 속된 말로 장사꾼에서 벗어나지 못한 아빠와 당당히 비즈니스맨으로 일하고 싶어 하는 자식의 간극은 생각보다 크다.

나의 경우, 지난 1년 반 동안 딸아이와 수없이 의견 충돌을 보였고, 결국 내가 양보하는 식으로 넘어갔지만 문제는 여전히 남아 있다. 딸아이는 최근 피곤을 느끼기 시작했으며, 자기 전공 분야(의상패션)를 찾아나서겠다고 선언하기에 이르렀다. "그래, 네가 한 번 나가서 일해봐라. 아빠와 함께 운영하는 가족 회사가 얼마나 좋은지 알게 될 테니까." 속으로 중얼거려 보지만 당장 대안이 없다. 자식을 데려다 함께 일하고 있는 미국인 친구들은 "어느 정도 사회 경험을 시킨 뒤에 참여시켰어야 했다"고 충고한다. 맞는 말인 것 같다.

앞서 언급한 H사장의 경우는 좀 다르다. '나의 경영 스타일에 대해

우리는 외로운 존재, 그러나……

이것저것 간섭하고 그렇게 해서는 안 된다고 우길 때는 좀 귀찮지만, 그래도 변호사로서 딸아이가 도움을 주는 일이 무척 많다. 모든 것을 미국식으로 정확히 따지고 확실히 하려는 모습을 보면서 많은 것을 배우고 있다"는 것이다. 그의 경우는 행운이다.

아무튼 부모와 자식이 한 직장에서 일하면서 겪는 갈등을 어떻게 풀어나가느냐에 따라 가족 경영의 승패가 갈린다. 나의 경험으로 본다면, 자식의 의견을 끝까지 경청하는 인내심이 먼저 필요하다. 세상 물정도 모르고 자기주장만 편다면서 감정적으로 자식의 의견을 묵살하는 일은 삼가야 한다. 다음으로, 나의 생각이 틀릴 수 있다는 점을 늘 염두에 두어야 한다. 그래서 끊임없는 대화를 통해 최선의 타협안을 만들어내야 한다. 또 하나, 아이가 열심히 최선을 다하고 있다면 가능한 한 아이의 생각을 존중하고 따라주는 것이 좋다. 설령 아이의 의견대로 실행해 일이 잘못되더라도, 결국 아이에게는 큰 자산으로 남을 테니 말이다.

결국 가족 경영이 성공하려면 자식들의 방식을 따를 수밖에 없다는 것, 수많은 갈등과 시행착오는 불가피하다는 것, 그리고 부모는 이를 수용할 준비가 되어 있어야 한다는 것이다.

8

신분 상승 게임

어느 분야에서든 즐기고 보람을 느끼며 살아간다면 그는 성공한 사람이다.

        온 가족이 한국을 찾았다. 오랜만에 만난 동창생 하나가 고민을 털어놓았다. 딸아이가 다니던 대학을 그만두고 스타일리스트(미용사)가 되겠다며 전문 학교를 찾고 있다는 것이다. 나는 그의 말끝에 "정말 잘 됐구나. 자기가 좋아하는 분야가 있다는 것이 무엇보다 좋고, 가능하면 네가 전폭적으로 밀어줘라. 그것이 곧 네 딸아이의 행복을 지켜주는 길이 될 거야"라고 단언했다. 그리고 미국에서 스타일리스트로 성공한 사람들의 이야기를 들려주었다.

    어느 사회든 보이지는 않지만 피라미드와 같은 사회계층이 있고, 사람들은 그 정점을 향해 올라가면서 다툼을 벌이는 일명 '신분 상승의 게임'을 한다. 그런데 '학교＝신분', 그리고 유난히 서열에 집착하는 우리네 게임은 뭔가 단조롭다는 생각이 든다. 명문 대학 입학은 신분 확보의 첫 번째 계단이자 특별 신분증을 받는 셈이고, 절반의 성공이 보장된다고 해도 과언이 아니다. 다음 계단은 그럴듯한 명함을 갖고 '나는 이런 사람이다' 라는 것을 보여주기 위한 게임, 이어서 수단과 방법을 가리지 않고 명예와 권력을 쟁취하는 게임…… 이렇게 한국에서의 인생은 학력과 명예, 그리고 권력 쟁취의 연속으로 승패가 좌우되는 듯하다.

반면, 미국에 살면서 느낀 '신분 상승의 게임' 을 살펴보면, 먼저 대학이 반드시 통과해야 할 관문은 아니다. '아이비리그' 라는 명문 대학들이 있지만 학비가 비싼 편이어서 가정 형편을 고려해야 한다. 많은 우수한 학생들이 학비가 싼 지방 주립대학에 입학한 후 대부분 전액 장학금을 지원하는 대학원 입학 게임에 도전하고, 이 도전에서 실패한 사람에게는 사회생활을 시작하면서 새로운 게임에 뛰어들 수 있는 기회가 주어진다. 비교적 대학 간판이나 학력에서 자유로운, 실력 위주의 게임을 벌이고 있는 것이다.

더욱 다른 점은 각자의 인생관이다. 미국인들은 남에게 보여주기 위한 과시적 삶보다 본인의 내적 삶의 질에 더 많은 비중을 둔다. 경제적 여유와 함께 자기가 평생 즐길 수 있는 일을 찾고, 그것을 갖게 된 사람이야말로 성공한 사람이다. 예를 들어, 고고학을 전공해 평생 수억 년 된 동물의 뼈를 열심히 찾아다니는 사람들이 신분의 정점에 있으며, 누구나 그런 삶을 부러워한다.

고민하는 친구에게 이런 이야기를 들려주었다. "우리가 언제까지 이렇게 서로가 서열을 따지며 피투성이 경쟁을 해야 할 것인가? 모두가 승자가 되는 게임을 할 수는 없을까? 우리 부모가 우리에게 강요하던 성공의 개념, 즉 권력과 명예를 얻어 남 위에 군림하고 호령하는 것, 그리고 그런 생각들이 우리 자식에게까지 이어져서는 안 된다. 남에게 보여주기 위한 삶이 아니라, 스스로 보람을 느끼고 즐기면서 이웃과 함께 하는 삶을 살도록 해야 한다. 이웃이란 나의 신분을 상승시키기 위해 짓밟고 올라가야 할 사다리 같은 것이 아니다. 서로가 사다리가 되어주면서 각자가 좋아하는 것을 즐기며, 서로가 부러워하는 그런 사회를 만들어 가도록 해야 한다. 왜 서열을 만들어놓고 그 서열로 행복과 불행을, 성공과 실패를 갈라야 하는가?" 나의 이런 주장에 친구도 동의하는 듯 했다.

서예가인 아버지가 써준 교훈이 있다. "流水不爭先(유수부쟁선), 흐르는 물은 굳이 선두를 다투지 않는다"는 노자의 말씀인데, 어느 분야에서든 즐기고 보람을 느끼며 살아간다면 그는 성공한 사람이다. 무엇이 되어야 하는 삶보다 무엇을 보람으로 살아가는지가 중요하다는 뜻이다. 그렇다면 부모가 자식들에게 자신의 게임 방식을 강요해서는 안 된다고 생각한다.

아이들 미국 유학,
엄청난 결단이지만

용기와 결단에 비해 미국 유학은 더 이상 자식의 미래를 보장하는 수단이 아니다.

미국 유학을 보내겠다며 아이를 맡아달라는 한국의
친척이나 친구들이 한두 명이 아니다. 아이들을 넷이나 키운 아내는 나
에게 말도 못 꺼내게 한다. 사실, 둘째 제수씨가 고등학교 1학년인 아이
를 맡아달라며 수차례 부탁을 해왔지만, 나는 아내에게 지나가는 말로
전했을 뿐이다. 그런데 결국 지난달 제수씨가 아이를 데리고 미국에 왔
다. 미국인 가정에 맡기고 돌아간다는 것이었다.

화가인 제수씨가 그림을 팔아 아이들의 뒷바라지를 해왔기 때문에 도
저히 미국에 올 수 있는 형편이 아니었는데도, 자식을 위해서는 어떤 희
생도 기꺼이 감수하는 한국 어머니의 모성이 이런 일을 단행하게 만들
었다. 그래서 나는 제수씨의 마음을 이해할 수 있었고, 더욱 미안한 마
음이 들었다.

나는 제수씨 같은 한국의 부모들이 한둘이 아님을 알고 있다. 오로지

자식 하나 잘 키우는 것이 생의 전부였던 우리 어머니들. 다음 세대의 어머니들도 마찬가지로 자식은 곧 자신의 희망이다. 기러기 가정의 어머니들이 대표적인 예이다.

이런 어머니들이 자식에게 기대하는 것은 무엇일까? 아마도 세상에 나가 어느 누구보다 사회적 지위와 부를 누리면서 힘도 쓰고, 남한테 존경받는 출세의 길을 걷는 일일 것이다.

그러나 이제는 세상이 달라졌다. 유학을 다녀온 고학력자가 앞으로는 사회적 특권과 지위를 누리는 일이 불가능하게 될 것이다. 국가와 사회를 아무리 탓해봐야 소용없다. 필요로 하는 일자리 수요에 비해 고학력자가 엄청 많아졌기 때문이다. 무슨 수를 써서라도 내 자식만은 예외가 되어야 한다고 기를 쓰겠지만, 허욕일 가능성이 크다.

미국 젊은이들은 부모 세대만큼 사회적 지위와 부를 누릴 수 없게 된 현실을 냉정하게 받아들이는 태도를 보인다. 우리도 고통스럽지만 좌절감에 빠지지 말고 분을 삭이면서 내면적으로 성숙해지는 노력을 하는 수밖에 없을 것이다. 삶의 뜻과 기쁨이 부귀영화 속에 있다는 유치한 발상을 넘어서야 한다는 뜻이다.

먼저 부모가 꿈에서 깨어나야 한다. 자녀 교육을 실용적이고 현실에 맞게 조정해나가면서 기대치는 낮추고 아이의 특기와 개성을 살려, 평범한 삶 속에서도 행복감을 느낄 수 있도록 도와주어야 한다. 이는 부모가 자식을 품에 안고 키울 때에만 가능한 일이다. 뉴욕 맨해튼에 가면 많은 여비서들은 음악가이고, 웨이터들은 화가이거나 배우 지망생이다. 당장의 신분이나 수입에 구애받지 않고 평생 이상을 추구하는 사람들이 진정 아름답다. 이 가운데 누군가는 대성해 세계의 은막과 무대를 정복할지도 모른다.

사실 나도 자식의 장래에 대해 이런 생각을 갖기까지 많은 고통의 시간을 보냈다. 두 명을 미술대학에 보냈고, 막내마저도 사진작가가 되겠다고 하니 부모 처지에서는 선뜻 내키지 않았던 것이 사실이다. 그러나 자기 인생은 자기 것이니 맡겨달라는 아이들의 말은 틀리지 않다.

어린 중·고등학생을 미국에 유학 보내는 일은 엄청난 용기요, 결단이다. 하지만 그런 용기와 결단에 비해 미국 유학은 더 이상 자식의 미래를 보장하는 수단이 아니다. 산속에서 노루가 한 마리 갑자기 뛰기 시작하면 무엇 때문에 뛰는지도 모른 채 다른 동물들도 따라서 뛴다. 사람 살이도 그런 경우가 많다. 남이 유학을 보내니 불안해서 나도 따라가는 그런 일을 하고 있지는 않나 생각해볼 일이다.

혹을 하나 더 붙이자면, 혹시 부모 자신의 체면을 위해 아이를 미국 유학 간판으로 포장시켜 놓고 보자는 속셈은 아닐까도 생각해보자.

10

셋째 딸의 편지

비록 늦었지만 좋은 아빠, 좋은 남편이 되는 꿈도 꾸어본다.

딸 셋에 아들 하나를 둔 나는 지금까지 아버지로서 제 구실을 못했다. 무엇보다도 아이들과 깊은 대화를 나눠본 적이 없어서, 늘 가슴 한구석에 미안함을 갖고 있었다. 특히 두 딸이 공부를 위해 집을 떠나고, 셋째 딸이 대학에 입학해 집을 곧 떠나야 할 무렵에는 미안함이 심히 컸다. 셋째까지 떠난다고 생각하니, 아이들에게 관심이 부족했던 지난날들이 무척 후회스러웠던 것이다.

그래서 지금부터라도 아이들과 대화를 해보자고 마음먹고 이메일을 생각해냈다. 이메일 사용이 생활화되어 있는 인터넷 세대의 아이들이니 괜찮을 듯싶었다. 마음먹은 김에 매일 매일 아빠의 이야기를 짧은 편지로 써서 이메일을 통해 전달하기로 했다.

다음은 내가 처음으로 쓴 편지 내용이다. 아이들이 한글을 잘 읽지 못해 영어로 쓴 내용을 우리말로 옮긴 것이다.

우리는 외로운 존재, 그러나……

"게으름에 대해 이야기해보자. 게으름은 모든 불행의 원인이다. 우리가 인생을 좀 더 행복하게 살아가려면 세 가지 습관이 필요하다. 첫째 열심히 일하는 습관, 둘째 건강을 지키는 습관, 셋째 공부하는 습관이다. 열심히 일하고, 늘 건강하게 사는 것이 무엇보다 중요하다. 더불어 끊임없이 죽을 때까지 공부하는 습관을 기르면 세상을 좀 더 넓고 크게 볼 수 있고, 그 안에서 행복한 것들을 많이 찾을 수 있다."

아이들이 모두 놀랍다는 답장을 보내왔다. 아빠가 안 하던 짓을 했으니, 어디가 편찮으시냐는 농담도 있었다. 그래도 일단 아이들이 아빠의 대화 제의에 흥미를 보인다는 사실을 알 수 있었다. 그런데 셋째 딸 제키(재영)에게서 다음과 같은 답장이 왔다.

"아빠, 제가 게으르다고 생각하시면 죄송해요. 그러나 저는 게으름뱅이가 아닙니다. 아빠는 저를 하루에, 그것도 밤에 5분 정도 보고 판단하시는 것 같은데, 잘못 판단하셨습니다. 친구들과 어울려서 놀러만 다니는 녀석으로 보셨는데, 제가 하루를 어떻게 보내는지 지켜보셨나요? 제가 아침에 좀 늦게 일어나기는 하지만, 운동도 하면서 건강 관리를 열심히 합니다. 그리고 동생을 돌봐주려 노력하고, 매일 여러 권의 책을 읽습니다. 저의 이런 모습을 아빠는 보지 못하시지 않았나요? 그리고 제가 친구들과 너무 놀러만 다니면서 시간을 낭비한다고 생각하시겠지만, 이번 여름이 저에게는 가까운 친구들과 마지막으로 함께 할 수 있는 귀중한 시간입니다. 그것을 어찌 시간 낭비로만 생각하시나요? 사실 친구들과 함께 하면서 서로 배우는 것들이 얼마나 많은지 아세요? 결코 시간 낭비가 아닙니다. 저는 지금까지 살아오면서 한순간도 헛되게 보내지 않았고, 매순간의 삶이 알찼기 때문에 후회하지 않습니다. 저는 스스로 자신을 관리할 수 있는 능력이 있다고 믿습니다."

딸아이는 자기 자신을 이렇게 변호한 후 나를 공격하는 말로 글을 맺었다.

"문제는 아빠입니다. 저는 아빠에게서 정말 '아버지'의 모습을 보고 싶습니다. 엄마가 엄마이자 동시에 아빠일 수는 없잖아요. 아빠는 모든 일에서 엄마를 도와야 합니다. 내가 알기로는 엄마는 우리 집 안에서 누구보다도 많은 일을 합니다. 아빠가 세탁방에서 와이셔츠를 스스로 다리미질하는 모습을 보게 되는 순간 아빠가 좋아하시는 딸이 되겠다고 약속하겠습니다. 그리고 아빠가 앤드루(승범)와 더 좋은 관계를 가졌으면 좋겠습니다. 앤드루가 좋아하는 영화와 책은 무엇이고, 좋아하는 컬러는 무엇이고……. 아빠가 저에게 그런 이야기를 해줄 수 있을 때 저는 정말 행복해질 것입니다. 현재 아빠에게는 이런 일들이 아빠의 머릿속에서 최우선 순위에 있지 않다고 저는 장담합니다. 즐거운 하루되세요. 사랑합니다. ― 제키."

당시 이 편지를 읽고 묘한 기분에 빠져들었던 기억이 난다. 부끄럽기도 하고, 한편으로 기쁘기도 했다. '어느새 아이들이 이만큼 자랐구나, 이제 염려하지 않아도 되겠구나, 오히려 염려해야 할 사람은 나 자신이겠구나' 라는 생각이 들었던 것이다. 아이들의 눈에 비친 나는 형편없는 남편이고, 아빠였다. 사실 모르고 있었던 바는 아니지만, 딸아이에게 직접 확인받고 나니 나 자신이 더욱 한심스럽게 느껴졌다.

물론 지금도 완벽한 아빠라고는 할 수 없다. 하지만 그 전보다 많이 노력하고 신경 쓴다고 자신 있게 말할 수 있다. 비록 늦었지만 좋은 아빠, 좋은 남편이 되는 꿈도 꾸어본다. 망상이고 과욕일지 모르겠지만……

셋째 딸의 두 번째 편지

미국에서 태어나고 자란 한인 2세들은 스스로를 미국인이라고 생각한다.

　　　　　　딸 셋이 외지에 있는 대학에 다닐 때는 늘 좌불안석이었다. 특히 이성과 교제한다는 말을 들을 때마다 마음이 조마조마했다.

　다음은 아이들과 인터넷을 통해 나누었던 '아빠의 편지'와 나의 편지에 대한 셋째 딸의 답장이다.

　"너희가 벌써 이렇게 나이가 들어 엄마아빠가 너희의 결혼 문제를 신경 쓰게 되었구나. 이제 이런 신경이 부모로서의 마지막 책임이라고 생각한다. 그런데 너희는 결혼 문제만큼은 스스로 알아서 결정하게 해달라고 요구할지도 모른다. 나도 너희를 믿기 때문에 그렇게 하라고 말하고 싶다. 다만, 엄마아빠의 생각도 함께 고려해주었으면 좋겠다는 뜻으로 이 글을 쓴다.

　먼저 배우자를 선택하는 데 있어 너희 자신만을 생각하지 말고, 엄마아빠도 함께 생각해달라는 것이다. 엄마아빠는 너희의 배우자가 가능하면 한국계 미국인(Korean-American)이기를 바란다. 그 이유는 너희도 잘 알고 있을 것이다. 얼마 남지 않은 생애지만 너희와 더 가까이에서 즐겁게 살다가 가고 싶기 때문이다. 무엇보다 한국 문화와 감정을 함께 나누고 싶다. 너희와 너희 짝들을 불러 놓고 식탁에 앉아 함께 식사하면서 된장국과 김치찌개를 즐기고 싶다. 너희와 대화할 때처럼 한국말을 섞어가면서 농담을 나누며 웃고 싶다. 같은 모양과 피부를 가진 얼굴을 맞대면서 더 다정해지고 싶다.

미국인 사위를 맞은 아빠 친구들은 마음 한구석에 늘 쓸쓸함이 있단다. 미국인 사위와는 감정이 다르고 문화가 다르기 때문이다. 그래서 미국인 사위를 본 아빠들은 자기 딸을 잃어버린 것 같은 느낌으로 살아간다고 한다. 엄마아빠도 그럴지 모른다는 두려움이 있다.

두 번째로는 배우자를 선택함에 있어 사랑이라는 감정도 중요하지만 이성적, 객관적 판단이 더 중요하다는 점이다. 한평생을 사랑만으로 살아갈 수 없는 것이 사람살이의 현실이다. 배우자가 가진 인생관, 직업관과 더불어, 장래성 등을 함께 고려해야 한다. 그래야 너희의 결혼 생활도 엄마아빠처럼 오래 지속될 수 있을 테니 말이다.

나는 그런 점에서 너의 언니 민키(민경)가 사귀는 미국인 남자친구에 대해 매우 염려스럽게 생각한다. 만일 민키가 엄마아빠의 생각을 전혀 고려하지 않고 혼자 결혼 문제를 결정해버린다면 엄청나게 큰 슬픔에 빠질 것 같다. 그리고 나머지 인생을 늘 가슴 아파하며 살아갈

지도 모른다. 아빠는 그것을 지금부터 두려워하고 있단다. — 너희를
사랑하는 아빠로부터."

셋째 딸의 답장은 다음과 같았다.

"이번에 아빠가 편지에 언급하신 결혼에 관한 이야기는 말하기가
좀 겁이 납니다. 저는 아빠가 이 모든 문제에 대해 무엇을 말하려고
하시는지 이해합니다. 그러나 아빠가 이해하셔야 할 몇 가지 점이 있
습니다.

먼저, 아빠가 저희를 위해 최선을 다하고자 하신다는 것을 압니다.
그러나 저는 저희를 위한 최선의 결정을 늘 아빠만 하실 수 있는 것이
아니라는 사실을 아빠가 알아주셨으면 합니다. 더불어, 저희는 모든
일을 결정할 때마다 엄마아빠를 늘 생각한다는 점도 아실 필요가 있
습니다. 특히 남자친구에 관한 문제에서는 더욱 그렇습니다. 저희가
미국인보다 한국계 미국인과 사귀기를 바란다는 점도 충분히 이해합
니다. 그러나 저희 역시 아빠에게 마음을 바꾸려고 노력해주실 것을
부탁드리고 싶습니다.

제가 아빠에 대해 알고 있는 사실은, 아빠는 미국 사람들이 아빠 자
신을 미국 사회에서 미국인으로 동등하게 인정하고 대해주기를 바라
고 계시다는 점입니다. 그렇다면 다른 미국인들도 아빠가 원하시는
것처럼, 한국인들이 자기들을 한국인과 동등한 사람으로 인정하고 대

해주길 바란다는 사실을 아셔야 합니다. 이것은 또한 아빠의 딸들조차도 단순한 한국인이 아니라 미국인으로 생각해주셔야 한다는 뜻입니다. 어느 특정한 인종은 안 된다고 말씀하신다면, 아빠는 딸들이 아빠 인생의 일부가 되기를 원하지 않는다고 말씀하시는 것과 같다고 생각합니다.

저희는 한국 문화를 이해하지 못하는 사람이라면 누구든 데려오지 않을 것입니다. 그렇다면 아빠도 인종이 다르다는 이유로 무조건 배제하는 일은 하지 않으셔야 한다고 생각합니다. 미국에서 다양성은 모든 미국 시민들이 가진 삶의 일부라는 사실을 아빠가 이해하실 필요가 있다고 봅니다. 저는 아빠가 특히 민키 언니의 경우에 대해 상당한 편견을 갖고 있다는 것을 아셨으면 합니다. 저는 아빠가 민키 언니의 남자친구를 미국인이라는 이유로 선입견을 갖고 미리 판단하기 전에, 시간을 갖고 그가 어떤 사람인지를 알아보는 노력을 해주시기 바랍니다(브라이언은 한국 음식을 좋아합니다. 그리고 매우 부자입니다. 하하하).

그리고 미국인 사위를 가진 아빠 친구들이 자기 딸을 잃어버린 느낌을 갖고 있다고 말씀하시면서 아빠도 그럴지 모른다고 하셨습니다. 그런데 아빠는 자신만을 생각하지, 딸들의 처지를 고려하면서 딸들의 삶을 조금이라도 이해하려는 노력을 하지 않으시는 것 같습니다. 결혼 문제에 관한 한 저희는 사랑과 인생에 대해 늘 생각할 것입니다. 그러니 걱정하지 마세요. 저희는 늘 엄마아빠를 생각할 것이고, 결코 엄마아빠 마음에 상처를 드리지 않겠습니다. 단, 저희는 모두 미국인이라는 사실과 미국에는 단지 한 인종만 있을 뿐이라는 사실을 아빠도 고려해주셨으면 합니다. 결혼은 가장 쉬운 결정이어야 합니다. 때가 되면 저희는 올바른 결정을 내리게 될 것입니다. — 아빠를 사랑하는 딸 제키."

우리 아이들만의 이야기가 아니다. 미국에서 태어나고 자란 한인 2세들은 스스로를 미국인이라고 생각한다. 그들에게는 아빠도 엄마도 미국인이어야 한다. 그들은 미국인과 결혼하는 것이 뭐가 문제냐고 되묻는다. 엄마아빠는 머리로는 이해할 수 있지만, 마음으로는 받아들여지지 못한다. 그것이 이민 1세들의 슬픔이기도 하다. 운명이다.

능구렁이의 희망

방관자 같은 능구렁이 어른들에게서 아이들이 배울 것은 하나도 없다.

"초라니 열은 보아도 능구렁이 하나는 못 본다"는 우리말 속담이 있다. 초라니는 탈놀이에 등장하는 양반의 하인으로, 가볍고 방정맞은 성격을 지닌 인물이다. 이 속담은 초라니처럼 눈앞에 어른거리는 사물은 쉽게 보지만, 구렁이처럼 기어 다니는 것은 못 본다는 뜻으로, 속내를 좀처럼 드러내지 않는 사람의 행동을 뜻할 때 쓰인다.

이 속담이 의미하는 것처럼 능구렁이는 노련미를 가진 사람을 일컫는데, 부정적으로 쓰이는 경우가 더 많은 것 같다. 세상일을 모르는 척하면서도 속으로는 자기 실속을 알뜰히 챙기는 사람, 다른 음흉한 의도를 갖고 있으면서도 그것을 절대 드러내지 않고 매사 자기가 원하는 대로 처리해나가는 사람을 능구렁이라고 부르기 때문이다. 정치가나 사업가 가운데 능구렁이가 많은데, 아마도 자기가 얻고 싶은 것들을 드러내지 않고 챙겨야 하는 직업적 특성 때문인지도 모르겠다.

그런데 보통사람도 대부분 나이가 들어가면서 어느 정도 능구렁이가 된다. 젊은 시절과 달리 알면서도 모르는 척하고, 싫어하는 사람 앞에서도 좋은 척하며, 대화에 외교적 수사가 늘어간다면 능구렁이 같은 어르신이 되어가고 있다는 증거이다. 세상 물정 어지간히 아는 사람이라면 이 정도 연기쯤은 식은 죽 먹기일 것이다. 물론 이런 경우는 '선한 능구렁이'로, 그래도 다행스럽다고 할 수 있다.

그러나 솔직히 나는 능구렁이가 되어가는 내 모습이 슬프다. 불의를 보고 당당히 맞서려 하던 젊은 시절의 패기는 사라지고, 손해를 입거나 욕을 먹지 않으려는 비겁함이 어느덧 몸에 배어가고 있다는 것을 느끼기 때문이다. 술자리에 앉으면 사회정의와 도덕을 부르짖으며 울분을 토하던 젊은 시절의 진지함은 어느덧 사라지고, 음담패설과 삶에 대한 냉소가 이야기판의 주를 이룰 뿐이다.

가벼운 세상 탓일까? 그래도 우리 아버지 세대는 달랐다. 젊은이들의 잘못을 호통 치며 나무라던 대쪽 같은 어르신들이 많았다. 이제 우리 사회는 그런 분들을 거의 찾아볼 수 없거니와, 우리 같은 중늙은이는 벌써부터 세상일에 몸을 사리기 바쁘다. 인사를 안 해도 아무렇지 않게 지나치는 방관자 같은 능구렁이 어른들에게서 아이들이 배울 것은 하나도 없다. 사회도덕과 인륜의 기강은 법으로 제어되는 것이 아니라는 사실을 알면서도, 대꼬챙이 같은 어르신들의 기상과 경륜의 지혜가 구렁이 담 넘어가듯 사라져가고 있다. 슬픈 세상이다.

하지만 생각해보자. 인간의 수명이 길어지면서 능구렁이들의 수명도 함께 길어졌다. 나 같은 환갑 능구렁이도 앞으로 최소한 20~30년은 거뜬히 살 수 있다. 짧지 않은 시간을 능구렁이처럼 세상일을 방관한 채 자기 것만 챙기며 죽어갈 것인가? 마음은 청춘이라면서 뒷심을 자랑하는 술자리의 호기로 바른 세상, 열린 세상, 인간미 넘치는 세상을 위해 마지막 봉사를 하는 '선한 능구렁이'의 지혜를 베풀다가 갈 수는 없을까?

요즈음 나는 능구렁이의 진짜배기 삶과 희망을 꿈꾸는 시간이 부쩍 잦아졌다.

13

잃어버린 시계

사람살이 행복의 비밀은 자신의 마음가짐에 달려 있다.

어느 일요일 오후 다섯 쌍의 부부가 골프장에서 만났다. 허공을 향해 날린 백구가 가을 하늘을 그림처럼 수놓으며, 우리는 그 어느 때보다 즐거움을 만끽했다.

그런데 일이 터졌다. 골프가 끝날 무렵 S씨가 비싼 시계를 골프장 어디에선가 잃어버린 것이다. 우리는 골프장을 나와 찝찝한 기분도 풀 겸 중국식당에서 자장면 한 그릇씩을 비우며 예전처럼 '나인틴(19) 홀'에 대해 이야기꽃을 피웠다.

애교가 많은 J씨 부인이 말문을 열었다. S씨의 시계 분실 사건에 관한 것이었다. 시계를 잃어버린 S씨가 자기 부인에게 사건의 자초지종을 이야기하자, 전라도가 고향인 S씨 부인은 "당신도 참으로 인간적이네요, 잉"이라며 태연히 대답하더라는 것이다. J씨 부인은 의아해하며 S씨 부인을 향해 왜 그렇게 담담하냐고 물었더니, "우리 남편은 매사에 너무 완벽해서 그런 일은 상상도 못하는데, 실수를 한 것을 보니 갑자기 그런 생각이 들었다"고 대답했다고 한다.

이 이야기를 전하면서 J씨 부인은 자기 같으면 "정신을 어디다 두고 그 귀한 시계를 잃어버렸냐"며 '바가지'를 긁어댔을 것이라고 솔직하게 말했다. 이에 그녀의 남편 J씨가 나섰다. 그도 역시 S씨 부인의 너그러운 마음에 감동해서인지, 아니면 그동안 아내에게 당한 억울함을 공개적으로 호소하고 싶었는지 "남자가 밖에서 일을 하다 보면 때로는 실수도 하고, 술을 마시고 늦게 들어올 때도 있다. 그럴 때는 아내에게 미안한 마음이 들어 가정의 중심인 아내 주위를 며칠간 빙빙 돌게 된다. 아내가 그런 나의 심정을 알면서도 바가지를 긁어댈 때는 오히려 억하심정이 생긴다. 그래서 부부 싸움을 하게 되는 게 아니겠느냐?"고 주장했다.

이 말에 J씨 부인도 지지 않았다. "안다. 그러나 가장으로서 아내 또는 아이들에게 너무 고압적인 자세로 나오거나, 무시하면서 아무렇게나 행동 또는 말을 할 때는 나도 인간이기 때문에 속이 상하고 잔소리를 하게 된다"고 말했다.

그래서 내가 J씨 부인에게 "당신 남편은 도대체 몇 점짜리나 되느냐?"라고 물었더니 "95점짜리"라고 당당하게 대답했다. "나 같은 사람은 상상으로도 받을 수 없는 높은 점수인데, 100점짜리 남편을 만들기 위해 꼭 바가지를 긁어야 하겠느냐?"라고 다그치니 "끝도 없는 욕심을 어쩌란 말이냐?"고 대답해 우리 모두 한바탕 웃었다.

이날의 대화는 이렇듯 부부 싸움의 꼬투리에 대해 질펀한 농담을 섞어가며 이어졌다. 결론적으로 말하면, 사람이란 내남없이 허물이 큰 동물이니 어지간한 실수쯤은 눈감아주자는 것이었다. 특히 부부간에 서로 감싸주는 행위야말로 사랑의 표시일 뿐 아니라, 화롯불 속의 불씨처럼 남아 있는 애정 같은 것이 아니겠느냐며 우리는 즐겁게 대화를 이어갔다.

실제로, 사람살이 행복의 비밀은 자신의 마음가짐(Attitude)에 달려 있다. 잃어버린 시계는 본인이 애통하게 생각하든, 미련을 버리든 이미 없어져버린 물건이다. 남편의 늦은 귀가도 이미 지나가버린 사건이다. 남편의 봉급이 적다거나 사업 혹은 가게가 안 된다며 속을 부글부글 끓여봐야 가슴앓이만 생길 뿐이다. 다만 그러한 현실에 부딪혔을 때 내가 어떤 마음을 먹었느냐가 중요하다. 무엇이든 좋은 쪽으로 생각하고 팍팍한 현실도 허허 웃어넘기는 마음가짐이야말로 세상을 훨씬 쉽게 살아가는 비결이라는 말이다.

S씨 부인의 넉넉한 마음가짐은 그녀에게는 적어도 귀중한 행복의 자산이다. 기왕이면 좋은 말로 남편의 실수를 감싸주는 마음이야말로 남편을 위해서는 물론, 자신의 행복을 지혜롭게 관리하는 현명함이기도 하다.

여성 중에서만 그런 사람이 있는 것은 아니다. 이런 마음을 가진 남편들도 얼마든지 있다. 어느 책에서 이런 글을 읽은 적이 있다.

"한 젊은 여성이 직장 일을 마치고 집으로 차를 몰고 가던 중 다른 차의 범퍼를 들이받았다. 그녀의 차도 앞 범퍼가 크게 부서졌다. 그녀가 운전하던 차는 구입한 지 며칠 안 된 새 차였기 때문에 그녀는 하늘이 무너지는 것 같았다. 이 실수를 남편에게 어떻게 설명한단 말인가.

상대편 차 운전자는 그녀의 사정을 딱하게 여겼지만, 사건 처리를 위해 서로의 운전면허 번호와 자동차 등록증 번호를 교환해야 한다고 설명했다. 그래서 그 젊은 여성은 등록증을 꺼내기 위해 차 안에 있는 커다란 갈색 봉투를 열었다. 그때 종이쪽지 하나가 봉투에서 떨어졌다. 그 쪽지에는 큼지막한 필체로 다음과 같이 적혀 있었다. '사고가 날 경우에 이것을 잊지 말아요. 여보, 내가 사랑하는 건 차가 아니라 당신이라는 걸!'

최진실의 죽음

미국에서 9 · 11 사태가 터졌을 때의 일이다. 조카 하나가 세인트루이스 시내의 가톨릭 사립고등학교에 다니고 있었다. 학교에서 9 · 11 희생자 추모식에 이어, 학생들에게 소감을 글로 적어내라는 과제를 주었다. 그런데 내 조카의 글이 문제가 됐다. 모든 학생들이 희생자와 가족에 대해 애석해하며 위로의 글을 썼는데, 조카만이 미국 정부를 비판하는 글을 썼기 때문이다.

내가 교장에게 불려갔음은 물론이고, 교장은 조카에게 정신과 의사의 상담을 받도록 하겠다고 말했다. 그리고 의사가 진척 상황을 보고하는 대로 또 다른 조치를 취할 예정이니, 이를 받아들이지 않을 경우에는 퇴학을 시키겠다는 것이었다. 참으로 난감했다. 말짱한 정신으로 학교에 잘 다니던 조카가 정신병이라니, 이해가 되지 않았다. 조카 또한 자신이 정신병 환자로 지목되어 병원에 다녀야 한다는 사실이 믿겨지지 않는

데다, 창피했던 모양이다.

하지만 학교의 명령이니 따를 수밖에 없었다. 그런데 조카를 정신병원에 데리고 다니면서 새로운 사실을 알게 됐다. 의외로 많은 미국인이 상담을 기다리고 있었으며, 어느 한 사람도 부끄러워하지 않는다는 것이었다. 몇 번 병원에 갈 때마다 만났던 학부모인 듯한 사람에게 어떻게 오게 되었느냐고 물으니, 아이 일기장에서 발견한 이상한 단어들 때문에 상담을 받으러 왔다고 대답했다. 마치 독감 때문에 의사를 찾은 것처럼 스스럼없이 털어놓는 것이었다.

몇 년 전, 한국의 유명 배우 최진실 씨가 자살한 사건이 있었다. 당시 자살 원인에 대한 여러 추측 기사들이 신문을 장식했다. 인터넷 악성댓글이 원인이라면서 악성댓글을 달지 못하도록 '최진실법'을 제정해야 한다는 주장까지 나왔다. 그러나 나는 최씨가 악성댓글 때문에 자살했다고 생각하지 않는다. 악성댓글도 하나의 요인일 수 있지만, 유명 배우로서 유명세만큼 견뎌내야 하는 것이 악평이고, 온전한 정신을 가진 사람이라면 얼마든지 극복할 수 있는 문제이기 때문이다. 정치인, 배우, 문인, 예술가들에게는 늘 비평가가 따라다니게 마련이고, 그들은 또한 그러한 비평을 먹고 성장한다. 그것이 정상이다.

세인트루이스의 명문인 워싱턴대학의 경우, 교수의 30%가 정신질환 혹은 심리적 불안으로 약을 복용하고 있다고 한다. 이 말을 들었을 때 전혀 의아하게 생각하지 않았다. 높은 산에 올라갈수록 기압이 높아 힘들어지는 것처럼, 사회적 신분이 올라갈수록 자기 신분을 유지하기 위해 노력해야 한다는 정신적 스트레스도 높아질 것이기 때문이다. 남보다 배로 노력해야 하고, 어쩌다가 나쁜 비판을 받으면 쉽게 상처 입으면서 괴로워하며, 그러다가 죽음까지 생각하게 된다.

최씨의 경우 정신과 의사의 상담을 비밀리에 받아왔고, 치료를 위한 약물도 복용했던 것으로 알려졌다. 그러나 최씨가 충동적이었다고는 하지만, 자살을 결행할 정도의 정신적 어려움이 극심했다면 그에 대한 매니지먼트의 의학적 관리가 허술하지 않았는지 점검해볼 필요가 있다. 더불어 언론은 '최진실법' 운운하기 전에 적어도 정신질환 치료의 중요성에 초점을 맞췄어야 하지 않을까 싶다.

얼마 전 우리 회사에 다니는 한 한인 직원이 아이가 학교로부터 정신과 상담치료를 받으라는 명령을 받았다며 힘들어했다. 그래서 이렇게 말해주었다. "걱정하지 마세요. 감기라고 생각합시다. 정신과 상담은 면역주사나 마찬가지예요. 이제 아이는 더욱 강해질 것입니다."

정신질환 환자들은 특히 자기 자신을 미워하고, 다른 사람들에게 도움을 받으려고 하지 않는다고 한다. 그렇다면 어느 병보다 가족과 친구들의 적극적인 관심이 중요하며, 경우에 따라서는 강압적인 치료까지 고려할 필요가 있다.

달라이 라마의 '행복론'

누구나 마음의 수행을 통해 행복을 발견할 수 있다.

"심리 연구가들은 미국 일리노이 주의 복권 당첨자들과 영국에서 축구 도박으로 떼돈을 번 사람들을 조사한 결과, 다음과 같은 사실을 알아냈다. 횡재한 사람은 대부분 처음에는 상상할 수 없는 기쁨을 맛보지만, 그런 기분이 서서히 사라지고 마침내 순간순간에 일상의 행복을 느끼는 수준으로 되돌아간다는 것이다. 또 다른 연구는 암이나 중풍에 걸려 시력을 잃은 사람도 일정한 적응 기간이 지난 다음에는 정상에 가까운 행복 수준으로 돌아간다는 사실을 증명해보였다." 정신과 의사 하워드 커틀러가 《달라이 라마의 행복론》 첫 부분을 시작하면서 쓴 글이다.

이처럼 과학적인 연구 결과들도 인간이 외적 요인에서 느끼는 행복과 불행은 잠시 동안만 지속될 뿐이라는 사실을 확인시켜 주고 있다. 다시 말하면 10만 달러짜리 집에 살다가 100만 달러짜리 집에 살면 한없이 행복감을 느낄 것 같지만, 그곳에서 1~2년 살면 10만 달러짜리 집에 살던 때와 다름없는 느낌으로 돌아간다는 것이다. 이런 것을 볼 때 《달라이 라마의 행복론》이 왜 미국 사람들 사이에서 그토록 인기를 끌었는지를 짐작할 수 있다.

달라이 라마는 "인간 삶의 목표는 행복에 있다"고 전제한다. 그리고 "누구나 마음의 수행을 통해 행복을 발견할 수 있다"면서 행복은 마음에 있다는 점을 새삼 깨우쳐준다. 물론 그의 말이 새로운 것은 아니다. 다만 그는 사람마다 일상에 대해 갖는 마음 자체가 행복과 불행의 진짜배기 모습이라는 점을 강조하고 있다. 특히 달라이 라마는 누구나 수행을 통해 진짜배기 행복을 발견하고, 오래도록 지속할 수 있다고 말한다. 더불어 그는 불교에서 말하는 행복과 만족스러운 삶을 결정하는 네 가지 요소로 '부, 세속적인 만족, 영적인 성장, 깨달음'을 들었다. 이 가운데 건강, 재산, 동반자나 친구는 세속적인 만족감을 얻는 데 필요한 요소일 뿐, 궁극적인 행복과 만족스러운 삶을 누리기 위해서는 그런 것들을 제대로 이용할 수 있는 마음 상태가 핵심적 열쇠라고 단언한다.

그가 말하는 마음 상태란 무엇인가? 한마디로 자비심, 즉 인간애이다. "자신이 가진 건강과 재산을 남을 위해 사용한다면 그것들은 우리가 더 행복한 삶은 사는 데 큰 도움이 된다"는 것이다. 그리고 "물질의 편리함이나 성공이 가져다주는 것들을 (사람들은) 누릴 수 있지만, 마음 자세와 자기 안의 것들에 관심을 갖지 않는다면, 길게 볼 때 그런 것들은 우리가 행복을 느끼는 데 아주 작은 영향만 미칠 뿐"이라고 말한다.

달라이 라마의 수행법은 분노, 시기, 미움, 질투, 교만, 경쟁심, 복수, 배신, 배타심, 이기심, 편견, 탐욕, 증오, 허세, 허영, 부정, 불평, 불만, 불안 같은 부정적인 마음을 버리고 감사, 겸손, 자비, 친절, 봉사, 선행, 성실, 이해, 협력, 솔직함, 사색, 포용, 관대, 신뢰, 이상, 인격, 절제, 책임, 참회, 용기, 신념, 정직, 예의 같은 긍정적인 마음을 자기 안에 가꾸는 것이다. 이러한 긍정적인 생각들을 키우고 부정적인 생각들을 물리치는 일이 곧 '수행'이며 이 과정을 통해 진정한 내면의 변화와 행복이 찾아온다고 말한다.

　《달라이 라마의 행복론》은 재미있는 책이다. 달라이 라마는 이 책에서 우리가 매일같이 맞닥뜨리는 분노, 질투, 경쟁심, 걱정, 우울함 같은 나쁜 감정을 어떻게 다스릴지에 대해 종교와 심리학을 넘나들며 진지하게 이야기한다. 한편 그와의 대담을 통해 이 책을 쓴 하워드 커틀러는 달라이 라마의 이야기에 반론을 펴면서 집요하게 물고 늘어지지만, 결국 달라이 라마의 이야기가 옳다는 것을 확신하게 된다.

　"행복을 추구하는 것이 삶의 목표라면, 그것은 자기 안에 자비심과 관대한 마음을 키우는 데 달려 있다"는 달라이 라마의 말은 감동적이다. 돈을 못 벌면 좀 불편하게 살겠지만, 마음으로 부자가 되는 길은 누구나 자기 마음대로 선택할 수 있을 테니 말이다.

　"당신이 행복하지 않다면 집과 돈과 이름이 무슨 의미 있겠는가. 그리고 당신이 이미 행복하다면 그것들이 또한 무슨 의미 있겠는가."(인도의 성자 라마크리슈나)

16

어느 선배의 도시락 배달 이야기

삶이란 잠시 머물렀다가 다시 떠나는 여행 같은 것이다.

얼마 전 뉴욕에서 대학 선배를 오랜만에 만났다. 언론계 출신인 그 선배는 미국으로 건너와 뷰티 서플라이 상점을 운영하다가, 몇 년 전 업계를 떠났다. 요즈음에는 아침나절에 아들이 운영하는 세탁소 일을 돕고, 낮에는 점심 도시락을 배달하는 일을 한다면서, 자기 인생에서 지금처럼 편안하고 행복했던 적은 없는 것 같다고 말했다.

그런데 그 선배의 도시락 배달 이야기가 재미있다. 미국인들의 경우 배달 물건이 도착하면 대부분 "땡큐(Thank You)"라는 말과 함께 도시락 값, 팁을 미리 준비해두었다가 건넨다. 반면, 한국인들은 낯 뜨거운 경우가 한두 가지가 아니라면서, 미국인처럼 배려는커녕 사람 취급조차 하지 않는다는 것이 이야기의 핵심이었다. 어떤 사람은 "거기 놓고 기다리라"고 말한 뒤 한참 있다가 도시락 값으로 20달러짜리 지폐를 내주는데, 잔돈 1~2달러를 팁인 줄 알고 그냥 나오면 "왜 잔돈을 안 주고

가느냐?" 며 불러 세운다는 것이었다.

이런 저런 이야기를 하다가 마지막으로, 어떤 아주머니에 대한 이야기가 나왔다. 그 아주머니는 항상 쿼터 동전(25센트) 두 개를 팁으로 주는데, 선배는 그것을 받지 않고 사양(?)한 채 뒤돌아 나오곤 했다고 한다. 그런데 어느 날 호주머니에 동전이 없어 잠시 불법 주차를 한 탓에 17달러짜리 주차위반 딱지를 뗐다는 것이다. 그날 이후 선배는 25센트짜리 동전 하나라도 17달러로 간주하고, 귀한 팁으로 여겨 반드시 받았다고 한다.

선배의 이야기를 들으면서 순간 콧등이 시큰거림을 느꼈다. 그 선배는 웃으면서 말했지만, 그러한 경지에 이를 때까지 얼마나 마음고생이 심했을까라는 생각이 들었기 때문이다. 하지만 그 선배의 편안한 모습에서 욕심의 끈을 놓은 무욕(無慾)의 경지(境地)가 어떤 것인지 느낄 수 있었다.

욕심이란 무엇인가? 채워도 채워도 채울 수 없는 것, 채울수록 더 갈증이 나는 것, 나이가 들어갈수록 억제할 수 없는 것이다. 버리면 행복하다는 성현들의 가르침을 머리로는 이해하면서도, 가슴으로는 버릴 수 없는 것이 바로 욕심이다. 그리고 대부분의 사람은 이런 욕심의 노예가 되어 마지막 황혼의 순간마저 추하게 살다가 허망하게 떠나고 만다.

그 선배에게도 큰 꿈이 있었을 것이다. 또한 아메리칸 드림도 있었을 터이다. 노년의 나이지만 아직도 건강하게 일할 수 있기에 꿈과 욕심 사이의 갈등도 존재했을 것이다. 하지만 선배의 모습에서 이제 버리는 연습을 통해 새로운 노년의 삶을 살고 있다는 것을 느낄 수 있었다. 그리고 선배가 지금까지 사업을 하면서 계속 돈과 씨름하는 노년의 삶을 살았다면 어떠했을까라는 생각도 해보았다.

얼마 전 한 독일 여인이 《소유와의 이별》이라는 책을 써서 인기를 모았다. 이 책의 주제는 '돈을 버리면 생활이 보인다'로, 저자는 자기가 가진 것을 모두 남에게 주고 그날그날 자기가 필요한 만큼만 주고받으면서 살아가는 삶을 그리고 있다. 그는 이러한 삶의 체험을 통해 진정한 인간의 자유와 행복이 무엇인지를 우리에게 들려주고 있다. 그리고 삶이란 잠시 머물렀다가 다시 떠나는 여행 같은 것이라고 말한다.

나도 사업을 해보니 돈 버는 일은 소금 먹은 놈이 물켠다는 말이 딱 들어맞는다. 소금을 먹으면 물을 먹어야 하듯, 돈이 쌓이면 더 큰돈을 만져보고 싶은 욕심이 생길 수밖에 없다. 큰돈이 생기면 욕심이 더 커져, 이것도 하고 싶고 저것도 하고 싶어지면서 자기만의 왕국을 꿈꾸게 된다.

물론 은퇴 이후에도 끝까지 인생의 목표를 향해 전진하는 모습은 아름답다. 하지만 돈만을 목표로 삼아 사업의 노예로 살아가는 인생은 슬프다. 도시락 배달이 끝나면 산책을 하거나, 때로는 값싼 골프장에서 골프를 즐기고, 주말에는 낚시를 가기도 한다는 선배에게서 욕심을 버린 자의 자유가 무엇인지를 조금은 깨달을 수 있었다.

장사꾼은 장사꾼 노래를

분수를 지켜 만족할 줄 아는 사람은 욕됨이 없다.

박정희 군사정권이 들어서면서 군인들이 국민재건운동을 벌였다. 그리고 순진한 시골 사람들을 청와대로 불러들여 일일이 악수하면서 정치바람을 불어넣었다. 우리 시골 마을에서 착실히 농사를 짓고 남부럽지 않게 살던 부농(富農) 김모 씨도 그 정치바람에 휩쓸렸다. 어떻게 된 일인지 마을 대표단을 따라 청와대에 한 번 다녀오더니 사람이 갑자기 확 달라졌던 것이다.

소탈한 시골 농부, 사람 좋기로 소문난 김씨가 청와대에 다녀온 후 하루아침에 목에 힘을 주고 돌아다녔다. 그리고 농사일보다 국민재건운동의 기수를 자처하면서 '나는 이런 사람'이라고 자기 알리기에 바빴다. "○○ 장관과 식사를 함께했는디…….” 방문단 일행과 식사한 것을 가지고 허풍을 떨면서 자기를 은근슬쩍 과시하는 버릇도 생겼다. 그러더니 틈만 나면 서울을 드나드는 것이었다. 서울에 한 번씩 다녀오면 그는 더더욱 기고만장해졌다. "국회의원 정 아무개를 만났는디······." 이렇게 입을 열면서, 자기가 장관이나 국회의원 반열에 있는 듯이 목에 힘을 주는 것이었다.

　우리 마을 사람들 중에는 "김씨가 엄청나게 출세했는가 보다"라고 부러워하는 이들도 있었다. 그렇게 몇 년이 흘렀을까. 김씨가 논을 판다는 소식이 들렸고, 면장 선거에도 출마한다고 했다. 사람들은 고개를 갸우뚱했다. 그가 그렇게 유식하거나, 똑똑하거나, 학벌이 있거나 한 사람이 아니었기 때문이다. 동네 사람들은 "논까지 팔아가면서 그 자리가 그렇게 좋을까 모르겄네 잉"이라며 수군댔다. 그리고 선거가 있었고, 논을 판 돈을 선거판에서 몽땅 날렸으며, 그리고 얼마 후 알거지가 되어 서울 어디론가 떠나고 말았다. "송충이가 갈잎을 먹으면 떨어진다"는 속담처럼 자기 분수를 지키면서 조용히 살던 사람이 그 분수를 벗어났다가 그만 낙오하고 말았다는, 흔하디흔한 이야기다.

　김씨 같은 사람은 예나 지금이나 우리 주위에 얼마든지 있다. 김씨 같은 꿈을 꾸고 있다면 그 사람이 나 자신일 수 있다. 재미 동포 사회에서도 비즈니스를 잘하던 사람이 갑자기 ○○위원, ○○회장, ○○위원장이다 해서 서울을 드나들고, 여기저기 모임에 참석하다가 결국 헛바람이 들어 사업까지 망친 채 우스운 꼴이 된 경우를 종종 보게 된다. 요즈음에는 더 심한 것 같다. 재미 동포 사회의 갖가지 감투놀이는 그렇다 쳐도, 한국 정부가 해외 동포에게 투표권을 주고 해외 동포 네트워크를 만든다 어쩐다 해서 전에 없이 한국 정치가들의 발길이 잦아지면서 조그맣게 장사하는 동포들의 가슴에 헛바람을 불어넣는 일들이 벌어지고 있는 것이다. 상황이 이런 만큼 자기 실력이나 능력을 감안해 낄 자리인지 아닌지를 신중히 결정하는 자세가 필요하다.

대부분 사업을 하고 있는 재미 동포들이 늘 경계해야 하는 부분은 바로 이것이다. 장사꾼은 돈으로 말할 때 가장 보기 좋다. "말 타면 견마 잡히고 싶다"고, 돈을 벌어 명예를 얻고 싶은 사람은 돈을 더 많이 벌어 그 돈으로 어려운 사람이나 사회를 돕는 일에 쓴다면 진짜배기 명예가 저절로 굴러 들어오게 되어 있다. 그런데 작은 장사꾼이 헛된 이름을 좀 날려보려고 여기저기 정치꾼들이 벌이는 좌판을 기웃거리다가는 지금 누리는 알짜배기 삶조차 망가질 수 있으니 조심해야 한다.

사람은 제각기 자기 분수를 갖고 태어난다. 그래서 제 분에 넘치는 것을 바라는 것은 탐욕일 뿐이다. 중이 자꾸 자기 대머리를 만지는 것은 자기가 중임을 늘 확인하면서 중답게 살기 위해서라고 한다. 중국 고사에 나온 이야기들이지만 나무에서 떨어진 원숭이는 맹수에게 붙잡혀 먹히고, 쥐는 작은 동물이라 큰 강물을 아무리 배불리 마셔도 배 하나에 가득 차지 못한다. 지족불욕(知足不辱)이라, 분수를 지켜 만족할 줄 아는 사람은 욕됨이 없다는 말이다.

서양인도 이렇게 말한다. "자기 몸에 맞지 않는 욕망에 매달리는 것은 치수가 안 맞는 남의 의복을 입고 싶어 하는 것과 다름없다. 당신에게는 당신의 노래가 있다. 그대의 노래를 발견할 때 그대는 행복하리라. 자기의 몸, 마음과는 딴판인 다른 사람이 되고자 하지 마라." (E. 팔트)

18

스마일 연습, 행복 연습

행복도 연습에 따라 달라질 수 있다.

사무실이 쉬는 토요일에는 어김없이 우리 가족이 운영하는 가게에 나가 계산대에서 일을 한다. 이때 가장 중요한 것은 손님을 향해 미소 짓는 일이다. 늘 근엄한 얼굴을 하고 있는 한국인에게는 결코 쉬운 일이 아니다. 그래서 나는 '스마일 연습'을 하기로 결심했다. 손님에게 환심을 사보자는 계산도 있었지만, 평소의 차가운 인상을 좀 더 부드럽게 고치는 기회도 되리라고 생각했던 것이다.

'오늘은 하루 종일 스마일을 해보자'라고 단단히 결심하고 시작했지만, 정신없이 계산기를 두드리다 보면 어느새 아주 심각한 얼굴로 되돌아와 있었다. 그때마다 다시 정신을 바짝 차리고 미소를 지어 보였다. '스마일 연습'을 한 지 1년이 지났다. 어느 날 심각하게 고객과 환불 문제로 다투었는데, 그 순간 만면에 웃음을 띤 채 말하고 있는 나 자신을 발견할 수 있었다. 그 후 심각한 문제로 고민하다가도 계산대 앞으로 다가오는 고객을 보면 저절로 미소가 나왔다.

연습은 이토록 무서운 것이다. 연습을 통해 바꾼 습관은 한두 가지가 아니다. 마켓에서 비디오테이프를 빌려다가 '테이프 되감아 돌려주기'를 6개월간 한 차례도 빠짐없이 연습했더니 그렇게 안 하고는 못 배기게 됐고, 화장실에서 소변을 보고 난 후 아내와 딸들을 위해 앉은뱅이 뚜껑을 반드시 내리는 습관도 연습을 통해 몸에 익힐 수 있었다.

그런데 한 술 더 뜨는 사람들이 있다. 노스캐롤라이나에서 가게를 하는 친구는 가게를 막 오픈해 형편이 어려웠던 7년 전부터 추수감사절 때마다 잊지 않고 이웃 흑인교회에 칠면조 다섯 마리씩을 보냈다. 나중에 돈을 벌면 못할 것 같아 연습으로 시작한 것이 지금은 60마리까지 늘었다고 한다.

그렇다. 모든 것은 연습이다. 심지어 행복도 연습에 따라 달라질 수 있다고 어느 작가는 말한다. "당신이 얼마만큼 행복한지는 인생관에 따라 다르다. 행복이라는 것은 무언가 좋은 일이 있어서 기분이 좋은 것이 아니라, 어디까지나 자발적으로 솟아나는 마음 상태를 가리키는 것이다. 여기서 한 가지 주목해야 할 사실은 행복을 느끼는 정도는 꾸준한 연습에 따라 늘릴 수 있다는 것이다."

"매일 5분간이라도 의식적으로 행복을 느끼는 연습을 하라. 어떠어떠한 이유로 행복한 것이 아니라, 그냥 행복한 기분이 되어보는 것이다. 먼저, 자기 인생에서 가장 행복했던 날들을 떠올려보라. 그리고 그때 당신이 어떤 기분이었는지를 상기해보고, 그때의 기분을 다시 한 번 체험해보는 것이다. 이 훈련을 계속하다 보면 당신은 행복해지고 싶을 때 언제든지 행복해질 수 있고, 매일을 좀 더 행복한 기분으로 지낼 수 있을 것이다. 행복은 자존심처럼 개인적인 것이다. 다른 사람이 당신을 행복하게 해주는 일도 있겠지만, 결국 행복은 당신이 어떻게 마음먹느냐에 달린 것이기 때문이다."

《잘 나가는 사람, 생각이 다르다》가운데 '행복을 느끼며 살 수 있는 법' 이라는 제목의 이 글을 읽으면서 행복도 연습이라는 사실을 알게 됐다. 흔히 "돈 펑펑 잘 쓰는 사람이 좋은 곳에 기부도 많이 하고, 고기도 먹어본 사람이 잘 먹고……" 라고 말하지만, 누구나 생활 속에서 자기 훈련을 통해 얼마든지 행복하게 살 수 있다.

사실 나 같은 경우 조금 비싼 호텔보다 싼 호텔에 들어야 잠이 잘 오며, 음식점도 비싼 곳보다 허름한 곳에 가야 맛있고 소화도 잘 되는 편이다. 또한 돈도 잘 쓸 줄 모른다. 가능하면 안 쓰려 하고, 자선 단체의 기부금 요청에 작은 돈밖에 내놓을 줄 모른다. 가난하게 살아오면서 생긴 좀스러운 습관이 체질화된 것이다.

그런데 아내는 나와 정반대다. 손이 크고 통도 커서 무엇이든 듬뿍 듬뿍 준다. 때로는 아내의 씀씀이에 못마땅한 적도 있었다. 그러나 지금은 아내가 옳다는 생각을 한다. 그리고 아내의 행동이 습관과 훈련의 결과라는 사실도 깨달았다.

도란도란 이야기꽃

행복은 우리 가까이에서 만들어진다는 것이다.

뒤뜰 정원에서 봄 냄새가 물씬 풍겨온다. 나이 탓일까. 해마다 무심히 맞았던 봄이 해가 갈수록 새롭게 느껴진다. 시멘트 바닥처럼 딱딱한 대지를 뚫고 배시시 고개를 내밀며 도란도란 올라오는 화초들을 바라보면 자연의 신비와 끈질긴 생명력에 감탄하게 된다.

모녀 같기도 하고, 고부간 같기도 한 두 여인이 도란도란 이야기하며 아침 산보를 즐기는 모습이 눈에 들어온다. 아침 햇살에 봄기운은 더욱 생기가 돌고, 이 여인들의 웃음 띤 얼굴이 행복해 보인다. 교황 바오로 2세가 서거 직전 마지막으로 남긴 "행복하시오"라는 말이 떠오른다. 아, 저런 모습이 행복인 것을…….

〈고도원의 아침편지〉에서 '두런두런 사는 사람들'이라는 제목의 글이 날아온 적이 있다. "진지한 이야기뿐만 아니라 / 자잘한 이야기들을 나누며 / 두런두런 사는 사람들이야말로 / 건강하고 밝은 사람들이라는 생각을 해본다." 가슴이 찔린다. 그동안 살아오면서 두런두런 사람들과 이야기를 나누며 지내온 정겨운 모습을 거의 떠올릴 수 없기 때문이다. 무엇엔가 쫓기듯 허겁지겁 앞만 바라보며 돌진해왔던 지난 세월들을 돌이켜보면 무엇 때문에 그렇게 살았나, 그래서 행복하기나 했나라는 생각이 든다.

어머니와 함께 마루에 앉아 보름달을 바라보며 도란도란 이야기꽃을 피우던 어린 시절이 시리도록 그립다. "푸른 하늘 은하수 하얀 쪽배엔……." 어머니에게서 처음 배운 노래를 흥얼거려 본다. 모닥불을 피워 놓고 친구들과 도란도란 이야기하던 중학생 시절도 그립다. 신혼여행, 아내와 함께 산에 앉아 도란도란 이야기꽃을 피우며 짜릿함을 느꼈던 그 시간으로 돌아가고 싶다. 정지용 시인의 〈향수〉 구절처럼 '희미한 불빛에 돌아앉아 도란도란 거리든' 시골 마을, 옹기종기 모여 살던 그 사람들은 지금 어디에 있을까. 그때가 행복했던 것을…….

사실, 우리네 삶이란 대단한 주의(主義) 주장(主張)을 위해, 혹은 어떤 목표를 설정해놓고 정상을 정복해야 하는 산행이 아니다. 꼭 그래야 행복한 것도 아니다. 매일매일 행복한 마음을 가질 수 있다면 그것이 쌓여 행복한 인생이 되는 것이다. 그리고 행복한 마음이란 너와 내가 도란도란 이야기를 주고받으며 잔잔하고 소박하게 사는 일상생활에서 찾을 수 있다.

고부간에 도란도란 나누는 대화 속에서, 가족끼리 둘러앉아 정겹게 식사하는 순간에, 그리고 스승과 제자가, 할아버지와 할머니가, 할아버

우리는 외로운 존재, 그러나……

지와 손자가, 젊은 연인들이 시간 가는 줄 모르고 도란도란 이야기를 나누는 가운데, 친구 간에 서로 힘이 되어 주는 우정 속에, 모르는 사람들이지만 인터넷으로 정겹게 대화를 나누는 와중에, 늦은 밤 차 한 잔을 마시며 이야기꽃을 피우는 부부만의 시간 속에서, 가슴속에 아름다운 이야기를 남기고 떠난 정들었던 사람들을 떠올리면서, 이웃끼리 부엌에 앉아 이야기를 나누고 음식을 나눠 먹는 시간 속에서, 화초들의 속삭임을 엿듣는 마음속에서, 소곤소곤 속삭이는 아침의 평화 속에서, 물 흐르듯 차분한 대화가 있는 호숫가에서, 옛 이야기를 정겹게 전해주는 친구의 우정에서 우리는 행복을 찾을 수 있다.

돌아오는 계절마다 사랑하는 사람과 함께 밖으로 나가 자연의 신비와 경이를 맛보며, 도란도란 추억거리를 만들어보자. 우리가 자연 속에 있다는 것, 자연의 신비 속에서 숨 쉬며 행복을 찾고 있다는 것, 그리고 행복은 우리 가까이에서 만들어진다는 것, 우리가 마음만 먹으면 얼마든지 그것을 즐길 수 있다는 사실을 실감해보자.

꽃 보면 반가운 마음으로

생을 마감하는 날까지 생각과 행동을 젊게, 발랄하게, 긍정적으로, 자신감 있게 해야 한다.

심리학자 엘렌 랭거(Ellen Langer)는 나이든 사람들이 늙은 노인처럼 행동하는 이유는 나이를 의식하면서 행동하기 때문일 것이라고 판단한 뒤, 이를 실험을 통해 증명해보였다. 그는 A그룹 노인들에게는 "지금 20세라고 상상하면서 행동하라"고 지시하고, B그룹 노인들에게는 "과거 자신이 20세였을 때를 회상하라"고 요구했다. 며칠간의 실험 과정을 거친 뒤 노인들의 지적 기능과 신체 기능을 측정한 결과, A그룹 노인이 B그룹의 노인보다 지적 기능은 물론 자세나 걸음걸이, 심지어 시력까지 좋아진 것으로 나타났다. 이 연구 결과는 자신에 대한 믿음이 정신과 육체에 얼마나 막강한 영향을 미치는지를 보여준다.

최근 술을 끊고, 친구들에게 변했다는 말을 자주 듣는 편이다. 왜 그렇게 변했는지에 대한 나의 대답은 "철이 들 만한 나이니 나잇값을 하면서 살아야 하지 않겠느냐?"는 것이다. 다시 말하면, 60이 넘은 나이에 맞도록 행동거지를 조심하고 최소한의 품위는 유지하면서 살고 싶다는 뜻이다. 친구들은 나의 답이 그럴듯해 보인다고 하면서도 "사람이 갑자기 변하면 문제가 있다"며 우스갯소리로 맞받아친다.

사실 나도 스스로 변하고 있음을 느낀다. 먼저 마음이 약해졌고, 성격이 급해 무엇이든 빨리 처리하는 편이었는데 자동차 운전이 느려졌으며, 걸음걸이도, 일을 진행하는 동작조차 옛날과 달라졌다. 늦게 철이 들은 것이라고 할 수 있겠지만, 나 스스로 나이를 의식한 조심성에서 비롯된 행동임에 틀림없다.

그런데 랭거는 구부정한 자세로 천천히 걷거나 무거운 것을 들지 못하는 노인의 행동은 단순히 신체 기능 저하 때문이 아니라, 노인에 대한 고정관념에 따라 스스로 그렇게 행동하기 때문이라는 실험 결과를 내놓았다. 다시 말해 '나는 못난 사람이다' '내가 어떻게 이런 일을 할 수 있겠나?'라고 생각하는 사람은 할 수 있는 일도 하지 못하고, '나는 내성적인 사람이다'라고 생각하는 사람은 늘 내성적으로 행동하며, '나는 노래를 못 부른다'고 믿는 사람은 노래를 못 부를 수밖에 없다는 것이다.

심리학자들은 어떤 고정관념에서 벗어나지 못하는 사람은 늘 그 자리에 머물러 있게 된다고 공통적으로 말한다. 생각을 바꾸어야 앞으로 나아갈 수 있다는 뜻이다. '나는 아직도 젊다' '나는 외향적인 사람이다' '나는 할 수 있다'며 모든 것을 긍정적으로 생각할 때, 실제로 그런 결과가 나타날 수 있다는 것이다.

　종합해보면, 생을 마감하는 날까지 가능하면 생각과 행동을 젊게, 발랄하게, 긍정적으로, 자신감 있게 할 필요가 있다. 무엇보다도 인간에게는 자유의지라는 편리한 옵션이 있지 않은가. 나이가 들어가면서 약해지는 마음도 얼마든지 조절할 수 있는 정신력이 바로 그것이다. 우리가 보기에는 좀 우스꽝스럽지만, 미국 노인들이 길거리에서 롤러스케이트를 타고, 아무 거리낌 없이 거리를 활보하며, 어린아이처럼 소리를 지르고 떠들어대는 모습은 그들의 마음가짐에서 나온 지극히 자연스러운 행동이다.

　"뉘라서 날 늙다 하는고 늙은이도 이러한가 / 꽃 보면 반갑고 잔 잡으면 웃음 난다 / 춘풍에 흩나는 백발이야 낸들 어이하리오."(이중집)

　겉으로 늙는 것은 어쩔 수 없지만, 마음만은 옛날 그대로이니 마음 따라 사는 것이 순리라고 하지 않는가. 꽃 보면 반가운 마음으로 항상 그렇게 살고 싶다.

생일선물

신체 나이가 늘어갈수록 욕심 나이는 줄어야 천수(天壽)를 다할 수 있다.

미국에서 우리 가족이 운영하는 뷰티숍은 흑인이 주요 고객이다. 사무실이 쉬는 토요일이면 나도 한몫할 때가 있다. 장사를 시작한 지 얼마 되지 않은 어느 날 가발을 찾는 손님을 맞이했다. 당시 가발 판매에 꽤 재미를 느끼고 있던 나는 판촉 요령도 상당히 익힌 터였다. 이 색깔 저 색깔을 골라주면서 손님의 반응을 살핀 뒤 이런저런 찬사를 늘어놓으면 십중팔구 구입하게 마련이다.

그날 내가 맞이한 손님은 꽤 기품 있어 보이는 중년 부인이었다. 이것저것 살펴보고 착장해 보았으나 별로 마음에 들지 않는 기색이었다. 그럴수록 꼭 팔고야말겠다는 전투 의욕(?)이 생기는 것이 상인의 근성이다. 나는 손님이 좋아할 것 같은 색깔을 찾기 위해 급히 재고 창고로 달려가 서두르기 시작했다.

그런데 사람의 운명은 순간에 바뀐다. 사다리를 타고 손님이 원하는 컬러 제품을 가지고 내려오는 순간 그만 실족해, 바닥으로 떨어지고 말았다. 순식간에 구급차가 달려왔으며, 팔목이 부러지고 탈골됐다는 의사의 진단과 함께 응급치료를 받았다. 의사는 6주간 깁스를 하고, 그 후 또 6주간은 조심스럽게 적응해야 한다고 말했다.

그렇지 않아도 연초 몇 개월간 환자로 지내다 겨우 정상을 되찾은 나에게는 청천벽력 같은 소리였다. "인생살이 정말 만만치 않군!" 혼자서 이렇게 지껄이다가 '이제 나도 늙었구나' 라는 생각이 번쩍 들었다. 하필 55번째 생일을 하루 앞둔 날에 이런 일이 벌어졌기 때문이다. 그리고 이 사건이 결국 나에게는 아주 귀한 생일선물이 됐다. 되짚어보면 몇 개월 간격으로 두 번씩이나 경고카드를 받은 셈이다. 나이를 먹어가면서 '건강에 더 유의하라' '과욕을 부리지 마라' 는 경고였던 것이다.

"우리가 나이를 먹어감에 따라 마음속에 도사린 악은 젊어진다"는 핀란드 속담이 있다. 다른 말로 바꾸면 "몸은 늙어가지만 욕심은 젊어진다"가 된다. 이 속담은 젊어지는 욕심을 악으로 표현한 것인데, 건강한 삶이 정신과 육체가 조화를 이룬 삶이라면, 신체 나이가 늘어갈수록 욕심 나이는 줄어야 천수(天壽)를 다할 수 있다는 말이다.

사다리에서 왜 떨어지게 됐는지 머릿속의 비디오테이프를 되돌려봤다. 나는 아직도 계단을 오를 때 한 계단 한 계단씩 오르는 법이 없다. 몇 계단씩 뛰어오르거나 내려가야 직성이 풀린다. 사고 당일도 그랬다. 사다리 몇 계단을 한꺼번에 건너 내려오다 그 지경이 된 것이다. 아직도 마음은 청춘인데 노쇠해가는 몸이 따라주지 못했던 것이다. 결국 과욕을 부린 셈이다.

건강 문제뿐만이 아니다. 사람마다 마음속에 똬리를 틀고 있는 이런 과욕은 일상생활에서 언제나 우리를 지배하고 있다. 나이를 먹어가면서 과욕을 부려 인생 전체를 그르친 사람이 얼마나 많은가. 천년만년 살 것처럼 재산 모으기에만 급급한 사람들, 돈을 벌자 명예와 권세까지 얻고자 과욕을 부리는 사람들……. 이런 사람들의 말로가 어떠했는지를 우리는 역사에서도, 현실에서도 똑똑히 보고 있다.

물론 나이가 들었다고 해서 자기 꿈까지 포기할 필요는 없다. 다만 그 꿈을 이루는 과정이 인생을 살 만큼 산 사람으로서 조화로워야 한다는 뜻이다. 삶의 리듬이라고나 할까. 강약을 적당히 조율해가는 삶을 통해 인생의 마지막 날까지 육체적, 정신적으로 인간으로서의 품위를 유지하는 건강한 삶을 살아가기란 쉽지 않다. 하지만 과욕만 부리지 않는다면 이것이 가능하다는 사실을 생일선물의 교훈으로 깨달았다. 모든 것은 끝이 좋아야 하며, 인생도 말년 모습이 좋아야 성공한 인생이다.

어머니의 노래

진짜 사랑은 자기가 사랑하는 사람을 외롭지 않게 해주는 것이다.

어머니가 세상을 떠나기 전 정신도 혼미해지고 병문안을 온 사람조차 알아보지 못한 채 병상에 누워 있었을 때의 일이다. 미국에서 급히 귀국한 큰아들인 나만 겨우 알아보는 듯했다. 전에 같으면 반가운 얼굴로 나의 얼굴을 감싸고 반겼을 텐데 그때는 달랐다. 그 곱던 어머니가 뼈만 앙상하게 남은 채 횡한 눈으로 나를 무표정하게 바라만 봤다. 나는 열흘 내내 어머니와 함께 했지만 이제는 모자의 정을 떼려는 듯 말 한 마디 없었다. 가슴이 미어지는 슬픔이란 이런 경우를 두고 하는 말이리라.

하루는 어머니 곁에서 이런저런 이야기를 하며 "어머니, 어머니 18번 노래 한 번 해보세요. 연분홍 치마가 봄바람에…… 이런 노래 있잖아요" 했더니, 어머니는 정말 신기하게도 가냘픈 목소리로 음정과 박자는 물론, 가사 하나 틀리지 않고 노래를 불렀다.

"연분홍 치마가 봄바람에 휘날리더라 / 오늘도 옷고름 씹어가며 / 산제비 넘나드는 성황당 길에 / 꽃이 피면 같이 웃고 꽃이 지면 같이 울던 / 알뜰한 그 맹세에 봄날은 간다."

반세기 전에 유행하던 백설희 씨의 노래 〈봄날은 간다〉인데, 젊었을 때 어머니는 이 노래를 즐겨 부르곤 했다. 어머니의 노래를 듣고 있자니 눈물이 앞을 가렸다. 나도 어머니와 함께 노래를 불렀다. 노랫말이 나를 더욱 슬프게 했다.

사람은 누구나 아름다운 봄날 한 구석 같은 추억을 갖고 있다. 연분홍 치마, 봄바람, 옷고름, 산제비, 성황당 길……. 어머니는 이미 멀리 보내 버린 옛 봄날을 상상하며 노래를 불렀을까. 어머니의 젊은 시절 봄날을 내가 대신 그려보았다. 그러자 슬픔을 가눌 길이 없었다.

어머니의 봄날은 늘 황량했다. 아니, 봄이 아예 없었다는 것이 옳다. 젊은 시절 내내 추운 겨울이었으니까. 평생 돈 한 번 제대로 벌지 못하던 남편 때문에 시집올 때 가져온 연분홍 치마까지 팔아 생활비에 보태야 했다. 그리고 5남매를 낳아 큰아들 하나라도 잘 키워보려고 특히 나에게 온갖 정성을 다 쏟으며 고통스러운 봄날을 보냈다.

세월이 흘러 내가 대학을 졸업하고 취직해 어머니에게 효도를 할 수 있게 됐다. 그런데 어머니의 불행은 계속 이어졌다. 연탄가스가 방으로 스며들어 기억력을 상실하고 말았던 것이다. 그리고 50세부터 82세에 눈을 감을 때까지 세상이 어떻게 돌아가는지도 모른 채 병상에서만 생활해야 했다. 기구한 운명의 어머니, 배울 만큼 배우고 여느 어머니 못지않게 화려한 인생을 꿈꾸었을 어머니가 평생 동안 햇빛 한 번 제대로 못 본 것이다.

생로병사(生老病死), 태어나 늙고 병들어 떠나는 인생. 인생은 슬픈 것이다. 병상의 어머니 모습에서 나의 미래를 보았고, 이별을 준비해야 하는 인생의 슬픔을 통절했다. 그래서 삶 앞에서 더욱 겸허해져야 한다는 사실을 새삼 깨달았다. 나는 어머니와의 이별이라는 슬픔을 안고 다시 삶의 터로 돌아와야 했으며, 나 같은 처지의 이민자들을 생각하면서 그들의 아픔도 함께 헤아려 보았다.

어머니의 노래는 계속됐다. 첫 노래를 마친 어머니에게 내친 김에 내가 어렸을 때 가르쳐주고 불러주던 노래를 계속해달라고 부탁했다. "푸른 하늘 은하수 하얀 쪽배엔……" "엄마야 누나야 강변 살자, 들에는 반짝이는 금모래빛……", 반세기 전으로 돌아간 어느 여름날 밤, 어머니와 아들의 모습은 이렇게 슬픈 합창으로 재현됐다. 어머니는 무의식중에도 결코 그 시절만은 잊지 않고 있었던 것이다.

어머니의 일기장

"송아 이 어미의 눈에 눈물 그만 빼고, 나하고 같이 살아다오. 외로와 못 견디겠다. 너무 외로와, 너무 외로와, 외로와, 외로와, 외로와, 외로와, 외로와, 외로와, 외로와, 외롭다. 송아 송아 우리 송아 우리 송아, 외로와 못 살겠다. 언제나 와서 같이 살아볼거나."

3년 전 세상을 떠난 어머니는 다섯 권의 일기장을 남겼는데, 그 속에

장남인 나를 그리워하며 써놓은 애달픈 구절이다. 일기장은 임종 바로 며칠 전에 어머니 장롱 속에서 발견됐다. 얼마나 외로웠으면 한 문장에 '외롭다'를 열한 번씩이나 반복했을까. 나는 의식 없이 누워 있던 어머니를 붙든 채 가슴이 찢어지는 아픔으로 망연자실했다. 그리고 가슴을 치며 "나는 정말 나쁜 놈이야"라는 말을 수없이 외쳤다.

그런데 이제 와서 그것이 무슨 소용이란 말인가. 이제 세상에 없는 어머니를 위해 내가 할 일은 아무것도 없다. 나와 내 가족이 행복하게 사는 것이 돌아가신 어머니가 유일하게 바라는 일이라는 주위 사람들의 위로도 나에게는 너무 이기적인 말로 들릴 뿐이었다. 20여 년 전 공부를 더한 뒤 고국으로 돌아와 출세해보겠다는 마음으로 미국으로 건너갔다. 하지만 어찌어찌하다가 돌아가지 못하고 주저앉아 어머니와 생이별한 채 지금까지 살아온 나는 어머니에게는 엄청난 죄인일 뿐이다.

어머니는 일기장 곳곳에 수없이 외롭다는 말을 반복했다. 심지어 "내가 이렇게 살기 위해 그 고생을 하면서 자식들을 키웠나?"라고 자조한 부분도 있었다. 그리고 친척들이 인사차 찾아온 것이 그렇게도 좋았는지 누가 왔었고, 어떤 선물을 사왔고, 용돈을 얼마나 주고 갔는지 등이 상세히 기록되어 있었다. 찾아와준 사람들이 고마웠고, 사람이 그리웠던 것이다.

나는 어머니의 일기장을 통해 '진짜 사랑은 자기가 사랑하는 사람을 외롭지 않게 해주는 것'이라는 사실을 깨달았다. 나름대로 효도한다고 했지만, 지나고 보니 내가 어머니에게 한 일이라고는 생활비를 보내고,

가끔씩 생각나면 전화하고, 1년에 겨우 한 차례씩 방문해 인사한 것뿐이었다. 방문 인사라는 것도 사실 친구들을 만나 술 마시고, 즐기는 시간이 더 많았다.

물론, 장남으로서 부모님을 내가 사는 미국에 모시고 싶었고, 부모님은 실제로 몇 차례 미국에 와 있으면서 그냥 머물 생각도 하셨다. 그러나 친구가 없어서 오히려 미국 생활이 감방살이라며 한국으로 돌아가셨고, 그 뒤로는 건강이 나빠져 다시 오지 못하셨다. 하지만 이런 것들은 모두 변명에 불과하다. 마음만 먹었다면 얼마든지 어머니를 덜 외롭게 해드릴 수 있었다는 생각을 하니 가슴이 미어진다. 늙은 어머니의 외로운 눈물을 닦아드릴 수 있는 사람이 자식 외에 누가 있겠는가.

"울지 마라 / 외로우니까 사람이다 / 살아간다는 것은 외로움을 견디는 일이다 / 공연히 오지 않는 전화를 기다리지 마라 / 눈이 오면 눈길을 걸어가고, 비가 오면 빗길을 걸어가라 / 갈대숲에서 가슴 검은 도요새도 너를 보고 있다 / 가끔은 하느님도 외로워서 눈물을 흘리신다 / 새들이 나뭇가지에 앉아 있는 것도 외로움 때문이고 / 내가 물가에 앉아 있는 것도 외로움 때문이다 / 산 그림자도 외로워서 하루에 한 번씩 마을로 내려온다 / 종소리도 외로워서 울려 퍼진다."(정호승)

사람은 누구나 외로운 존재이다. 다만 누가 덜 외롭게 살다가 가는지의 차이만 있을 뿐이다. 그리고 외로움은 주위로부터 받은 관심과 배려, 그리고 사랑의 정도에 따라 크기가 결정되지 않을까 싶다. 자기가 가장 사랑하는 자식과 멀리 떨어져 사는 어머니의 외로움, 그것은 외로움 중

우리는 외로운 존재, 그러나……

에서도 가장 큰 외로움일 것이다. 물론 어쩔 수 없이 부모를 외롭게 남겨둔 채 떠나 살아야 하는 자식의 외로움도 크다. 그래서 부모 자식 간에 생이별하고 살아가는 사람들은 정말 독종들이다. 미국에 건너와 사는 사람 가운데 나 같은 이들이 많을 것이다. 시골에 부모님을 남겨둔채 온 사람들도 있을 것이다. 이런 사람들에게 부모님이 살아계실 때 덜외롭게 해드리라고 말하고 싶다. 마음만 먹으면 얼마든지 할 수 있는 일이다. 자기 살기 바쁘다고 자기를 가장 사랑해주었던 부모님을 외롭게내버려두는 불효만은 저지르지 않길 바란다.

가을, 노년의 꿈

젊어서 좀 비참하게 살더라도 노년을 위해 투자하는 것이 품위 있게 생을 마감하는 길이다.

가을은 왠지 모르게 서글프고 애달프다. 추풍, 단풍, 낙엽, 귀뚜라미, 높은 하늘, 기러기, 서리……. 가을 냄새가 나는 것들은 모두가 외롭고 쓸쓸하다. 낙엽이 뒹구는 골프장에서 잃어버린 볼을 찾는다. 발길로 흩어진 낙엽들을 걷어찰 때마다 마음이 아프다. 나는 가을이 슬프다.

가을 인생에 접어든 사람들의 마음 또한 가을과 같다. 꿈에 부풀었던 봄과 찬란한 여름을 지나, 이제 힘 잃은 햇빛처럼 잃어버린 것이 많은 노년의 일상은 화려한 무대에서 퇴장을 앞둔 배우와도 같다. 계절은 다시 찾아오지만, 인생은 다시 오지 않는다. 그래서 더욱 쓸쓸하다.

가을과 노년의 인생, "늙어가는 사람만큼 인생을 사랑하는 사람은 없을 것이다"(소포클래스). 사랑하는 인생, 나머지를 어떻게 보낼 것인가? 모든 꿈을 뒤로 하고, 이제는 최소한의 품위만이라도 유지하고 싶다는 마음은 노년을 보내는 모든 사람들의 유일한 꿈일 것이다. "주름살과 함께 품위를 갖춘다면 존경과 사랑을 받을 수 있다"는 어느 철인의 말은 명언이다.

품위 있는 노년, 어느 한 선배가 다섯 가지 방법을 알려주었다. "옷을 깨끗이 멋지게 입어라(Dress up)", "참여하라, 나타나라(Show up)", "여러 사람 앞에서는 입을 다물고 있어라(Shut Up)", "돈을 먼저 내라(Pay up)", 그리고 "언제 죽을지 모르니 항상 주위를 깨끗이 해두어라(Clean up)".

'Dress Up, Show Up, Shut Up, Pay Up, Clean Up', 얼마나 멋진 충고인가. 그런데 문제는 대부분 돈이 든다는 점이다. 돈이 없으면 품위조차 지키기 어려운 현 세태를 비난한 말 같기도 하다. '돈을 먼저 내라'는 말은 돈이 없는 늙은이에게는 서글픈 충고이다. 돈이 없으면 '참여하라, 나타나라'조차 어렵다.

그렇다면 현대를 살아가는 사람들에게는 돈이 곧 품위가 되는 셈이다. 따라서 노년을 위해 돈을 준비해두라는 말은 이제 진리라고 할 수 있다. 노년의 삶이 비참하면 인생 전체가 비참하기 때문이다. 젊어서 좀 비참하게 살더라도 노년을 위해 투자하는 것이 품위 있게 인생을 마감하는 길임에 틀림없다.

그러면 돈 없이 노년에 품위를 유지하는 길은 없을까? 물론 있다. 먼저 평생 꿈꾸던 돈의 굴레에서 벗어날 필요가 있다. 그리고 약간의 고생에 당당히 맞서고, 명예를 초월하며, 억만금보다 더 큰 건강을 갖고, 늘 겸허한 자세로 모든 것을 내주는 너그러운 삶을 즐기며, 이웃과 끊임없이 나누고, 좋은 친구를 많이 만들며, 좋은 일에는 적극 참여하고……. 이런 것들은 돈 없이도 얼마든지 실천할 수 있는 일이다.

앞서 언급한 금과옥조로 돌아간다면 "여러 사람 앞에서는 입을 다물고 있어라"야말로 가장 멋진, 기막힌 충고가 아닐 수 없다. 돈이 안 들기 때문이기도 하지만, 입을 닥치고만 있으면 점잖다는 소리는 들을 수 있으니 말이다. 특히 젊은이들 사이에 끼어 있을 때는 더욱 그렇다. 요즈음 젊은이들은 늙은이의 말을 곧이곧대로 받아들이지 않는다. 노인이기에 많은 것을 알고 있으리라고 생각하면서도, 노인은 편견 덩어리요, 청춘의 즐거움을 방해하는 훼방꾼으로 비치기도 하기 때문이다.

우리는 외로운 존재, 그러나……

은퇴, 노는 것도 보람과 버무리면

은퇴란 '자신만의 보람 있고 자유로운 시간을 가질 수 있는 인생의 마지막 기회'이다.

우리 동네 K교수는 40여 년간 몸담았던 교직에서 은퇴하고 이제 진정한 자유를 만끽하고 있다. 그분과는 20년 가까이 친분을 맺고 있는데, 무엇보다도 물질로부터 자유로운 그분의 삶을 흠모해 왔다. 대부분의 사람들이 신분 상승과 자기 과시를 위해 기를 쓰며 살아간다면, 그분은 예나 지금이나 그런 것들과는 무관한, 철저히 학문의 세계만을 탐닉하며 살아왔다. 그래서 그분과 만나면 늘 마음이 평화로워지고, 또한 무한한 지식 세계에 빠지는 황홀한 경험을 누릴 수 있어 좋다.

우리는 얼마 전 중국식당에서 만나 자장면 한 그릇씩을 비우며 은퇴 생활에 대해 이야기를 나누었다. 70세인 K교수는 "나는 지금 내 인생에서 가장 자유로운 시간을 즐기고 있다"면서 "일정에 얽매이지 않으면서 읽고 싶었던 책을 마음껏 읽을 수 있어 아주 좋다"고 말했다. 그분의 말을 들으면서 '은퇴란 자유를 의미한다'는 사실을 깨달았다.

더불어 우리는 '보람'에 대해서도 이야기했다. 대부분 우리 같은 평범한 사람은 결혼해 가정을 꾸리고, 자식 낳아 교육시킨 뒤 시집 장가를 보내면 은퇴할 나이가 된다. 그런데 그 나이가 되면 누구나 "나는 무엇 때문에 이렇게 기를 쓰며 살아왔나?"라고 탄식하면서 회한에 빠져든다. 물론 자식 키운 보람이 보람 중에서도 으뜸일 수 있지만, "나는 뭐냐?"라는 자탄이 자기도 모르게 나오기도 한다.

그렇다면 은퇴의 의미는 '자신만의 보람 있고 자유로운 시간을 가질 수 있는 인생의 마지막 기회'라고 할 수 있다. 따라서 가족의 생계 때문에 할 수 없었거나 미루었던 일들을 은퇴라는 관문을 통과한 뒤 마음껏 해볼 수 있는 기회를 갖는 것이야말로 생의 의미를 마지막으로 꽃피우는 계기가 될 것이다.

물론 너무 열심히 일만 하면서 살아온 사람은 은퇴를 휴식, 즉 노는 기간으로 생각할 수도 있겠지만, 노는 것도 보람과 함께 버무려야 제맛이 나지 않을까 싶다. 요즘 미국 은퇴자들 가운데 놀기 위해 휴양지 근처로 삶의 근거지를 옮겼다가 다시 고향으로 돌아오는 사람들이 많아졌다고 한다. 막상 놀기만 해보니 금방 지겨워졌던 것이다. 그래서 고향으로 돌아와 어떤 사람은 봉사활동을 하고, 어떤 사람은 새로운 사업을 시작하고, 어떤 사람은 취미클럽에 가입해 활동한다. 즉, 인생 계획을 다시 세워 보람된 삶을 살고자 하는 것이다.

얼마 전 관련 업계의 거상 한 분이 평생 일만 하다 갑자기 세상을 뜨셨다. 그 많은 돈을 놓고 빈손으로 떠난 그를 향해 어떤 사람이 "불쌍하군. 한 번도 놀아보지도 못했을 텐데. 그러니 노는 것이 남는 거야"라고 말하는 소리를 들었다. 그러나 나는 그렇게 생각하지 않는다. 그는 마지막까지 자기 일에 최선을 다했다. 그리고 그것을 자기 삶의 보람으로 생각했을 것이며, 그 보람을 지금 가족들이 이어가고 있다.

죽는 날까지 보람찬 인생을 살 수 있다면 그는 행복한 사람이다. 은퇴에 다다른 나이라면 누구나 그동안 쌓아온 경륜과 지혜를 갖고 있을 것이다. 그런 경륜과 지혜를 좋은 일에, 보람된 일에 쓸 수 있다면 인생길 마지막에 멋진 금관을 쓰는 것과 같지 않을까 싶다. 특히 재미 동포 사회에는 할 일이 많다. 나이든 어른들이 그런 일에 관심을 갖고 실천하면서 살다가 떠난다면 얼마나 보람찬 인생이 되겠는가.

환갑맞이 꿈

나이는 숫자에 불과하며, 열정만 있다면 어떤 일이든 가능하다는 희망도 가져본다.

"청춘은 인생의 나이가 아니라 마음의 나이다. 장밋빛 뺨과 붉은 입술과 유연한 몸매가 아니라 강인한 의지와 풍부한 상상력과 깊고 깊은 인생의 샘에서 용출되는 신선함이다." 사무엘 울만은 《청춘론》의 서두를 이렇게 시작하면서 청춘은 "어린이 같은 호기심과 가슴 조이며 미지의 인생에 도전하는 희열" 속에 있다고 말한다.

나이 환갑에 새로운 인생에 도전한 사람들의 뉴스를 접할 때마다 사무엘의 《청춘론》이 떠오르면서 가슴이 뭉클해진다. 60세에 고등학교 검정고시 합격, 대학을 거쳐 칠순 나이에 대학원을 마치고 대학 강단에 서게 된 3급 장애인 조양통산 사장 송순동 할머니의 이야기는 아름답다. 만학의 꿈을 이룬 이런 도전 이야기는 우리 주변에 얼마든지 있다.

몇 년 전까지만 해도 마우스, 키보드, 모니터가 무엇인지조차 몰랐던 미국의 앤 클리블랜드 할머니는 84세인 지금 인터넷에 능수능란한 정

우리는 외로운 존재, 그러나……

치 블로거로 활동하고 있다. 그녀는 "정보화 교육을 받은 사람들은 삶에서 자신감을 얻고, 새로운 활력과 건강도 얻는다"면서 "블로깅은 대화가 막혀 있던 손자나 자식 세대들과 공감대를 형성할 수 있도록 도와주고 대화도 쉽게 이어나갈 수 있도록 해준다"고 말했다.

환갑에 퇴직하고 62세에 새로운 벤처사업을 시작해, 72세에 세계적인 기업(백산OPC)을 일군 이범형 사장의 일화는 우리 같은 사업가에게 노년에도 청춘의 열정을 불태우면 못 이룰 것이 없다는 사실을 입증해준다.

노년의 인생을 보람과 성취로 이어가는 이야기들은 수없이 많다. 좀 오래된 이야기지만, 미국에 이민 와 경제적으로 성공하고 연방 하원의원에 3회나 도전한 바 있으며, (주)삼미사의 부회장까지 지낸 서상록 씨는 환갑의 나이에 한국에서 식당 웨이터로 새로운 인생을 시작해 화제가 된 바 있다. 기업체 사장까지 지낸 어떤 분은 택시운전사로 취직해 "노인의 서러움은 돈이 아니라 쓸모가 없어졌다는 자괴감에 있다"면서 "직장을 잃더라도 일을 잃어서는 안 된다"며 노년 생활의 가이드를 제시한 바 있다. 이 밖에도 환갑의 나이에 가수, 수필가, 소설가, 서예가 등으로 활동하며, 젊어서 가졌던 꿈을 이룬 일화는 끝이 없다.

나도 어느새 환갑을 맞이했다. 뒤돌아보면 참 오래도 살았다. 우리 어르신 환갑잔치가 엊그제 같은데, 내가 환갑이 되었다니 믿기지가 않는다. 하지만 인생의 마지막 무대에 들어선 것만은 부인할 수 없다. 어떻게 살 것인가? "죽을 때까지 삶을 지켜주는 것은 사랑과 일이다"(괴테).

"학생으로 남아라. 배움을 포기하면 폭삭 늙기 시작한다"(셰익스피어).

아직 젊은데 무슨 환갑타령이냐는 거짓말에 힘을 얻는다. 홈런 한 방 날릴 수 있는 기회가 아직 있으리라는 믿음도 갖고 있다. 늦가을에 봄꽃을 피운 사람들의 이야기를 통해 나이는 숫자에 불과하며, 열정만 있다면 어떤 일이든 가능하다는 희망도 가져본다. 그러나 무엇보다도 인생 1막과 2막에서 저지른 한심한 실수들을 뒤늦게 깨달았다는 사실이 중요하다. 더 원숙한 삶과 농익은 깨우침으로 곱게 늙어가는, 아름다우면서도 본때 있는 막판 인생이 가능할까?

가깝게는 가족과 친구, 친척은 물론, 인연을 맺은 다른 모든 사람들에게도 알게 모르게 주었던 상처를 화해로 바꾸는 삶을 생각해본다. 클린턴 전 미국 대통령이 자신의 저서 《기부(Giving)》에서 언급했듯이, 그동안 '받기만 했던 삶'을 살았으니 이제 '주는 삶'을 살 수 있다면 그것도 화해가 되리라. 과욕일지 모르지만, 가곡을 멋지게 부를 수 있는 테너 가수가 되는 가당찮은 꿈도 꾸어본다.

왕언니

인격이나 기품은 그 사람의 마음에서 나온다.

재미 동포 우먼스클럽 모임에서의 일이다. 일반 회원보다 나이가 훨씬 들어 보이는 한 회원이 농담을 섞어가며 회원들을 웃기고 있었다. 주위에 둘러앉은 회원들은 너무 웃어서 뱃살깨나 빠졌을 것이다. 만 69세, 한국 나이로는 칠순의 노인. 그러나 그분의 모든 것, 특히 말과 행동은 갓 익은 포도송이처럼 싱그러웠다. 아니, 귀여웠다는 표현이 정확할 것이다.

그런데 어느 순간부터 회원들은 그녀를 '왕언니'라고 부르기 시작했다. 언니 중에서도 언니라는 뜻인데, 그 거창한 호칭이 어떻게 나왔을까? 답은 금방 나왔다. 나의 질문을 받은 회원들은 "이번에 그분에게서 인생살이 한 수를 크게 배웠다"는 것이다. 부드럽고 속삭이는 듯한 고운 말씨, 만면의 웃음, 젊은이 같은 제스처, 통통 튀는 유머, 상대에 대한 따뜻한 배려, 주최 측이 마련한 행사 스케줄을 어김없이 지키는 성실

함……. 왕언니가 가진 카리스마는 이런 것들에서 나오는 듯했다.

나이가 들면 사실 젊은이들에게 왕따 당하기가 쉽다. 다른 이유보다, 어른을 대하는 것 자체가 어렵기 때문이다. 왕언니는 그런 점에서 정반대의 경우였다. 사람을 편하게 대하고, 젊은이 속에서 젊은이처럼 똑같이 행동했다. 즉, 아이들과 함께 놀려면 아이가 되어야 하다는 말처럼, 왕언니는 젊은 부인들과 함께 하면서 젊은이의 언어로 젊은이처럼 놀았다.

왕언니에 대해 궁금한 것이 많았다. 1남3녀를 둔 왕언니는 한국에서 교사 생활을 하다 이민 와 22년간을 뷰티 서플라이 가게에 투신했다고 한다. 왕언니는 우먼스클럽 모임에 처음 참여했다고 하면서 "오기를 잘했다. 왕언니 소리가 아주 좋다"며, 젊은이들에게 '언니' 라고 불리는 기분이 그렇게 좋을 수 없다고 덧붙였다.

젊게 사는 이유를 물었다. "불자인데, 모든 것은 마음에서 나온다는 부처님의 말씀을 늘 새기고 산다"는 답변이 돌아왔다. 스스로 "명랑한 성격" 이라고 말하면서 "화 안 내고, 잘 웃고, 모든 것을 긍정적으로 생각하는 편" 이라고 덧붙였다. "부처님의 눈에는 모든 것이 부처로 보인다"는 말씀을 믿는다고도 했다. 어느 헤어 도매업체에서 몰래 구독료를 부담하고 매월 보내주는 〈좋은생각〉이라는 잡지를 가게에 두고 한 달 내내 찬찬히 읽으면, 절이나 교회에 갈 일이 없다는 말도 들려주었다.

시인 롱펠로가 백발이 되어도 정열적인 시를 끊임없이 발표하자 이에 감탄한 한 청년이 "선생님은 노인이신데 어떻게 그처럼 시를 잘 쓰십니까?"라고 물었다. 이에 그는 "저 나무처럼 양분을 잘 섭취하면 저렇게 푸르게 자라 열매가 맺는단다"라고 대답했다.

인격이나 기품은 그 사람의 마음에서 나온다. 그리고 비단결 같은 마음은 평생 동안 일상 속에서 비단옷감을 짜듯 자기 수양을 게을리 하지 않는 데서 얻어지는 귀한 열매임에 틀림없다.

회혼 잔치

결혼 생활은 오래 묵을수록 자신도 모르게 그 속에 행복이 곁들여진다.

두어 달 전 동네 어르신 내외가 결혼 60주년을 맞아 회혼(回婚) 잔치를 열었다. 우리 부부도 초대받아 참석했다. 결혼식에는 많이 가봤지만, 회혼 잔치에 참석한 것은 처음이었다. 아들딸, 손자, 손녀 등 수많은 하객들이 이들 노부부의 회혼을 축하하기 위해 모였고, 로스앤젤레스(LA)에서 활동하는 재미 동포 코미디언 김막동 씨가 사회를 맡아 좌중을 웃겼다. 참으로 감동적이고 부러운 모습이었다.

우리 내외도 그런 잔치를 벌일 수 있을까 생각해보니, 앞으로 30년을 넘어 90세까지 살아야 한다는 계산이 나왔다. 회혼 잔치는 만복(萬福)을 타고 난 사람이나 누릴 수 있는 행복임에 틀림없다. 삼박자가 완벽하게 맞아 떨어져야 하기 때문이다. 먼저 첫 결혼이 절대 깨지지 않아야 하는 것은 물론, 부부 모두 건강하게 오래 살아야 하며, 이런 잔치를 열 정도로 부부간의 정이 마지막까지 끈끈해야 한다.

우리는 외로운 존재, 그러나……

그래서인지, 결혼기념일에 붙인 말들이 참 재미있다. 결혼 1주년 기념식은 지혼식(紙婚式)이다. 아직 종이처럼 언제 찢어질지 모른다는 의미다. 5주년에는 나무[木婚], 7주년에는 꽃[花婚], 10주년에는 강철[鋼鐵婚], 15주년에는 구리[銅婚], 25주년에는 은[銀婚], 30주년에는 진주[珍珠婚], 50주년에는 금[金婚], 75주년에는 금강석[金剛石婚]이 된다. 종이가 나무, 강철, 동, 은, 금을 거쳐 마지막으로 금강석이 되는 과정, 그것이 얼마나 어려운지 짐작할 수 있다.

인간 수명이 점점 길어져 앞으로는 금강석혼이나 회혼까지는 아니더라도 최소한 금혼까지는 바라볼 수 있을 것이다. 그러나 수명은 어디까지나 삼박자 가운데 하나에 불과하다. 세계에서 이혼율이 가장 높다는 미국인에게는 은혼을 바라보는 것 자체가 미친 짓(?)일 수 있다. 한국도 이혼율이 3쌍 중 1쌍으로 미국 다음이라니, 예외는 아닌 듯하다. 70세가 넘은 노부부가 갈라서는 '황혼 이혼'이라는 용어까지 등장했다고 하니 말할 것도 없다. 이렇게 보면 금을 캘 확률은 앞으로 점점 더 줄어들지도 모른다.

결혼에 대해 가장 솔직하게 정의한 사람은 사상가 몽테뉴이다. 그는 "결혼은 새장과 같다"면서 "밖에 있는 새들은 쓸데없이 그 안으로 들어가려 하고, 안에 있는 새들은 쓸데없이 밖으로 나가려고 애쓴다"고 말했다. 결혼이란 결혼한 사람에게는 새장처럼 답답한 것이라는 뜻인데, 그의 말대로라면 어떤 사람들에게는 오랜 결혼 생활은 축복이 아니라 고통일 수 있다.

그렇다면 은이니 금이니 하는 것은 단순히 숫자의 의미밖에는 없다. 내용이 중요하다는 말이다. 결혼 생활이 새장 속의 고통이 아니라 또 다른 축복을 만들어 나갈 때, 자유를 구속하는 것이 아니라 사랑을 보장할 때 진짜배기 은이고 금일 수 있는 것이다.

어쨌든 은이나 금을 캔 사람은 위대하다. 그들에게 어떻게 그리 오랜 세월을 함께 할 수 있었느냐고 물어보면 대부분은 "싸울 때 져주었다" "항상 마지막 말을 하지 않았다" "항상 응(Yes)이란 말만 했다"고 대답한다. 금을 캐기 위한 우선 조건은 부부간의 원만한 의사소통이라는 것이다.

어떤 사람이 '행복한 부부 관계를 위한 의사소통 방법'을 다음과 같이 가르쳐주었다.

- 속속들이 아는 척 하지 마세요.
- 감추고 싶은 비밀을 인정해주세요.
- 서로에게 개방적이며, 용납하고 받아들이는 분위기를 조성하세요.
- 칭찬을 자주 하세요.
- 의견은 다를 수 있지만, 전달은 우회적으로 하세요.
- 상대방의 말에 귀를 활짝 열어 두세요.
- 배우자의 자존심을 살려 주세요(남편 기 살리기, 아내 기 살리기).
- 이해를 받기보다 먼저 이해하려고 노력하세요.
- 배우자에게 잘못했거나 죄를 지었을 때 용서를 구하세요.

우리는 외로운 존재, 그러나……

결혼 생활은 행복 그 자체는 아닐지 모른다. 하지만 오래 묵을수록 자신도 모르게 그 속에 행복이 곁들여지는 것은 아닐까? 나는 동네 어르신의 회혼 잔치에서 그것을 보았다. '저런 것이 행복이구나' 라는 생각이 들었던 것이다. 험한 인생길을 60년 넘게 함께 해오면서 굽이굽이 어려운 일들도 많았겠지만, 축가가 울리는 가운데 아들딸, 손자 손녀들에게 꽃다발을 받고, 많은 친지와 친구들에게 박수를 받는 모습은 무척 아름다웠다. 부럽고 행복해 보였다.

아내의 처녀 시절 사진 한 장

예쁘고 신선하던 아내의 모습이 나의 무관심, 나의 불성실, 나의 불찰 탓에 변해버렸다.

흘러간 세월을 담아놓은 사진은 자기만의 것이다. 다른 사람에게는 아무 의미 없지만, 자기에게는 절절한 추억의 한 자락일 수 있기 때문이다. 얼마 전 나는 사진첩을 뒤적이다가 한 장의 사진을 발견하고 깜짝 놀랐다. 결혼하기 전 내가 찍은 아내의 독사진이었다. 자동차에 기댄 채 땅을 바라보며 상념(想念)에 빠져 있는 아내. 지금과는 무척 다른 모습의 아내는 그 당시 무슨 생각을 하고 있었을까? 순간 나는 깊은 회한(悔恨)에 빠져들었다.

그 사진을 찍었던 당시 결혼을 약속한 사이였으니, 그 사람은 자기 인생을 설계하는 꿈을 꾸고 있었을 것이다. '내가 이 남자를 잘 선택했을까?' '나의 모든 것을 바쳐야 하는 이 남자가 내 인생을 어떻게 그려줄 수 있을까?' '결혼하고 후회하지는 않을까?' 라는 생각들을 하고 있지 않았을까 짐작해본다.

　우리는 외로운 존재, 그러나……

그리고 25여 년의 세월이 흘렀다. 나는 5남매의 장남이었기 때문에 아내는 내 동생들의 맏형수이자 새언니로서 부모님을 대신해 온갖 뒷바라지로 세월을 보냈다. 그러는 사이 우리는 아이들을 넷이나 낳아 지금도 고생고생 키우며 팍팍한 생활에서 벗어나지 못하고 있다. 아내가 살아온 세월을 새삼 되돌아본다면 그동안 아내는 자기 삶을 산 것이 아니라, 모진 세월에 밀려서 수많은 고갯길을 어쩔 수 없이 넘고 또 넘었으리라.

그래서였을까. 25년 전 아내의 사진을 들여다보면서 그녀에게 죄스럽고 미안한 생각이 한꺼번에 몰려들었다. 별로 내세울 것 없는 내 인생의 족적(足炙)이나 몰골은 말할 것도 없거니와, 그녀가 꿈꾸던 인생이 적어도 이것은 아니었으리라는 생각에 이르자 나의 무책임함이 벌거벗은 채로 드러나는 것 같았다. 그 한 장의 사진이 나라는 한 인간의 모습을 그토록 처참하게 보여줄 줄이야.

나는 순간 죗값을 치러야 한다는 생각이 들었다. 그래서 다음 날 즉시 그 사진을 들고 사진관으로 달려갔다. 지금 그 사진은 내 사무실에 확대된 채 걸려 있다. 나는 날마다 그 사진을 바라보며 아내에게 미안한 마음을 떠올리곤 한다. 이제 와서 낯 뜨겁고 뻔뻔스럽고 겸연쩍은 짓이지만, 남은 생이라도 초심으로 돌아가 아내가 꿈꾸었던 인생의 백 분의 일이라도 그려주어야 한다는 생각이 들었기 때문이다. 알짜배기 시간은 다 허비하고 자투리밖에 남지 않은 지금에야 이런 생각을 하다니 한심해 보일 수 있을 것이다. 그리고 지금에서야 무슨 큰 수가 있겠느냐고 냉소의 말을 건네는 사람도 있을지 모른다. 그러나…… 그러나 늦었지만 속죄의 뜻으로, 또한 나에게도 아직 양심이 조금 남아 있다는 사실을 스스로 확인해보고 싶다.

아무튼 우연이었고 또한 이상한 일이었다. 예쁘고 착하고 신선하던 아내의 모습이 모진 세월 때문에 변한 것이 아니라 나의 무관심, 나의 불성실, 나의 불찰 탓에 변해버렸다는 사실을 그 사진 한 장이 나에게 천둥번개처럼 요동치며 깨닫게 해주었으니 말이다. 문인 김태길은 〈사진첩〉이라는 글에서 "사진이라는 물건이 잔인한 증인이라는 사실을 ─ 늙음과 헤어짐에 대한 깨달음을 강요하는 잔인한 증인이라는 사실을 ─ 알게 되면서부터 나는 점차 그것에 흥미를 잃게 되었다"고 썼다. 그의 말처럼 그 한 장의 사진은 '잔인한 증인' 이었다.

남편들이여! 시간을 내서 사랑하는 아내의 옛 모습을 한 번씩 훔쳐보라. 그렇지 않은 분들이 더 많겠지만 나처럼 형편없는 남편들은 알게 될 것이다. 자기 자신이 얼마나 이기적으로 살았는지, 그리고 자신만을 위해, 출세만을 위해, 체면만을 위해 아내를 희생시키고, 가족을 희생시키고…… 그래서 얻은 것이 무엇인지를 말이다.

나의 아버지

아버지는 존재 자체만으로도 우리의 울타리다.

몇 년 전 어머니가 세상을 떠나고 혼자 쓸쓸해하는 아버지를 위로해 드리기 위해 자주 서울을 방문했다. 호랑이처럼 무서웠던 아버지가 이제는 기력도, 마음도 쇠잔해진 것 같아 가슴이 아린다.

아버지는 90여 년의 인생을 살아오면서 한 번도 돈을 제대로 벌어본 적이 없다. 7전8기(七顚八起)가 아니라 7전8도(七顚八倒), 즉 일곱 번 구르고 여덟 번 거꾸러졌다. 그래서 우리 집은 늘 가난했고, 힘들게 공부해야 했다. 아버지는 자식들에게 무엇 하나 뚜렷이 도움을 준 적이 없다. 그런데도 언제나 당당했다. 한 번도 아버지로서 자세가 흐트러지지 않았다. 나는 아버지의 그런 당당함이 좋았다.

물론 아버지는 남편으로서, 그리고 5남매의 아버지로서 속으로는 너무 힘들었으리라 짐작된다. 아버지로서의 체면, 자존심, 미안함 같은 것 때문에 죽고 싶을 때도 있었을 것이다. 그렇지만 아버지는 늘 제자리에 있었다. '뒷동산의 바위처럼' '시골마을의 느티나무처럼' 우뚝 버티고 서 있었다. 나는 그런 아버지가 좋았다.

나의 아버지와 아버지로서의 나를 비교해보면, 나는 십 분의 일도 못 쫓아간다. 그리고 나뿐만 아니라, 우리 세대 아버지들의 모습도 우리 아버지 세대의 아버지들과는 비교가 안 될 정도로 초라하다. 아버지 세대의 아버지들 모습을 떠올려 보면 금방 알 수 있다. 그들은 가진 것도, 지위도 없었지만 가정에서는 적어도 아버지답기 위해 몸가짐에 흐트러짐이 없었다. 말 한마디라도 가볍게 하지 않았다. 가볍기 짝이 없는 오늘의 아버지들을 생각하면 그들은 얼마나 대단한 아버지였는가.

4남매의 아버지인 나 자신에 대해 생각해본다. 나는 아이들에게 어떤 아버지 상을 심어주었을까. 돈 벌어 어렵지 않게 학교에 보내준 일 외에는 내가 아이들에게 제대로 무엇을 보여주거나, 어떤 뚜렷한 삶의 교훈을 일러준 적도 없는 것 같다. 거울에 비친 아버지로서의 나의 모습은 부끄럽기 짝이 없다.

나는 미국으로 돌아오기 직전 아버지와 오랫동안 포옹을 했다. 감히 포옹한다는 것조차 두려웠던 아버지였지만, 이제는 친구 같은 아버지를 마지막일지도 모른다는 생각에 꼭 안아보니, 바윗덩이 같던 아버지가 이제는 어린아이처럼 내 가슴에 쏙 들어왔다. 하지만 체온만은 아주 따뜻했다. 눈물이 흘렀다. 아버지도 흐느끼는 듯했다.

우리는 안다. 아버지의 마음을. 미안하고, 후회스럽고, 죄스럽고, 자식들 볼 면목이 없고……. 그러나 아버지는 존재 자체만으로도 우리의

우리는 외로운 존재, 그러나……

울타리다.

죽음을 목전에 둔 아버지

한국을 방문했을 당시, 92세의 아버지가 나에게 유언처럼 말씀하셨다. "이제 얼마 살 것 같지가 않다. 네가 꼭 임종을 지킬 필요는 없다. 언제든 떠날 준비가 되어 있으니, 너무 슬퍼하지 마라." 대장암이 폐까지 전이되어 힘들게 지난 3년을 버텨온 아버지가 자신의 죽음을 예감하고 한 이야기다.

나는 아버지와 마지막일지도 모르는 대화를 나누었다. 대화라기보다 일종의 인터뷰였다고나 할까. 나는 아버지의 일생을 벗겨 보고 싶었다. 일제강점기에 도쿄 명문대학을 졸업하고도 실패한 인생을 살아온 분이었기에 나는 죽음을 앞둔 그분의 심정이 무척이나 궁금했다.

그런데 아버지는 결코 '실패' 라는 단어를 입에 올리지 않았다. '나는 최선을 다해 살았다. 무엇보다도 착하고 정직하게 살려고 노력했다. 다만 가장으로서 어린 너희를 굶주리게 했던 일이 가장 가슴 아프고, 아비 노릇, 남편 노릇을 못했다는 한(恨)만은 남는구나." 아버지의 이 말에 나는 해방 전후, 그리고 6 · 25전쟁을 거친 아버지 세대가 겪어야 했던 가난, 그리고 꿈을 꿀 수조차 없었던 좌절의 시대, 아버지처럼 정직하게 살았던 사람들이 성공할 수 없었던 시절이 있었다고 위로해 드렸다. 나로서는 '아버지에 대한 용서' 였는데, 아버지는 "그렇게 말해주어 고맙다"고 대답했다.

인생이 무엇이냐는 질문도 던져보았다. 아버지는 "주어진 삶 동안 선한 길을 걷는 것"이라고 답하면서 "자기만을 위해 산다면 사람이 아니다. 이웃을 생각하며 사람들에게 칭찬 받고 사는 삶이야말로 가장 참다운 인간의 삶이다"라고 덧붙였다. 그리고 "후회스러운 일도 많았지만 나만을 위해 살지 않았다"고 자신 있게 말했다. 나도 그 점만은 인정한다. 가족을 굶주리게 했으면서도 늘 당당하셨으니까.

행복에 대해서도 이야기를 나누었다. "내 인생의 행복이라고 할까, 보람이라고 할까 그것은 너 같은 자식을 두었다는 것이다." 아버지의 의외의 말에 "출세도 못하고 별 볼일 없이 살아온 나를 그렇게까지 인정해주시는 것인가요?"라고 되물었다. "아니다. 부모 형제를 끔찍이 사랑하고 위하면서 늘 선함을 위해, 이웃을 위해 어떤 일이든 열심히 하는 너의 삶이야말로 자랑스럽다. 나에게 그런 아들을 주신 하느님께 늘 감사해왔다. 계송이 네가 내 인생의 보람이다." 자기 자식이니 그렇게 말씀하셨다고 생각하지만, 아버지의 이야기에 숙연해지지 않을 수 없었다. "90 인생 아무것도 남은 것은 없지만 큰아들 계송이를 남겼다는 것, 그나마 계송이 너마저 없었다면 내 인생은 얼마나 쓸쓸했겠느냐? 그래서 나의 인생이 당당하고 살아온 보람이 있다"는 말까지 덧붙였을 때 나도 몰래 가슴이 벅차올랐다. 아버지에게 인정받은 아들이라는 사실만으로도 기쁘고 행복했다.

인생살이에서 남녀 간 사랑을 빼놓을 수 없다. 아내와의 사랑, 그리고 마음속에 간직한 여인들이 있었는지도 물었다. 아버지는 솔직히 대답했다. '네 어머니와 결혼하기 전인 대학 시절 일본에서 사귀던 일본 여인을 잊을 수 없다"면서 "그래도 평생 고생만 한 네 어머니를 가장 사랑했다"고 덧붙였다. '다만 남편 노릇을 못하고, 화풀이 대상으로 삼았던 네 어머니에게 너무 미안하다. 나는 밤마다 잘못을 빌고 있다. 내가 죽으면 저승에서 네 어머니를 만나 잘못을 빌면서 사랑하며 살 것이다." 그리고 아버지는 사업 실패로 가정이 풍지 박살난 후 가족의 생사조차 모른 채 수년을 보내던 어느 날 광화문 네거리에서 우연히 아내를 만났고, 그 순간 "인연이란 하늘이 맺어준 것이라는 사실을 깨달았다"며, "네 엄마가 무척 보고 싶다"고 말했다.

이 밖에도 많은 대화를 나누었다. 죽음을 앞두고 자신의 삶을 돌아보면서 이 아들에게 행복, 보람, 그리고 사랑을 당당히 들려주신 아버지, 이제 그분을 편히 보내드릴 수 있을 것 같다.

평생 잊을 수 없는 사람들

어쩌다 끼니를 넘겨 배가 고플 때마다 떠오르는 얼굴들이 있다.

1.

50년 전의 일이다. 눈이 펑펑 쏟아지던 어느 날이었다. 할머니, 어머니, 그리고 우리 5남매는 굶주린 배를 움켜쥔 채 한 방에 둘러앉아 천장만 바라보고 있었다. 굶는 날이 셀 수 없이 많았기에 오늘도 그렇게 지나가겠거니 생각하며 문틈으로 창밖을 내다봤다. 하염없이 쌓이는 눈이 쌀이라면 얼마나 좋을까.

바로 그때였다. 앞마당 사립문을 열고 두 여성이 보자기에 싼 무언가를 들고 들어오더니, 잠시 후 쏜살같이 사라지는 것이었다. 방문을 열고 나가 보니 아직도 김이 모락모락 나는 밥 두 그릇이 보자기에 잘 싸여 있었다.

우리 식구들은 그날 밤 조금씩이지만 허기를 채울 수 있었다. 나중에 알고 보니 그들은 이웃집 아주머니 모녀였다. 우리 집 굴뚝에 며칠째 연

우리는 외로운 존재, 그러나……

기가 나지 않는 것을 보고 밥을 가져다 놓았다는 것이었다.

내가 초등학생 때 일이었으니 까마득한 먼 옛날 일이지만, 어쩌다 끼니를 넘겨 배가 고플 때마다 그 모녀의 얼굴이 떠오른다.

2.

40여 년 전 대학교에 다닐 때의 일이다. 숙박을 조건으로 학생을 가르치는 가정교사 노릇을 하면서, 서울 구파발에 있는 학생 집에서 안암동에 있는 학교(고려대)까지 통학을 했다. 문제는 용돈과 교통비였는데, 따로 벌어야 할 처지였다. 교통수단은 주로 버스였고, 학교까지는 직행버스가 없어 종로에서 한 번 갈아타야 했다.

교통비도, 용돈도 떨어진 지 며칠이 지난 어느 날이었다. 자주 그런 일이 있었기에 친구들에게 돈도, 버스표도 빌리기가 염치없어, 학교에서 구파발까지 뛰어보자고 작정하고 가방을 옆구리에 움켜쥔 채 무작정 달렸다. 그런 대로 뛸 만했다. 그런데 종로에 이르자 배가 고프고 더이상 뛸 기력도 없었다.

그래서 구파발행 버스에 무조건 올라탔다. 무임승차를 한 것이었다. 버스 차장 아가씨에게 사정해보자는 마음으로 염치 불구하고 좌석에 앉았다. 몸이 피곤했던지 금방 잠이 들어버렸고, 구파발은 서울에서 가장 먼 종착역이었다. 종착역에 이르자 잠이 든 나를 차장 아가씨가 깨웠다. 정신이 바짝 들었다. 나는 '고학생이라는 것'과 '버스표가 떨어져 무임승차한 사실'을 차장 아가씨에게 털어놓았다.

그런데 이게 웬일인가. 야단을 칠 줄 알았던 차장 아가씨가 "알았다"고 눈을 깜박이면서, 내 손에 무엇인가 쥐어주더니 빨리 버스에서 내리라는 것이었다. 고맙다는 눈인사를 하고 차에서 내리자마자 움켜쥔 손을 펴보았다. 회수된 버스표 수십 장이 들어 있는 것이 아닌가. 순간 눈물이 핑 돌았다. 나는 거의 한 달 동안 그 버스표를 사용할 수 있었고, 고마움을 표시하려고 그 차장 아가씨를 찾았지만 끝내 만나지 못했다. 지금도 그 차장 아가씨의 얼굴을 뚜렷이 기억한다. 그녀는 분명 아름답고 행복한 인생을 살고 있을 것이다.

우리는 외로운 존재, 그러나……

아내가 몰래 준비한 여행

멀리 떨어져서 그리워하며 지낸 형제, 친척, 친구들을 만나는 기회를 자주 만들어야 한다.

아내, 아이들과 함께 한국을 거쳐 중국을 방문하고 돌아온 적이 있다. 특히 중국 여행은 무척 행복하고 소중한 시간이었다. 아내가 나의 환갑 기념으로 오래전부터 몰래 준비하고 계획한 여행인데다, 30여 년간 멀리 떨어져 살면서 늘 그리워하던 처형들, 처남들, 친가 동생들, 외가 삼촌 부부 등 13명이 함께 했기 때문이다. 그리고 무엇보다 아내가 가외로 상점에서 일하면서 조금씩 돈을 모아 13명의 여행 경비를 모두 마련했다는 것부터가 감동의 시작이었다.

중국 상하이에 도착한 우리 일행은 여행사에서 준비한 조그마한 전용 미니버스에 올라타고 중국의 최대 명산인 '황산'을 향해 관광 가이드의 설명을 들으면서 6시간을 달렸다. 새로 닦았다는 고속도로 주변으로 농촌 풍경이 끊임없이 이어졌고, 유채꽃을 타작하는 농민들의 도리깨질, 차(茶) 밭을 가꾸는 산모퉁이 아낙네들의 모습이 정겨웠다.

얼마를 달렸을까, 바깥 풍경이 지루해지면서 우리는 이야기꽃을 피우기 시작했다. 내가 먼저 자리에서 일어나 관광 가이드용 마이크를 잡았다. "30년을 해외에 살면서 잠깐씩 고국을 방문해 체면치레밖에 할 수 없었던 제가 이렇게 여러 날을 여러분과 함께 여행하게 되니 얼마나 좋은지 모릅니다." 맥주를 한 잔 마신 나는 고국을 떠나 외톨박이로 쓸쓸하게 살아왔던 지난날들을 떠올리며 마음속의 말을 털어놓기 시작했다. 서글픔과 미안한 마음이 교차하는 순간이었다. "저는 그동안 사위 노릇도 매형, 매제 노릇도, 조카 노릇도 제대로 못했습니다. 죄송합니다. 용서를 바랍니다." 이렇게 나의 허물에 대해 용서를 구하고 "여러분과 함께 여행하는 이 순간이 아주 행복합니다"라고 말한 뒤 마이크를 내려놓았다.

이어서 아내가 마이크를 잡았다. "저 역시 오랜 세월 해외에서 살면서 여러분께 미안한 일들이 많았습니다. 여러분께서 그동안 저희에게 주신 사랑을 조금이라도 보답하고자 이런 기회를 마련했습니다. 특히 우리 아가씨들, 제가 모셔야 할 부모님을 위해 많은 고생을 해주었습니다. 또한 우리 외숙모님, 저희 결혼식 때 피아노 반주자가 예고 없이 펑크를 내자 즉석에서 웨딩 연주를 해주신 것 잊지 못하고 있습니다. 감사합니다."

중국의 4대 자랑거리 가운데 하나인 '황산'을 오르내리면서, 그리고 '장가계' 명산을 구경하면서 작가가 상상으로만 그렸을 것 같던 산수가 실제로 존재한다는 사실을 만끽한 우리는 함께 사진을 찍고, 밥을 먹고,

우리는 외로운 존재, 그러나……

술잔을 기울이고, 이야기를 나누면서 서로의 가슴을 따뜻하게 어루만지는 시간을 보냈다. 그렇게 며칠이 지나자 사돈지간의 어려움도, 서로의 서먹함도 어느덧 말끔히 사라졌다.

여행은 구경도 구경이지만, 동행자 사이에 알게 모르게 오고가는 따스한 마음들이 전류처럼 흐르고 우리 몸에 에너지로 남아, 일상을 충전시켜 주는 동력 구실을 한다. 일상으로 돌아온 나, 이제 중국 명산 관광의 기억은 조금씩 사라져 가지만 함께 했던 분들과 나눈 훈훈한 정은 마음 한복판에 짜릿한 쾌감으로 남아 오랫동안 나를 자극할 것이다.

일에 파묻혀 살고, 일하는 재미로만 살아왔던 나는 이번 여행을 통해 삶의 새로운 경지를 발견했다. 독종들이나 해낼 수 있는 이민 생활, 그것은 일터와 잠자리를 오고가는 단순하고 지루한 일상이었을 뿐이다. 어느 누군가가 미국은 우리에게 '재미없는 천국' 이고 한국은 '재미있는 지옥' 이라고 하지 않았던가. 왜 이 고생을 하면서 사는가? 재미있게 살기 위해서이다. 돈을 벌어라. 그리고 멀리 떨어져서 그리워하며 지낸 형제, 친척 그리고 친구들을 만나는 기회를 자주 만들어라. 그들과 여행도 함께하라. 벌어 모은 돈을 그들을 위해서도 써보라. 아내는 나에게 많은 것을 일깨워주었다. 사실, 억지로 따라갔는데 여행을 마치고서야 아내의 뜻을 깨달았기 때문이다.

나의 누이

장애도. 부모님도 숙명처럼 껴안고 살아온 누이. 그녀는 나의 영원한 눈물이다.

우리 역사를 돌아보면 한 가정에서 누이라는 존재는 희생자였던 경우가 수없이 많다. 중국에 조공된 누이, 일제강점기에 군 위안부로 끌려간 누이, 부잣집에 팔려간 누이, 오빠나 동생들의 학비를 위해 식모나 공순이가 된 누이…… 이민 역사를 돌아봐도 마찬가지다. 누이들이 미국 사람과 결혼해 이민의 씨앗을 뿌린 결과, 200만 명의 동포가 미국에 살고 있다.

나에게도 그런 누이가 한 명 있다. 대대로 딸이 귀한 우리 집안에서 5남매 중 유일한 딸이었던 누이는 말 그대로 양념 같은 존재였다. 누이는 착하고 총명했다. 집안이 가난해 대학에 못 갔지만, 전라남도에서 수재들만 다니던 전남여고를 나왔다.

가난 속에서도 장남만은 대학에 보내겠다는 어머니의 의지로 나만은 겨우 대학을 졸업할 수 있었다. 그래서 나는 동생들에게 늘 미안하고 빚진 마음을 안고 살았다. 그래서 대학을 졸업하자마자 가장 먼저 했던 일이 동생들 대학 공부부터 시키는 것이었다. 그런데 안타깝게도 누이에게만은 그렇게 하지 못했다. 여자라고 그랬을까? 그렇게 머뭇거리던 사이 뜻하지 않은 사고까지 발생했다.

전셋집을 전전하던 우리 가족에게 불행이 닥쳤다. 전셋집 연탄 구들방에서 어머니와 누이가 함께 잠을 자다 연탄가스를 마셨던 것이다. 어머니는 겨우 목숨을 건졌지만 기억상실증으로 평생 환자로 살아야 했고, 누이는 어떻게 잠을 잤는지 모르지만 오른손이 굽은 채 마비가 되어 평생 장애인으로 살았다.

사랑하는 어머니, 그리고 양념 같은 존재였던 누이의 불행으로 나는 평생 멍에를 안고 살았다. 눈물도 많이 흘렸다. 그런데 다행히도 착한 누이는 아주 좋은 짝을 만난 덕에 예쁜 두 공주를 낳아 대학을 졸업시킬 수 있었고, 풍족하지는 않지만 한국에서 행복하게 살고 있다.

하지만 나는 누이에게 너무 많은 빚을 지고 사는 사람이다. 장남으로서 부모님을 모시고 살아야 하는데도, 동생들을 공부시킨 뒤 나도 공부를 좀 더 하겠다는 마음으로 미국에 왔다가 그냥 눌러 앉아버렸으니 말이다.

그런데 누이가 이 나라 저 나라 흩어져 사는 오빠들을 대신해 부모님을 모셨다. 기억상실증 환자인 어머니를 모시기는 더더욱 쉽지 않았을 텐데, 누이는 어머니를 20여 년 모셨고, 3년 전 어머니를 여의었다. 지금은 아흔 살이 넘은 아버지를 모시고 산다. 어른들 모시기가 어디 쉬운 일인가. 짜증도 나고 혼자 울 때도 많았을 것이다. 그러나 누이는 전혀 내색하지 않았다. 우리 식구가 서울에 가면 가장 반갑게 맞아주고, 이것 저것 챙겨주고 도와주는 사람도 누이다. 나는 그런 누이가 있어 한국에 가도 전혀 불편한 것이 없다.

미국에 무비자 여행이 허용되면서, 아내는 먼저 누이를 초청했다. 나는 누이가 미국에 온다는 사실만으로도 아주 행복했다. 그리고 1월 초 라스베이거스 뷰티 엑스포장에서 누이를 만났다. 이제 60세를 바라보는 사랑하는 누이에게서 돌아가신 어머니의 모습을 보았다. 어머니는 누이를 통해 살아 계셨다.

가난한 집에서 세 오빠, 남동생 한 명 사이에 끼어 자기 몫 하나 제대로 챙기지 못하던 나의 누이, 이름은 '영란(玲蘭)', 옥처럼 맑고 아름다운 난초. 나의 눈에 비친 그녀는 언제나 맑고 단아한 한 떨기의 난이다.

"언제나 내겐 오랜 친구 같은 사랑스런 누이가 있어요. 보면 볼수록 매력이 넘치는 내가 좋아하는 누이⋯⋯." 장애도, 부모님도 숙명처럼 껴안고 살아온 누이, 그녀는 나의 영원한 눈물이다. 안쓰럽고, 사랑스럽고, 미안하고⋯⋯. 누이에게 갖는 나의 마음은 하나가 아니다. 사랑한다, 누이야!

우리는 외로운 존재, 그러나⋯⋯

미국인 매형의 환갑잔치

우리 동포 사회는 국제결혼을 한 누나들에 대해 그렇게 감사하는 마음이 없는 것 같다.

"다음은 감사패를 증정하겠습니다." (감사패를 증정하면서) "저희 가족 모두를 미국으로 초청해 이렇게 잘살게 해주신 데 대해 진심으로 감사드립니다."

국제결혼을 한 누나의 초청으로 미주리 주 스프링필드 시에서 30년 넘게 살고 있는 친구의 가족들이 미국인 매형의 환갑잔치를 벌이면서 매형에게 감사패를 증정하는 장면이다. 환갑잔치에 무슨 감사패냐고 의아해하는 분들도 있었지만, 장내에는 우레와 같은 박수가 쏟아졌다.

이어서 미주리 한국문화원 회원들의 궁중무, 부채춤, 사물놀이패의 공연이 이어졌다. 하객들도 어울려 덩실덩실 춤을 추기 시작했으며, 환갑을 맞은 주인공 로날드 하지스도 멋진 한복을 입고 신명나게 춤을 추었다. 정말 뻑적지근한 잔치였다. 잔치 자리에는 35년 전에 만나 함께 미국으로 건너 온 환갑잔치 주인공 내외를 비롯해, 그 내외가 초청해 이민을 온 형제자매, 형제자매 친인척, 형제자매 사돈들, 사돈네 친인척, 친인척의 친인척, 그리고 동네 한인 친구들, 미국인 친구들 등 200여 명의 사람들이 함께 했다. 미국에 와 살면서 한인들이 주최하는 행사나 잔치에 수없이 참석했지만, 이번만큼 아름답고 의미 있는 장면을 본 적이 없었다.

미국 한인 사회에서 국제결혼의 의미는 무엇일까? 이민의 원조를 뜻한다. 미국 한인 사회는 이민 초기 유학생들이 공부하러 왔다가 주저앉아 이민자가 된 소수의 경우를 제외하고는 대부분 국제결혼을 한 누나(혹은 누이) 덕에 이민 온 사람들로 이루어져 있기 때문이다. 사실 본격적인 미국 이민은 1970년대 우리네 누나들의 결혼 이민에서 시작되었다고 해도 과언이 아니다. 누나가 미국인과 결혼해 미국에 정착한 뒤 형제와 부모를 초청하고, 그 형제가 또 자기 피붙이를 초청하고……, 이렇게 연쇄적으로 누나 한 사람이 46가정을 초청했다는 통계 수치도 나와 있다.

그런데 슬프게도 우리 동포 사회는 국제결혼을 한 누나들에 대해 그렇게 감사하는 마음이 없는 것 같다. 오히려 누나가 자기를 초청한 사실을 감추는 사람들도 있다. 지난 20여 년간 동포 언론계에서 활동하면서 만난 사람 가운데 "국제결혼을 한 누나 덕에 미국에 이민 왔다"고 먼저 스스럼없이 털어놓은 사람은 거의 없었다.

누나들은 누구인가. 대부분 다른 사람들의 시선을 의식하지 않고, 성공적인 결혼 생활과 훌륭한 가정을 이루었다. 그들은 용감했으며, 개척

우리는 외로운 존재, 그러나……

해나갔다. 서로 다른 문화의 결합이 국제결혼이라면, 그들은 개척과 모험에 성공한 사람들이다. 누구보다 부모 형제에 대한 사랑이 깊다는 점을 인정해야 하며, 조국 사랑도 누나들을 따라갈 사람이 없다. 주류 사회에 누구보다 깊이 참여해 한국을 알리고, 영어도 우리보다 한 수 위이다. 그들은 유관순의 후예요, 수없이 짓밟히면서도 5000년 역사를 이어온 한국 여인들의 끈질긴 맥박이다.

그런데 더더욱 자랑스럽고 고마운 사람은 이러한 누나를 끔찍이 사랑하고, 누나가 하자는 대로 따라준 미국인 매형들이다. 한 사람의 형제들을 초청해 미국에 정착하도록 돕는 일이 어디 쉽겠는가. 공항 픽업은 물론, 자립해서 생활할 수 있을 때까지 누나와 똑같은 마음으로 항상 돌보아주던 사람들이 바로 매형이다.

만인 앞에서 자랑스럽게 "매형! 감사합니다. 감사합니다"를 외치던 친구와 그 형제의 마음이 우리 모두의 마음이어야 한다. 환갑 때만이 아니라 생일 때마다 감사패를 드려도 시원찮다. 그런 마음과 행동이 곧 사람의 도리요, 사람 사는 맛이다. 매형 만세! 누나 만세! 국제결혼 만세!

가족사진

한 장의 사진은 자기가 미처 몰랐던 것들을 관찰하고 기억하게 해준다.

10년 만에 새 가족사진을 찍었다. 중·고등학교에 다니던 아이들이 훌쩍 자라 대학을 졸업한 뒤 사회인이 되어 함께 찍은 첫 번째 사진이다. 아이들이 태어날 때마다 찍은 가족사진을 합하면 대여섯 번째인 것 같다.

몇 년 전부터 새 가족사진을 찍으려고 벼르다가, 서로 시간이 맞지 않아 겨우 부활절 전후로 날짜를 맞출 수 있었다. 우리 집에서 조직력이 가장 뛰어난 둘째딸이 1개월 전부터 가족사진 찍기 이벤트를 위한 사전 지침들을 가족에게 일일이 이메일로 보내왔다. 머리카락을 다듬는 시점, 옷 색깔 등 우리는 각자 받은 지침에 따라 준비만 하면 됐다. 영원히 기록될 한 장의 사진을 위해 가족의 마음이 하나로 모아진 것이다.

수차례 갔음에도, 사진관은 생전 처음인 것처럼 낯설었다. 바삐 살아온 아스라한 지난 세월이 나의 기억마저 빼앗아버린 것 같았다. 우리는

우리는 외로운 존재, 그러나······

아침나절 사진관에서 시간을 충분히 보냈다. 옷을 검은색으로 통일하고, 예쁘게 차려입은 아이들과 아내의 모습을 지켜보면서 오랜만에 내 울타리 속 가족의 또 다른 행복을 느낄 수 있었다.

며칠 후 가족사진이 나왔다. 세파에 시달리고 온갖 풍상으로 주름이 잡힌 데다, 귀밑머리가 허옇게 변한 늙수그레한 나의 모습, 꽃보다 아름다운 세 딸의 싱그러운 모습, 아직은 덜 영근 고구마처럼 풋내 나는 막내아들, 그리고 한가운데 정자나무처럼 믿음직스럽게 버티고 앉아 있는 사랑하는 아내. 나의 60 평생 결실이 온전히 담겨 있었다. 화면에 그득한 가족을 바라보면서 내가 이 세상에 태어나 가장 잘한 것은 이렇게 여섯 명의 가족을 이룬 것임을 깨달았다.

우리는 다양한 자세와 그룹으로 찍은 사진 100여 장 가운데 마음에 드는 것을 고르는 일에 한참의 시간을 보냈다. 고르는 일도 재미라면 재미였다. 요즈음은 찍어놓은 사진을 컴퓨터 인터넷으로 볼 수 있도록 사진관에서 웹사이트에 올려놓는다. 컴퓨터 모니터를 통해 한 장 한 장 넘겨보는 사진 속의 다양한 표정들이 우습기도 했지만, 6명이 조화를 이룬 완벽한 사진을 고르기가 여간 어려운 일이 아니었다. 먼저 각자 마음에 드는 사진을 골랐고, 최종 결정은 큰딸에게 맡겼다.

한 장의 사진은 자기가 미처 몰랐던 것들을 관찰하고, 기억하게 해준다. 다시는 찾아오지 않는 순간의 모습을 바라보면서 그 순간의 추억을 즐기기도 한다. 이제 아이들이 떠난 휑한 집 안의 한쪽 벽에 걸려 있는 가족사진은 우리 내외에게는 가장 큰 위안거리다. 사진을 찍기 위해 함께 했던 따뜻한 순간이 화롯불처럼 다가와 때로는 을씨년스러운 나의 마음을 포근히 감싸주기도 한다.

　아마도 머지않아 또 다른 가족사진을 찍게 될 것이다. 지금 가족사진 과는 전혀 다른 사진일 것임에 틀림없다. 사위들이 등장할 테고, 손자 손녀들이 끼어들지도 모른다. 아직은 멀었지만 며느리도 기대되고, 할 아버지가 된 나의 모습은 어떨까 궁금하기도 하다. 앞으로 몇 번의 가족 사진을 더 찍게 될지 모르지만, 이렇게 사진 찍기를 반복하다가 다른 사 람들처럼 어느 날 갑자기 인사도 없이 떠나게 되지 않을까? 여러 장의 가족사진만 남긴 채…….

흔들리며 피는 꽃

인간이 피우는 꽃은 어떤 자연 속의 꽃보다도 아름답다.

얼마 전 동네에서 아주 가깝게 지내는 친구가 환갑을
맞아 잔치를 예쁘게 가졌다. '예쁘게 가졌다'고 말하는 이유는 무척 보
기 좋았기 때문이다. 시애틀에서 살고 있는 큰딸 내외와 아직 미혼인 작
은딸이 먼 길을 달려와 아빠의 환갑잔치를 예쁘게 해주었던 것이다. 나
는 그 아이들을 잘 안다. 우리 아이들과 거의 비슷한 나이여서, 고생하
며 공부하던 모습이 생생하다. 엄마아빠가 사업적으로 힘들어 공부 뒷
바라지도 제대로 못했지만, 스스로 노력해 좋은 대학을 나왔다. 큰딸은
훌륭한 짝을 만나 두 아이의 엄마가 되었고, 작은딸은 성공한 아티스트
로 활동하고 있다.

한복을 차려입은 친구 내외가 동네의 한국 식당에서 잔칫상 앞에 앉
았다. 큰딸, 사위, 작은딸, 그리고 두 살과 네 살인 귀여운 두 손녀가 큰
절을 올렸다. 30여 년 전 아버지의 환갑잔치를 하던 그 모습과 하나도

다름이 없었다. 이어서 손님에게 음식을 대접하고, 딸 내외가 술도 한 잔씩 돌렸다. 마지막으로 퀴즈 시간을 가졌다. 자기 아버지에 대해 잘 알고 있는 사람들에게 선물을 주는 시간이었다. 한국말을 유창하게 하는 사위가 사회를 맡았다. "우리 아버지가 이민 온 연도는?" "우리 아버지가 제일 좋아하는 노래는?" "우리 아버지의 골프 핸디캡은?" 등의 질문이 이어졌다. 참으로 아름다운 모습이었다. 이민 2세들이 아빠의 환갑을 기억해두었다가 전통 환갑잔치의 모습을 그대로 재현해낸 것이 놀랍고도 기특했다.

순간 눈물이 핑 돌았다. 그 아이들이 한창 공부할 때 내 친구는 사업적으로 힘들었는데, 그런 어려움을 겪으면서도 아름다운 꽃들이 만발한 현장을 목격했기 때문이다. 평소 즐겨 읊던 도종환 시인의 〈흔들리며 피는 꽃〉이라는 시가 갑자기 떠올랐다.

"흔들리지 않고 피는 꽃이 어디 있으랴 / 이 세상 어떤 아름다운 꽃들도 / 다 흔들리면서 피었나니 / 흔들리면서 줄기 곧게 세웠나니 / 바람과 비에 젖으며 피었나니 / 흔들리지 않고 가는 사랑이 어디 있으랴.

젖지 않고 피는 꽃이 어디 있으랴 / 이 세상 그 어떤 빛나는 꽃들도 / 다 젖으며 젖으며 피었나니 / 바람과 비에 젖으며 꽃잎 따뜻하게 피었나니 / 젖지 않고 가는 삶이 어디 있으랴."

이 시는 이민 와서 고생고생하며 꽃을 피운 우리의 이야기다. 그리고 아직도 꽃을 피우지 못한 채 고생하는 젊은 이민자들에게 들려주는 이야기이기도 하다. 흔들리지 않고 가는 사랑도 없고, 젖지 않고 가는 삶도 없다. 제아무리 은수저를 입에 물고 태어난 사람도 비와 바람에 흔들리고 젖으면서 살아간다. 그것이 인생이다. 단지 어떤 풍파에도 굳세게 견디기만 한다면, 꽃은 반드시 피게 되어 있다. 그리고 슬프게도 우리 인생은 누구나 그런 꽃을 피운 뒤 흔적 없이 사라지는 것이다. 그래서 억울할 일도 없다.

인간이 피우는 꽃은 어떤 자연 속의 꽃보다도 아름답다. 친구의 환갑잔치에서 그것을 똑똑히 보았다. 그리고 우리는 그 꽃들의 행복을 바라보면서 노년의 슬픔을 달래며 살아간다. 그것이 사람 사는 맛이기도 하다.

그날따라 눈이 많이 내려 흥겨운 노래 순서를 다 끝내지는 못했지만, 모처럼 가진 흐뭇한 시간이었다. 잔치 중에 친구 자식들에게 물었다. "미국에서 어떻게 전통 환갑잔치를 생각해냈니?" 아이들은 "인터넷 검색을 통해 알아냈어요"라고 답했다. 따뜻하고 똑똑한 아이들이다. 이런 아이들을 꽃피운 친구 부부는 행복한 사람들이다.

36

자식들의 결혼식

어떤 결혼식을 치르더라도 따뜻한 사랑과 축복이 깃들여 있으면 된다.

　　　　　　요즈음 결혼식 참석 횟수가 잦아졌다. 자녀의 결혼 적
령기를 맞은 친구나 선배들이 많아졌기 때문이다. 전에는 잘 몰랐지만
나 역시 결혼을 시켜야 할 연령의 아이들을 둔 부모이다 보니, 다른 사
람들이 결혼식을 치르는 하나하나의 과정이 보통으로 보이지 않는다.

　　결혼식 규모도 천차만별이다. 이민 생활에 성공한 가정의 결혼식은
아주 대단하다. 참석한 미국인 하객들도 눈이 휘둥그레질 정도로 거창
하고 호화롭다. 그런 결혼식은 단순히 신랑 신부가 백년가약을 맺는 자
리를 넘어, 어렵고 힘들었던 이민 생활의 회한을 한순간에 풀어버리는
기회가 되는 것 같다. 그야말로 성공한 이민 가정이라는 사실을 만천하
에 자랑하고 확인하는 자리인 것이다. 그런 자리에 가 있으면 나도 모르
게 마음이 뿌듯해진다. 빈손으로 미국에 이민 온 뒤 노력 끝에 자식들을
훌륭히 키워 이런 자리를 만들어냈다는 사실은 결혼식과 함께 축하받

을 만한 일이기 때문이다. 한마디로 아메리칸 드림을 이룬 절정의 시간으로, 추운 겨울을 이겨내고 활짝 핀 꽃봉오리에 비길 만하다.

얼마 전 우리 동네에서 같은 동포끼리 사돈을 맺은 결혼식이 있었다. 결혼식을 마치고 특급 호텔에서 이어진 피로연 자리에는 300여 명의 하객이 함께 자리했다. 피로연에서는 사모관대와 족두리를 쓰고 한국 전통 결혼예복을 입은 신랑 신부가 폐백을 올리는 모습이 공개됐다. 이 모습을 누구보다도 미국인 하객들이 흥미진진하게 지켜봤다. 낳고 키워 준 부모에게 신랑 신부가 큰절을 올리고 감사를 전하는 아름다운 한국의 전통, 이런 것은 미국인과 나눠볼 만하다는 생각이 들었다.

물론 이런 호화로운 결혼식이 아닌, 단출하지만 아주 뜻 깊은 결혼식도 많다. 겉치레나 체면과는 거리가 먼, 개성이 강한 이민 2세들은 부모 도움 없이 자기만의 추억을 독특하게 만들어내기도 한다. 그런 결혼식 또한 의미가 있다. 지위나 위치를 과시하는 자리가 아니라, 자신들의 사랑을 확인하고 미래를 기약하는 성스러운 자리로, 가족과 친지들의 축복을 받으면서 새로운 인생에 첫걸음을 내딛는 모습이야말로 참으로 아름답다.

앞으로 결혼을 해야 할 아이가 네 명인 나는 걱정부터 앞선다. 그래서 아이들에게 물으니, 각자의 답이 달랐다. 호화스러운 결혼식을 하고 싶다는 아이가 있고, 아주 작은 규모로 치르고 싶다는 아이도 있다. 셋째 딸아이가 대학을 졸업하자, 아내는 무거운 짐을 내려놓게 됐다며 행복해한다. 하지만 아이가 대학을 졸업했다고 부모의 할 일이 끝난 것은 아니기에 우리 부부에게는 가야 할 길이 아직 한참이나 남았다.

물론 자식들의 결혼식이 인생의 꽃이라면 꽃이다. 그러나 한 가지 확실한 점은 그 꽃을 피우는 일을 그리 어렵게 생각할 필요가 없다는 것이다. 자기가 가진 만큼 최선을 다하면 된다. 자식의 결혼식이 인생의 승패를 결정짓는 것도 아니다. 어떤 결혼식을 치르더라도 따뜻한 사랑과 축복이 깃들여 있으면 된다. 무엇보다도 부모 자신이 주인공은 아니다. 또한 자식의 결혼을 이용해 부모의 성공을 과시하는 그런 자리도 아니다. 그런 의미에서 지금까지 잊히지 않는 결혼식이 있다. 아담한 대중식당에 친지와 친구들만 초청해 그 자리에서 식을 올린 뒤, 밤새껏 축배를 들고 노래하며 자축하던 한 가난한 선배의 결혼식이었다.

건강과 신앙

건강을 위해서는 영양, 운동, 물, 햇빛, 절제, 공기, 휴식, 믿음이 필요하다.

아무리 건강한 사람도 나이가 들면 건강 문제가 가장 큰 관심사이다. 나도 예외는 아니다. 몇 년 전 건강 박사로 알려진 이상구 박사가 우리 동네에서 건강세미나를 연 바 있다. 호기심에 참석한 첫날, 깜짝 놀랐다. 요즈음 자주 회자되고 있는 '종교와 건강' 이라는 주제가 공염불이 아니라, 과학적 근거를 갖고 있었기 때문이다.

독실한 기독교인이기도 한 이 박사의 강좌 핵심은 이렇다. 먼저 "하느님은 사랑 덩어리시다"를 전제로 한다. 그리고 "하느님은 인간의 몸을 우리가 상상할 수 없을 정도로 과학적으로 만드셨다. 이미 완성된 유전자 지도가 이를 반증한다. 그런데 유전자의 염기 서열 순서가 바뀌면 우리 몸에 병이 생긴다. 그렇지만 하느님은 우리 몸 안에 바뀐 유전자를 원상 복구시키는 프로그램도 함께 만들어 놓으셨다. 다만 원상 복구 프로그램은 어떤 전파의 충격을 받아 작동하게 되어 있다. 그런 전파를 달리 말하면 생기(生氣)라고 할 수 있는데 생기는 진선미(眞善美), 믿음, 소망, 사랑 같은 아름답고 종교적이며 긍정적 사고로 생활하는 가운데 발생할 뿐 아니라, 뇌를 통해 유전자 원상 복구 프로그램을 작동시켜 병을 낫게 한다"고 강조했다.

이 박사는 연구결과와 실례를 들어가면서 누구도 즉각 부정할 수 없을 만큼 합리적인 논리로 설명해나갔다. 예를 들어, 엄청난 불행을 당했을 때 순간적으로 기(氣)가 막히고 잘못되면 병으로 발전하는 경우라든지, 병은 근심 걱정 같은 마음에서 발생한다는 우리의 경험치가 바로 그것이다.

이 박사 강좌의 결론은 건강을 위해서는 기본적으로 우리 몸에 영양(Nutrition), 운동(Exercise), 물(Water), 햇빛(Sun), 절제(Temperance), 공기(Air), 휴식(Rest), 믿음(Trust)의 첫 글자를 딴 'NEWSTART' 라는 인프라를 구축해야 하며, 여기에 진선미로 가득 찬 생활이 가미된다면 늘 건강하게 살 수 있다는 것이다.

이 박사는 가장 흔한 성인병인 고혈압, 당뇨는 운동 부족에서 생기며, 따라서 운동으로 고칠 수 있다고 주장한다. 운동 부족은 우리 몸에 산소를 공급하는 실핏줄(몸속 피의 80%가 밀집해 있음)의 축소를 가져오며, 이로 인해 산소 결핍증이 발생하고, 통증 같은 것이 생기며, 결국 건강 에너지를 만들어내지 못하게 된다. 한마디로 운동은 건강 엔진이라고 할 수 있는 핏속의 미토콘드리아 숫자를 늘려 인체에 활력을 불어넣어 준다는 점을 강조하고 있다.

건강은 아름다운 사고와 생활 속에서 지켜진다는 이 박사의 주장은 100% 믿어도 좋을 듯하다. 이 박사와 헤어지면서 나는 그에게 '건강 박사가 아니라 건강 목사'라고 부르는 것이 좋겠다고 말했다. 건강을 이야기하면서 하느님을 연결시킨 그의 선교(宣敎) 방법은 멋진 아이디어였다(www.leesangku.org 참조).

죽음, 그리고 천당과 지옥

인간 가치를 믿고, 운명을 극복하려는 노력을 게을리하지 않는 인간 세상이 곧 천당이다.

천당과 지옥은 유한한 생명을 가진 인간이 끊임없이 상상하고 제기해온 문제이다. 죽음 뒤에 우리는 어디로 가는가? 종교마다, 철학마다 죽음이라는 극한 상황을 극복하기 위해 노심초사했다. 하지만 직접 경험하고 돌아온 사람이 없기에 아무도 자신 있게 증명할 수 없었다. 다만 종교인들은 성인의 가르침을 믿고 그것이 자신의 신앙으로 발전되었기에 상상을 초월해 확신에까지 이른 것 같다. 특히 그리스도인들은 부활 신앙을 믿고 '천당과 지옥은 있다'고 확신한다.

스위스에서 태어나 미국에서 정신과 의사로 활약하면서 '죽음학[死學]'을 창시한 퀴블러 로스 박사의 이야기가 흥미롭다. 로스 박사는 의사로부터 죽음 선고를 받은 환자들을 유심히 관찰하면서 인간이 죽어가는 다섯 가지 단계, 즉 부정, 분노, 타협, 우울, 수용 과정을 겪는다는 사실을 알아냈다. "내가 죽을 리 없다"고 강하게 부정하다가, 자기를 불러 가는 하느님을 원망하고, "몇 년만 더 살게 해달라"고 타협한 뒤 우울한 나날을 보내다가 결국 죽음을 받아들인다는 것이다.

로스 박사는 한 걸음 더 나아가 이른바 죽었다가 되살아난 1000여 명이 넘는 임사체험(臨死體驗) 환자들의 체험담을 모아서 죽음 뒤의 저승 모습을 가시화했다. 《죽음 뒤의 삶[死後生]》이라는 그의 강연집은 저승행을 세 가지로 나누어 기술하고 있다.

첫 번째 단계로, "뇌에 손상이 생겨 호흡을 할 수 없고 맥박도 뛰지 않으며 뇌파도 측정되지 않는 상태가 될 때 당신의 나비는 고치를 떠나버린다." 즉, 나비가 고치를 떠나듯, 육체에서 영혼이 빠져나간다.

두 번째 단계로, 죽었다가 살아난 사람들이 죽음 뒤에 일어난 일들을 모두 기억한다. "예를 들어 고속도로에서 충돌한 차에서 당신을 구해내기 위해 어떤 기구가 사용되었는지를 깨어난 다음에 상세히 말할 수 있다. 심지어 충돌한 차의 번호판이나 뺑소니를 친 운전사의 얼굴까지도 정확히 기억할 수 있다"는 것이다. 더불어 이 영체는 시간과 공간을 초월해 인간 세상에서 인연을 맺다 죽은 사람들을 만나고, 터널을 통과하거나 다리를 건너거나 문을 통과하거나 산길을 가로지르는 체험을 한다. 그리고 빛에 에워싸이는데, 이때 장엄하고 무조건적인 사랑으로 감싸이는 것을 느낀다고 한다.

세 번째 단계로, 영체가 자기 일생을 되돌아본다. 인간 세상에 사는 동안 자기가 한 순간순간의 모든 행동과 생각, 말들을 알게 된다는 것이다.

이상 로스 박사의 저승행 서술은 독일 의학자 함페 교수의 연구결과와 일치한다. "여러 임상 체험들을 살펴보면, 그 구조가 같다는 점에 놀라게 된다. 저승행 과정은 대체로 다음과 같다. 임종자는 자신의 사망을 의사가 확인하는 것을 감지한다. 이제 망자는 자신의 몸에서 벗어나 사람들이 자기 몸을 다루는 모습을 멀리서 바라본다. 망자는 흔히 불쾌한 소음을 들으며 긴 터널 속으로 들어간다. 망자는 이승에서 지녔던 몸과는 아주 다른 몸을 지닌다고 여긴다. 터널 끝에 빛이 비치고 그 빛 속에서 친구와 친척 등 빛나는 이들이 마중을 나온다. 이들 가운데 하나가 망자를 떠맡는다. 그는 망자의 일생을 풍경처럼 환히 보여주면서 심판하듯 따진다. 망자는 초현세적 색상과 형상을 보고, 이승에서 들어본 적이 없는 음악을 들으면서 엄청난 기쁨과 평온을 누린다."

이는 어느 성직자가 들려준 이야기인데, 그의 결론은 다음과 같다. "첫째, (그리스도인들이 말하는) 인류가 역사의 종말에 부활한다는 묵시문학적 발상을 물리치고, 각자는 죽는 순간 부활한다. 둘째, 이승의 육신조차 부활한다는 묵시문학적 발상을 물리치고 육신은 소멸하되, 인격만은 하느님의 영능으로 부활한다. 이를 부활인격 또는 부활영체라고 한다." 그는 이렇게 말하면서 "한마디로 묵시문학적 상상, 공상, 망상 대신 로스 박사가 임상 체험들을 바탕으로 제시한 저승관을 수용하고 싶다"고 덧붙였다.

로스 박사의 저승관은 프랑스 빈자(貧者)들의 대부로, 프랑스 국민에게 가장 존경받는 아베 피에르 신부의 견해와도 거의 일치한다. "영원하신 하느님은 사랑이시라네. 그분은 우리가 영원한 사랑과 만나게 되도록 우리를 기다리고 계시지. 죽음은 바로 하느님과의 눈부신 만남일세. 영벌(永罰)이 존재한다면 법정에서와 같은 심판이나 판결에 의해 결정되는 것은 아닐걸세. 내가 생각하는 영복(永福)이나 영벌은 바로 이 그림자, 시간의 그림자로부터 빠져나가는 순간 우리가 그동안 세상에서 무엇을 했느냐를 있는 그대로 바라보는 것일세. '너는 너 자신으로 만족하고 있으니, 그것으로 충분하다. 너 자신으로 만족하라!' 이것이 영벌이고 선고일세. 자아도취에 빠진 자기 모습을 영원토록 거울 속에서 들여다보는 것, 그것이 바로 영벌이라고 생각하네."

이승의 삶을 살면서 잘못했던 일, 후회 막급했던 일, 시기와 질투, 그리고 증오했던 마음……, 이 모든 것을 다시 바라보면서 사는 저승 세계가 바로 영벌, 즉 지옥이요, 자신이 행한 이승에서의 사랑과 인간적인 따뜻한 삶을 되돌아보면서 사는 저승의 세계가 바로 영복, 즉 천당이라는 뜻이다. 그렇다면 천당과 지옥은 바로 우리가 사는 이승의 삶 속에 있는 것이 아닌가.

소설가 박상우는 "인간의 가치를 포기한 세상은 '시시포스의 지옥'이라면서 우리의 현실 자체를 종말적으로 표현한다. "운명을 극복하려는 인간의 반항적인 분투가 사라지고, 이제 지상에는 인간에 의한, 인간을 위한, 인간의 멸시가 범람하고 있을 뿐이었다. 어느 누구도 희망이 없는 노동을 투자해 산정으로 올라가지 않으려 하고 (중략) 지상에 안주하며 하루하루 종말적인 인간의 시간을 살아온 것이었다."(소설 《내 마

음의 옥탑방》에서)

이승에서나 저승에서나 인간 스스로가 자신의 영벌과 영복을 만든다는 이분들의 주장에 동의한다. 품위를 저버리고 인간이기를 포기한 자들의 세상은 지옥이다. 그러나 인간의 가치를 믿고, 인간의 운명을 극복하기 위해 모든 노력을 게을리하지 않는 인간의 세상은 천당이다.

천당은 믿는 것만으로 가능할까?

가톨릭 신자로서 생각해보는 선과 악

선과 악은 결국 세상을 바라보는 자신의 눈 속에 담겨 있는 것이 아닌가 싶다.

시인 구상은 〈현대 가톨릭 문학과 그 문제의식 소고〉라는 글에서 선과 악에 대해 다음과 같이 말했다. "실로 인간의 선(善)도 신비스럽지만 인간의 악(惡)도 그에 못지않게 신비(?)한 면이 있다. 더욱이나 우리 일반 인간의 눈에는 악이라고 비추인 그 심연 속에 우리의 지혜로서는 도저히 헤아릴 수 없는 천주의 은총이 깃들어 있을지도 모르고, 또 우리가 선이라고 부르고 성인이라고 부르는 인간 내면에 우리가 상상도 못할 인간의 배역(背逆)과 허위가 숨겨져 있는지 누가 아는가?" 가톨릭 신자로서 선과 악에 대한 이처럼 겸손한 표현이 있을까 싶다. 모든 것은 주님의 손에 달려 있다는 말 속에서 그가 가진 진솔한 신앙심을 엿볼 수 있다.

악이란 무엇인가? 사전적 풀이로는 '바르지 못함' 혹은 '양심을 좇지 아니하고 도덕률을 어기는 일'을 일컫는다. 토마스 아퀴나스는 악을 세가지로 분류한다. 형이상학적 악은 세상이 온통 선으로 가득해야 하는데 그 안에 있는 모순을 말하고, 윤리적 악은 앞서 말한 인간 양심과 도덕에 반하는 것이다. 마지막으로 물리적 악은 완전해야 할 사물에 부족함이 있는 것이다. 예를 들어, 벌레 먹은 나뭇잎은 악에 물들었다고 할 수 있다. 그의 결론은 '악은 선의 결핍'이다.

종교적 풀이로는 악은 악의 원천이며 화신으로서의 마귀를 지칭하고, 회개할 가능성이 전혀 없는 대상을 가리킨다. 기독교 복음적으로는 사랑에 어긋나는 모든 것을 지칭한다.

그렇다면 누가 선과 악을 판단할 수 있을까? 마하트마 간디는 이렇게 말한다. "나는 어떤 합리적인 방법으로 악의 존재를 설명할 수는 없다. 그렇게 하고자 한다는 것은 하느님과 동등해지려는 것이나 다름없다. 따라서 나는 겸손하게 악을 악으로 인정하며, 정확히 말해 이 세상에 악이 존재하도록 허용한 것은 하느님이기 때문에 나는 하느님을 오랜 고뇌를 겪는 참을성 있는 존재라고 생각한다. 나는 하느님 자신에게는 악이 없지만, 세상에 악이 있다면 이 악의 존재를 허용한 장본인이 하느님이면서도 그 자신은 악에 물들지 않고 있음을 알고 있다."

물론, 인간 세상에서는 절대적 판단은 아닐지라도 윤리와 도덕, 그리고 인간끼리 약속해 만든 법률에 따라 재판이라는 절차를 거쳐 악을 판단한다. 그러나 이는 절대적인 것이 아니므로 오류가 있을 수 있다. 가톨릭 신자이면서 저명한 판사였던 고(故) 김홍섭 씨는 "인간이 인간을 판단해 사형시킬 수는 없다"면서 법복을 벗은 뒤 뚝섬에서 채소농사를 지은 바 있다. 다시 말해, 인간이 내리는 판단은 그 어떤 것도 절대적이 라고 확신할 수 없다는 뜻이다.

이런저런 선악의 문제를 깊이 논할 지식은 없지만, 살아온 경험에 미루어본다면 사람은 누구나 마음속에 선과 악이 함께 존재하는 것 같다. 우리 자신이 선을 향해 있으면서도 때로는 악한 마음을 발견하고 깜짝 놀라는 경우가 어디 한두 번인가. 다만, 선한 마음을 가진 사람은 기본적으로 남을 나쁘게 보지 않는다. 그렇게 보면 선과 악은 결국 세상을 바라보는 자신의 눈 속에 담겨 있는 것이 아닌가 싶다. "인간은 아무리 소망해도 절대적인 선인이나 절대적인 악인이 되지 않는다"는 철인 P. 샬롱의 말 속에도 그런 뜻이 담겨 있다.

철학자 스피노자는 선과 악에 대해 "어떤 한 가지가 선도 되고 악도 되고 그 어느 편도 되지 않는 일이 있을 수 있다. 예를 들어, 음악은 우울한 사람에게는 선이지만, 상중(喪中)에 있는 사람에게는 악이며, 귀머거리에게는 선도 아니고 악도 아니다." H. 레니에라는 철학자는 "세상에는 착한 사람이나 악한 사람이 따로 있는 것이 아니다. 다만 때에 따라 착한 사람이 되기도 하고 악한 사람이 되기도 할 따름이다"라고 말한다.

이와 같은 견해는 불교적 사상에 가깝다고 할 수 있는데, 편협하고 독선적인 일부 기독교 신자들의 입장과는 판이하게 다르다. 불교는 이미 악에 대한 싸움을 말하지 않는다. 철저한 현실 속에서 자신의 고뇌와 싸운다. 《화엄경(華嚴經)》에 있는 말이다. "보살은 일체의 악을 인내로서

받아들이고, 중생에 대해서는 평등하고 동요 없음이 천지와 같다." 이 얼마나 대범한 진리인가.

　나는 가톨릭 신자로서 제2차 바티칸 공의회가 천명한 '사랑의 덩어리'로서의 하느님을 믿는다. 자기 마음에 드는 사람만 사랑하는 편협하고 쫀쫀한 하느님이 아니다. 누구에게나 끝없이 무한한 사랑을 주는 하느님이 오늘을 살아가는 우리의 하느님이다. 악을 단죄하는 하느님이 아니라, 악을 선으로 감싸는 하느님이 계시기 때문에 나처럼 악에 물든 사람도 주님을 믿으며 내세에 희망을 거는 것이다.

2장

우리는 모두가 하나,
그리고……

하얀 거짓말, 까만 거짓말

절친한 사이라면 진실을 감추기보다 차라리 욕을 하면서 맞서는 편이 훨씬 낫다.

가까운 친구가 전화상으로 "요즈음 사람 만나기가 겁이 나. 이제는 부담스러운 자리는 피하고 싶어"라고 심각하게 말했다. 왜 그러냐고 묻자 "마음에도 없는 소리를 해야 하고, 지킬 수 없는 약속도 상대가 기분 나빠할까 봐 해보겠다고 어물쩍 넘기는 게 정말 싫어"라고 대답했다. 나이가 들어서일까? 나 역시 비슷한 생각을 하고 있던 터라 '진실'이라는 단어에 대해 다시 한 번 생각하게 됐다.

살아가면서 어쩔 수 없이 거짓말을 하는 경우가 있고, 의도적으로 상대를 속이는 경우도 있다. 미국의 어느 심리학자는 이런 거짓말을 '까만 거짓말'과 '하얀 거짓말'로 나누었다. 까만 거짓말은 우리말로는 '새빨간 거짓말'이다. 요샛말로는 '생구라'인데, 진실을 완전히 감추고 뻥을 튀기는 경우이다.

반면 하얀 거짓말은 전체적인 내용은 거짓으로 볼 수 없지만, 진실 가

우리는 모두가 하나, 그리고……

운데에서 중요한 부분을 살짝 빼버리고 하는 거짓말이다. 욕을 먹을까봐 핵심은 말하지 않는 것이다. 예를 들어, 부부간 혹은 친구끼리 상대방의 기분을 고려해 진실을 살짝 감추고 아름답게 포장해서 말하거나, 진실을 아예 빼버리고 말하는 경우가 이에 해당한다.

심리학자들은 하얀 거짓말은 '상대의 마음을 상하게 하는 것을 원하지 않는다'를 전제로 하는 것인 만큼, 일반적인 인간관계에서는 용납이 되지만 인간관계가 이런 식으로 피상적이라면 슬픈 일이라고 말한다. 전화를 걸어온 친구의 경우, 아마도 이런 슬픔 때문에 부담스러운 자리를 피하고 싶었던 것인지도 모른다.

진실이 빠진 우정은 거짓 우정이다. 정말 절친한 사이라면 진실을 감추기보다 차라리 욕을 하면서 맞서는 편이 훨씬 낫다. 왜 그럴까? 까만 거짓말이든, 하얀 거짓말이든 거짓말은 결국 들통 나게 되어 있고, 그때 느끼는 배신감은 인간관계를 돌이킬 수 없는 지경으로 몰아갈 수 있기 때문이다. 그래서 절친한 사이라면 일시적으로 상대의 기분을 나쁘게 만든다고 해도 언제나 진실을 말하고, 이해를 구하는 편이 나을 수 있다.

살다 보면 그저 그런 만남이 있을 수 있고, 이런 경우에는 진실이든, 아니든 그 자리만 모면하면 되기 때문에 하얀 거짓말로 적당히 때울 수 있다. 사실 우리 생활에서 갖게 되는 사교적인 만남 자체가 대부분 여기에 해당한다. 그러므로 사교적 만남 자체를 싫어하는 사람이 많다는 것은 그리 놀라운 일이 아니다. 교회에서 예배가 끝나면 곧바로 집으로 돌아가버리는 친구의 얼굴에서 분명히 그런 표정을 보았으니까.

동갑내기 가수 장사익이 고독을 노래한다. "우리는 하나라고 건배를 하면서도, 등 기댈 벽조차 없다는 생각으로, 술 취해 돌아가는 내 그림자 그대 또한 한 개의 섬이다."

형님 동생하며 술잔을 높이 쳐들면서도, 돌아앉으면 편을 가르거나 끼리끼리 모여 남을 흉보고……. 이런 만남이 뭐 그리 대단할까. 서로의 등을 긁어주고 찬사를 주고받는 사이가 친구라지만, 좀 더 진지하고 진실할 필요가 있다. 그리고 이것은 서로 애정을 갖고 진실에 맞서도록 일깨워주는 관계 속에서만 이루어질 수 있다.

진심, 그리고 외로움

진심은 말로 표현하는 것이 아니다.

"순대 속 같은 세상살이를 핑계로 퇴근길이면 술집으로 향한다. 우리는 늘 하나라고 건배를 하면서도 등 기댈 벽조차 없다는 생각으로 나는 술잔에 떠 있는 한 개의 섬이다. 술 취해 돌아오는 내 그림자 그대 또한 한 개의 섬이다." 신배승 시인의 시 〈섬〉을 소리꾼 장사익이 노래한 것이다.

'우리는 늘 하나라고 건배를 하면서도 등 기댈 벽조차 없다' 는 구절에서 왜 이렇게 가슴이 허해지는 것일까? 일상생활에서 희로애락을 함께 한 친구들 사이에서도 진심이 느껴지지 않기 때문일까? "요즈음 같은 세상에는 믿을 놈 하나도 없단다." 그래서 사람들은 늘 '진심' 이란 단어를 빼놓지 않는 것일까? "사랑해 진심이야" "진심으로 축하해" "진심으로 용서를" "진심으로 하는 이야기인데"…… '진심' 이란 단어를 빼도 말이 되건만, 이렇게 '진심' 을 강조한다.

사람의 마음은 변덕스럽기 그지없다. 요즈음 같은 세상에는 영원한 사랑이니, 영원한 우정 같은 것은 모래알 속에 숨은 금과도 같다. 진심으로 사랑한다면서 결혼한 부부가 '웬수' 가 되어 이혼하는 모습을 보라. 소위 '진심' 이었다고 하는 말이 얼마나 헛된 것이었나. 차라리 진심이란 말을 붙이지나 말지. 진심이란 대부분 언어의 포장에 불과하다. 받아들이는 사람이 갖는 순간의 착각이다.

무엇보다도 친구 사이에 진심이 변해버린 경우처럼 서글픈 것도 없다. 진심으로 좋아하고 진심으로 존경한 친구 사이에도 실수는 있을 수 있다. 하지만 한 번의 실수로 진심이 사라져버린다면 그것은 진심이 아니다. 진정한 친구라면 백 번의 실수라도 덮어주고, 이해하고, 감싸주는 것이야말로 진심이 아닐까. 그러나 이런 진심을 가진 우정은 흔하지 않은 것 같다. 실수한 쪽이 잘못이라고 한다면 할 말이 없지만, 진심을 잃어버린 쪽은 허망하고 아픈 마음을 말로 표현할 수 없다.

누구나 비슷한 경험을 갖고 있을 것이다. 물론, 사람의 진심을 알기란 쉽지 않다. 그래서 어떤 사람들은 진심은 이야기해야 아는 것이라고 주장하면서 "자기의 진심을 알아주기를 바라는 것이 문제" 라고 말한다. 하지만 아이러니하게도 '더 큰 문제는 진심을 말해도 들으려 하지 않거나, 믿지 않는다' 는 것이다.

그렇다고 진심을 포기해야 할까? 사실 개인적으로 한 번 엇나간 우정은 결코 돌아보지 않았다. 내가 못난 탓이다. 하지만 진심은 통한다는 믿음을 아직 갖고 있다. 인터넷의 어느 한 블로그를 엿보니 '친구 간의 진심이 우정이 되고, 부모에 대한 진심이 효심이 되고, 연인 간의 진심이 연모가 된다' 는 표제를 달아놓았다. 몸과 마음으로 진심을 보여주면 감동하지 않을 수 없다는 말을 격언으로 삼은 듯하다.

사실, 진심은 말로 표현하는 것이 아니다. 진짜배기 진심은 진실한 삶 속에서 풍겨 나오는 향기다. 자신에게서 그런 향기가 난다면 누구에게도 부끄럽지 않은 삶을 살 수 있을 것이다. 우리 주위에는 그런 향기를 풍기는 사람들이 많다. 그들이야말로 세상을 살맛나게 하는 사람들이다. 누가 알아주든 말든, 행동으로 자기 진심을 보여주는 사람들이야말로 진정 의미 있는 삶을 살고 있는 것이다. 그래서 인생은 외롭지 않다. 진심 또한 외롭지 않다.

황제의 바람

자신의 어두운 본성을 인정한다면 자신과 남들에 대해 훨씬 덜 비판적인 사람이 될 수 있다.

"결혼은 새장과 같다. 밖에 있는 새들은 쓸데없이 그 안으로 들어오려 하고, 안에 있는 새는 쓸데없이 밖으로 나가려고 애쓴다."(몽테뉴)

'대통령(클린턴)의 바람'을 뛰어넘는 '황제(타이거 우즈)의 바람'이 지구촌을 흔든 바 있다. "거 봐라, 내가 뭐라 했는가?" 몽테뉴가 지하에서 웃고 있을 것이다. "쓸데없는 짓이라고 하지 않았는가?" 그런데도 사람들은 쓸데없는 짓에서 헤어나지 못하고 있다. 로버트 루이스 스티븐슨의 고전 소설 《지킬 박사와 하이드》가 우리에게 해답을 준다.

사회적 명사로 추앙받고자 했던 지킬 박사가 자기 내면에 감추어진 욕구와 쾌락을 즐기기 위해 만들어낸 묘약. 이 약은 인간의 동물적 본성을 마음껏 탐색하고, 금지된 쾌락을 맛본 다음 무사히 본래의 모습으로 되돌아오게 해준다. 이 얼마나 엄청난 유혹인가. 하지만 욕망과 달리 하

우리는 모두가 하나, 그리고……

이드 자체가 또 다른 하이드를 낳고, 그 하이드가 결국 지킬 박사를 파멸로 이끈다.

심리학자들은 두 얼굴의 인간을 '지킬앤하이드 신드롬 환자' 라고 부른다. 대표적인 예로 음주, 혼외정사, 춤, 도박을 엄격히 금하는 미국 보수교계에서 존경받던 토마스 헨더슨 목사를 들 수 있다. 그는 설교를 위해 지방으로 출장 갈 때마다 자신의 하이드를 표면에 드러냈다. 즉, 목사가 아닌 딴 사람이 되어 술집에서 여자들을 희롱하고, 자기 호텔방으로 여자들을 끌어들였던 것이다. 결국 그는 추락하고 말았다.

인간은 누구나 조금씩은 두 얼굴을 갖고 있다. 특히 성적 욕망과 관련해서는 어느 누구도 자신 있게 스스로를 부정할 수 없을 것이다. 매력적인 이성 앞에서 자신의 하이드가 욕망으로 발동되는 것은 창조자가 인간에게 준 선물일 수 있다. 사람들이 '황제의 바람' 을 두고 연민과 혐오 두 가지 상반된 감정을 표출하는 이유도 그 때문이다.

그런 점에서 골프 황제 타이거 우즈를 도덕적 파탄자로 몰아붙이는 것이 과연 이성적인 태도일까? 특히 그의 추락을 고소하게 생각하고 쾌감까지 느끼는 일부 언론의 태도는 우리 사회의 소위 '집단적 타락 증후군' 이 아니었을까?

'지킬앤하이드 신드롬' 을 파헤친 저자 비벌리 엔젤은 "아동 성추행범은 평생 감옥에 넣어야 한다"는 주장과 "성추행범들은 본인도 성 학대를 당한 사람이므로 어느 정도 동정심을 갖고 대해야 한다"는 두 주장에 대해 "모두 맞다"고 말한다. 단, 혼란스럽지만 "우리 모두가 상반된 진실을 포용할 수 있게 된다면 어떻게 될까?"라고 조심스럽게 묻는다. "불편한 기분이 들긴 하겠지만 양극 사이의 긴장은 인간에 대해 더 깊이 이해할 수 있는 여지를 만들어준다"면서, 그러한 포용은 "우리가 인간적인 깊이를 더하고 인간에 대해 좀 더 동정심을 갖도록 해준다"고 덧붙인다.

특히 엔젤은 모든 것을 선과 악으로만 구분하지 말고, 인간의 나약함에 대한 동정심을 발휘할 때 누구든 자기 내면에 있는 하이드와의 싸움에서 이길 수 있다고 충고한다. "자신의 어두운 본성을 인정한다"면 "그 덕분에 자신과 남들에 대해 훨씬 덜 비판적인 사람이 될 수 있다"는 것이다.

추락하지 않고 끝내 살아남은 클린턴 전 미국 대통령의 경우를 보라. 겨우 30대 중반인 우즈에게는 아직 많은 시간이 있다. 남이 우러러볼 만큼 높이 올라갈수록 그만큼 깊이 떨어지는 것이 인간 사회의 당연한 이치다. 다만 추락에 연연하지 않고, 공인으로서 진솔한 반성 및 사과와 함께 자신의 하이드를 이겨 나가는 그의 당당한 모습을 보고 싶다.

우리는 모두가 하나, 그리고……

아줌마

'아주머니' 는 부인네를 높여서 정답게 부르는 말이
다. 그렇다면 '아줌마' 와는 어떻게 다를까? '아줌마' 는 부인네를 약간
낮추어 상스럽게 부르는 말쯤으로 여겨진다. 그런데 대학에서 학생들
을 가르치는 J교수가 더 명확한 해답을 내놓았다. 어떤 여성이든 부끄
러움을 잊었을 때 아줌마가 된다는 것이다. 아직 나이가 젊은 J교수는
자기 아내도 아줌마가 되는 순간 여성으로서의 매력은 끝장이라고 말
했다.

 J교수는 "아줌마가 되는 것은 2단계인데, 첫 번째 단계는 가정 내에서
부부 사이에 허물이 없어지면서 여자가 부끄러움을 모르고 아무렇게나
행동할 때고, 두 번째 단계는 그러한 행동이 가정 밖으로까지 연결될
때" 라고 말하면서, 시장 바닥에서 양어깨와 목에 힘을 준 채 양다리를
벌리고 앉아 수다를 떠는 여자들을 상상해보라고 했다. 그들이 대표적

인 아줌마가 아니냐면서 한참을 웃었던 기억이 난다.

물론 오래된 장맛처럼 정감이 묻어나고, 세상 물정 다 겪어 이것저것 가릴 것 없이 수더분하게 살아가는 착한 아줌마들에게서 인간적인 매력을 더 많이 느낄 수 있다. 하지만 J교수가 말하고자 하는 바는 여성이 부끄러움을 잊을 때 여성다움을 잃는 것이고, 이는 향기를 잃은 꽃과 같다는 뜻일 것이다. 시중에 쏟아져 나오고 있는 조화(造花)처럼 말이다. 겉치장은 요란하면서 알맹이는 없는 꽃, 잠깐 시선은 끌지만 곧장 외면하게 되는 꽃이 바로 조화가 아니던가.

"조화면 어떻고, 할미꽃이면 어때. 별놈 다 봤네"라며 흥분하는 아줌마들의 소리가 들리는 듯하다. 물론이다. 솔직히 말하면, 여성을 꽃에 비유하는 것 자체가 고추 달린 사람을 중심으로 한 생각일 뿐이다. J교수는 단지 남성이든, 여성이든 나이를 먹으면서 천박해지는 것을 경계하고자 했을 뿐이다. 여러 사람 앞에서는 물론이지만, 특히 부부나 오래된 애인 사이에도 예의나 염치를 지키자는 뜻이 아닐까 싶다.

호랑이 담배 먹던 시절이던가. 나이가 들어도 결코 기품을 잃지 않던 우리 어머니들의 모습이 떠오른다. 옷맵시 하나 흐트러지지 않고, 말씨 하나도 소홀히 하지 않던 그분들이야말로 여성의 표상이었다. 그분들에게는 감히 아줌마라고 부를 수 없는 카리스마 같은 것이 있었다. 제아무리 남편 돈벌이가 시원찮아도 큰소리 한 번 내지 않던 어머니들이 바보는 아니었을 것이다. 좋든 싫든 남편과 맞서는 일도 없었거니와, 잘난 척하거나 나서는 일도 없었다. 그분들은 마치 넓은 대지처럼, 상처받은 남성을 품에 안았던 것이다. "어쩔 테면 어째 보라"며 대드는 경망스러움보다 못 이기는 척 "그러려니" 하고 세상을 관조하며 살았다. 그분들의 이러한 삶은 결국 나이를 먹으면서 중후한 인품으로 드러나게 되어 있었던 것이다.

"또 그 소리가 그 소리"라며 달려들 아내와 맞설 만큼 나는 간이 큰 남자가 아니다. 그리고 "여성으로서 모든 세속적 특권을 버리고 억눌린 채 살아온 어머니들의 삶을 아직도 미화하려는 당신이야말로 에고이스트이다. 여자를 '아줌마'로 만드는 사람들은 결국 당신 같은 '아저씨'가 아닌가?"라고 되묻는다면, "지당하신 말씀"이라며 꼬리를 내릴 수밖에 없다.

그러나 자기 아내가 아줌마가 되지 않기를 바라는 사람은 J교수만이 아닐 것이다. '다 그래도 내 아내만은 조신하고 염치와 예절, 교양을 겸비한 여성이 됐으면 한다'는 바람은 누구에게나 있지 않을까? 물론 이러한 바람이 일방적인 것이라면 생각해볼 일이다. 앞서 말한 것처럼 "너는 뭐니?"라는 직격탄이 날아들지 모르니까 말이다.

하지만 다른 한편으로 생각해보면 "말끝마다 대답도 잘 하고, 자기 주관이 뚜렷하고, 쉽게 질투하고, 조그마한 자극에도 방방 뛰고, 여러 사람 앞에서도 부끄럼 없이 솔직히 할 말은 하고……. 여성의 이런 야무진 매력도 매력이 아니겠는가. 함께 늙어가는 처지에 아줌마면 어떻고, 아주머니면 어떤가?"라는 항변도 지당한 말이다.

어쨌든 한평생을 함께 살아가는 부부가 나이 들어가면서도 사랑의 불씨를 계속 살려가기 위해서는 무덤덤한 삶 속에서도 상대에게 매력을 잃지 않으려는 노력이 필요하다는 말을 하고 싶다. 이와 같은 매력은 결국 자신을 끝까지 세우고 높이려는 부단한 노력에서 나올 것이다. 그리고 이것은 상대방에 대한 존경이며, 이 존경심이 인간적인 매력으로 비치지 않을까? 더불어, 나이가 들면서 외적 매력이 시들해가는 부부는 각자 정신적 멋을 가꾸는 데 게을리하지 않아야 끈끈한 부부의 정을 끝까지 이어나갈 수 있지 않을까?

우리는 모두가 하나, 그리고……

여자는 무드에 약하고,
남자는······

사람살이의 불행은 서로 다름을 인식하지 못하는 데서 비롯한다.

대학 진학을 앞둔 셋째 딸의 문제로 고민할 때였다. 학비가 비싸도 좋은 사립대학에 보내자는 아내와 비교적 학비가 저렴한 주립대학도 괜찮다는 나의 생각이 부딪쳤다. 이렇게 생각이 다른 일이 생길 경우, 요즈음 나는 생각을 밀어붙일 힘이 없다. 가정의 평화는 아내 생각을 따르는 데서 시작된다는 뒤늦은 깨달음 때문이다.

먼저 남성과 여성의 생각이 얼마나 다른지에 대해 언급한 것들을 예로 들어 보자. "남자는 누드에 약하고, 여자는 무드에 약하다." "남자는 사랑의 양을 자랑하지만, 여자는 사랑의 질을 기대한다." "남자의 의상은 명예이고, 여자의 명예는 의상이다." "여자는 말 속에 마음을 남기고, 남자는 마음속에 말을 남긴다." "여자는 현미경으로 들여다봐야 하고, 남자는 망원경으로 바라봐야 한다." "남자가 여자를 꽃이라 함은 꺾기 위함이요, 여자가 여자를 꽃이라 함은 그 시듦을 슬퍼하기 때문이다." "혼자 술을 마시는 남자는 여자를 필요로 하는 것이고, 혼자 담배를 피우는 여자는 남자에 지친 것이다." "여자는 모를수록 좋은 일을 너무 많이 알고, 남자는 꼭 알아두어야 할 일을 너무 모른다." "남자들은 모이면 여자 이야기를 꺼내고, 여자들은 자식 이야기부터 시작한다. 남자는 사랑의 대상에, 여자는 사랑의 결과에 집착하기 때문이다." "남자는 불행에 빠졌을 때 타락하고, 여자는 행복에 겨울 때 탈선한다." "여자의 이혼 요청은 저주의 마음 때문이고, 남자의 이혼 제기는 자존심이 깨졌기 때문이다." "남자의 포옹은 여자를 감추기 위함이고, 여자의 포옹은 남자를 붙잡아두려는 것이다." "남자는 경험으로 여자를 알지만, 여자는 본능으로 남자를 안다." "남자의 사랑은 생의 일부에 불과하지만, 여자의 사랑은 생애의 전부이다." "남자는 자기 비밀보다 남의 비밀을 잘 지키지만, 여자는 자기 비밀을 잘 지킨다." "남자는 일하고 생각한다. 그러나 여자는 느낀다." "남자는 남의 부인 얼굴을 쳐다보고, 여자는 그녀의 의상을 아래위로 훑어보는 경향이 있다." "남자의 생명은 야심이고, 여자의 생명은 남자이다." "남자는 세평(世評)을 무시할 수 있지만, 여자는 세평을 따르지 않으면 안 된다." "사랑이란 남자에게 있어서는 소나기 같은 것에 불과하지만, 여자에게 있어서는 '죽음'이나 '삶' 둘 중 하나인 것이다." "남자는 일하지 않으면 안 되고, 여자는 울지 않으면 안 된다. 그래서 그것이 끝나자마자 잠을 자게 되는 것이다." "여자는 자기를 웃긴 남자 이외에는 거의 생각해내지 않고, 남자는 또한 자기를 울린 여자 이외에는 생각해내지 않는다."

우리는 모두가 하나, 그리고……

이외에도 수많은 표현이 있다. 이런 것들을 접할 때마다 남성과 여성이 다르다는 사실에 새삼 놀랍지 않을 수 없다. 하느님의 신비라고 할 수밖에…….

그런데 사람살이의 불행은 서로 다름을 인식하지 못하는 데서 비롯한다. 예를 들어, 부부가 살아가면서 티격태격 싸우다가 갈라서는 경우가 그렇다. 남성과 여성이 본질적으로 다르다는 사실을 인정한다면 싸움을 하고 말고도 없을 것이다. 왜냐하면 서로 다른 생각을 받아들여야 상생(相生)할 수 있기 때문이다.

이 세상에서 생각이 똑같은 사람은 단 한 명도 없다. 가정의 평화는 물론, 나라의 평화, 세계의 평화는 남성과 여성의 다름, 부부간의 다름, 나아가 사람들마다 다름을 깊이 깨닫는 데서 오는 것이 아닐까? 그리고 대화 역시 이런 다른 생각에서 시작된다.

학비를 감당하기 버겁더라도 아이를 좋은 학교에 보내고 싶은 아내의 마음은 모성(母性)의 발로이자, 여성의 본능일 수 있다. 즉, 자신의 모든 것을 희생해서라도 아이를 행복하게 해주려는 엄마의 마음이 모두 이렇지 않을까? 돌아보면, 아버지보다 어머니가 나에게 더 극진한 사랑을 베풀었다는 것을 느낄 수 있다. 그리고 이것 역시 남성과 여성의 본질적인 차이에서 비롯했음을 부정할 수 없다.

꽃씨 뿌리는 사람들

요즈음 세상은 추하고 험악한 것 같지만, 사실 꽃보다 더 아름다운 것들로 가득 차 있다.

해마다 봄이 되면 자전거 뒤에 꽃씨 상자를 싣고, 어깨에는 긴 대롱을 걸친 채 동네 구석구석을 돌며 강둑이나 철길 옆, 심지어 쓰레기가 덮인 곳까지 꽃씨를 뿌리는 사람이 있었다. 봄이 시작될 때 꽃씨를 뿌리고 꽃이 시들면 씨를 모아 다음해에 다시 뿌리기를 되풀이한 그의 노고 덕에 동네에는 늘 꽃이 만발해 있었다. 그러나 그의 집에는 생화가 하나도 없었다. 꽃병은커녕 화분조차 찾아볼 수 없어 이상히 여긴 사람들이 물어보면 그는 늘 똑같은 대답을 했다. "진짜 꽃은 진짜 땅에 있습니다. 무엇이든 있어야 할 곳에 있어야지요."

10년 전 가까이 지내던 분들과 함께 창간했던 잡지 〈꽃씨뿌리는마음〉의 뒤표지에 실렸던 이야기다. 이 잡지는 이러저러한 과정을 거쳐 9호까지 나오고 휴간되었는데, 그 일을 생각하면 지금껏 가슴이 아린다. 작고 연약한 꽃씨가 단단한 땅을 뚫고 나와 꽃봉오리를 피운 것처

우리는 모두가 하나, 그리고……

럼, 역경을 딛고 일어나 작은 성공을 이룬 인간 승리의 기록 같은 밝고 아름다운 글을 엮어보려 했었기 때문이다.

언젠가는 반드시 이 일을 다시 시작하겠다는 생각을 갖고 있다. 그런데 큰 비용이 들지 않는 인터넷을 통해서라도 꽃씨를 뿌리는 일을 계속해보면 어떨까 생각한 끝에 1년 전부터 아름다운 이야기, 시, 그림, 사진, 상식, 칼럼, 토픽 등을 모아 매일 혹은 2~3일에 한 번씩 가까운 분들에게 이메일로 보내고 있다. 많은 분들이 유익하다면서 고마움을 표할 때마다 얼마나 기쁜지 모른다.

나는 이 일을 하면서 인터넷의 매력에 푹 빠져들었다. 인터넷은 무엇보다도 아주 좋은 나눔의 도구이다. 돈이 많이 드는 인쇄매체에 비해, 아름다운 이야기나 생각을 거의 공짜로 많은 사람들과 나눌 수 있기 때문이다.

매일 이메일로 오는 〈고도원의 아침편지〉는 다양한 책들에서 뽑은 아름답고 깊은 생각이 담긴 구절들을 접할 수 있게 해준다. 인터넷으로 대중과 나눔을 처음 시도한 것이 〈고도원의 아침편지〉가 아닐까 싶을 정도이다. 그런 점에서 고도원 씨에게 늘 고마운 마음을 갖고 있다.

요즈음 세상은 추하고 험악한 것 같지만 꽃처럼, 아니 꽃보다 더 아름다운 것들로 가득 차 있다. 다만 우리가 무심히 지나칠 뿐이다. 인터넷 세상에 들어가 보라. 꽃씨를 뿌리는 아름다운 사람들을 수없이 만나게 될 것이다. 그리고 그분들과 동아리를 만들어 함께 꽃씨를 뿌려보라. 세상은 고생 고생하면서도 살 만한 곳임을 알게 될 것이다.

아름다운 것을 만들고 드러내는 사람들은 누구나 예술가이다. 앞에서 언급한 주인공처럼 봄이 되면 온 동네에 꽃씨를 뿌리면서 다니던 그의 마음속에도 예술이 자리 잡고 있다. 사람은 누구나 그런 아름답고 착한 마음을 지니고 있다. 다만 그것을 감추고 있을 뿐이다. 자기 안에 감추어진 아름다운 마음을 끄집어내 개발하고, 함께 나누면서 사는 사람은 진정 행복하다.

특히 사람은 자기가 서 있는 자리에서 자기 꽃을 피울 때 가장 아름답다. '무엇이든지 있어야 할 곳에 있어야' 곱게 보인다는 말이다. 남의 꽃까지 피우려 하지 않는 겸허한 마음, 욕심을 자제하는 삶에 행복이 있다. 사람은 나이를 먹어갈수록 욕심이 많아지고, 실수와 오명은 욕심에서 나오기 때문이다. 개인적으로 노년을 앞두고 터무니없이 부렸던 과욕을 통렬히 반성하는 과정에서 이런 생각이 더욱 뚜렷해졌다.

꽃씨를 함께 뿌리는 방법은 이 세상에 널려 있다(〈꽃씨뿌리는마음〉 관련 이메일 주소 zotazoa@gmail.com).

7

철들어 깨닫는 대화 방식

상대방의 말을 진심으로 들어주고 이해하려고 할 때 그 사람을 더욱 감동시킬 수 있다.

개인적으로 영어로 의사소통을 할 때 말하기보다 듣는 것이 더 어렵다. 왜 그런지 생각해봤더니, 한국말을 할 때도 나는 다른 사람들의 말을 자세히 듣기보다 내가 할 말을 미리 생각하면서 상대의 말은 건성건성 듣기 때문이라는 것을 알았다. 영어를 쓰는 우리 아이들의 말을 잘 못 알아듣는 이유 역시 평소 식탁에 앉아 대화할 때 아이들의 말을 경청하지 않는 습관 때문이라는 사실도 알게 됐다.

긴 세월을 보내고 철이 좀 들었는지, 남의 이야기를 잘 듣는 것이 얼마나 중요한 일인지를 점점 깨달아가고 있다. 상대가 몇 마디 하면, 그것으로 금방 핵심을 파악하고, 더 이상 들어보나 마나라고 생각하면서 내 말부터 하려 들던 나의 건방진 모습을 떠올리면 부끄럽기 짝이 없다.

대화란 쌍방이 하는 것이므로, 말하기만 있는 것이 아니다. 즉, 상대방의 말을 들어주어야 진짜 대화가 되는 것이다. 상대방이 비록 그렇고 그런 이야기를 하더라도 끝까지 들어주는 사람을 누구나 좋아하는 이유도 여기에 있다. 그래서 회의장에 가보면 사람들의 됨됨이를 알 수 있다. 남의 이야기를 끝까지 들어보지도 않은 채 가로막고, 자르고, 맞받아치는 사람이 있는데, 이런 사람이 회의장에 끼면 다른 이들은 말할 기분이 나지 않는다. '너 혼자 잘 해봐라' 라며 냉소적이 되기 쉽다.

사람들은 말을 많이 하고 또 잘해야 남을 설득할 수 있다고 착각하는 경향이 있다. 하지만 그렇지 않다. 어린아이에게 일방적으로 이야기를 늘어놓아 보라. 그 아이는 쉽게 설득당하지 않는다. 어린아이의 이야기를 끝까지 들어주고, 그리고 나의 이야기를 몇 마디로 간단히 전달하면 아이 스스로 깨닫게 되는 경우가 많다.

또한 남의 이야기는 귀로만 듣는 것이 아니다. 가슴으로 함께 들을 때 그것이 곧 열심히 들어주는 '경청(傾聽)' 이 되고, 존경의 마음으로 들어주는 '경청(敬聽)' 이 된다. 상대방의 말을 진심으로 들어주고 이해하려고 할 때 그 사람을 더욱 감동시킬 수 있다. 남의 말을 잘 듣는 자세는 자기가 말하는 것보다 더 위대한 힘을 지니기 때문이다. 사람은 모름지기 상대방이 나를 이성적, 합리적으로 설득하고, 상대방의 말이 옳을 때 더욱 화가 나는 법이다. 가슴으로 이야기하는 것이 그만큼 중요하다는 뜻이다.

특히 리더의 경우 경청 자세는 더욱 중요하다. 리더가 경청할 때 그를 따라가는 사람도 귀 기울이게 마련이다. 이는 대화에서 변치 않는 원칙이다. 이런 원칙은 어떤 조직에도 적용된다. 회사 내에서도, 작은 상점

내에서도 사장과 직원들 간에 진정한 대화가 이루어질 때 그곳은 번창할 수 있다.

최근 인터넷에서 본 '말하는 사람을 사로잡는 듣기 방법'에 관한 몇 가지 충고를 소개한다.

1. 마음을 열고 즐겁게 듣는다(말하는 사람은 내 표정으로 알 수 있다).
2. 사이사이 맞장구를 친다(말하는 사람의 흥을 돋운다). 즉 "당연하죠" "맞아요" "그래서요?" "그 다음은 어떻게 됐어요?" 같은 말을 한다.
3. 잘못은 바로 지적하지 않는다(천천히 되물어 확인함으로써 스스로 깨닫게 한다).
4. 상대가 풀어서 말할 수 있도록 질문한다. "지난번 여행 잘 다녀왔어요?"가 아니라 "여행지에서 어디어디 다녀오셨어요?"라고 묻는 것이다.
5. 적절하게 끼어든다(양해를 구한 뒤에 하고 싶은 말을 한다).

부부 사이에 오가는 말

말은 일상생활에서 으뜸으로 챙겨야 할 생활의 도구이다.

요즈음 나는 한국 드라마 보는 재미에 푹 빠졌다. 25년 가까이 고국을 떠나 사는 사람이라 향수 때문이기도 하지만, 무엇보다도 과거와 사뭇 달라진 말들의 묘미를 만끽하는 시간이 참 좋다. 축축하면서도 늘어진 말로 시청자의 감정을 쥐어짜던 옛날 드라마들에 비해, 톡톡 튀고 붕붕 뜨는 신세대들의 말 속에서 변해가는 고국의 모습을 확인하기도 하고, 또 새로운 말들을 배우는 재미도 여간 쏠쏠한 것이 아니다. 가끔은 우리가 살았던 시대보다 훨씬 다양해진 유머와 자기감정을 거리낌 없이 솔직하게 표현하는 말들을 듣고 있노라면 고국에 사는 사람들이 부럽기도 하다.

다른 한편으로는 극중 인물들이 성격에 따라 다르게 내뱉는 수많은 말들을 접하면서 나는 과연 어떤 타입으로 말할까라는 생각을 해본다. 인자하고 부드러우며 넉넉한 할아버지의 인간적인 모습에 흠뻑 빠져,

할아버지의 말투를 흉내 내봐야겠다는 생각을 할 때도 있다. 반면, 늘 남을 헐뜯고 가시 돋친 말을 아무렇지 않게 내뱉는 시누이의 모습을 볼 때면 화가 나고 짜증스럽기도 하다.

말이란 무엇인가? 성현들의 표현을 빌리자면, 말이란 '정신의 호흡'이고 '인격의 표현'이다. 또한 말은 단순한 음성이 아니라, 마음의 소리다. 그래서 자기 수양에 철저한 사람의 입에서 나온 말은 그윽한 향기와도 같다. 어린이의 입에서는 어린이다운 말이 나오고, 새색시에게서는 새색시의 말씨를 들을 수 있으며, 또 연륜을 지닌 사람의 말에서는 연륜을 느낄 수 있다. 물론 말은 경제적, 정신적 여유와도 관계가 있다. 생활의 여유와 정신적 여유를 지닌 사람의 말 속에서는 풍성함을 발견할 수 있다. 고국 사람들의 달라진 말들도 경제적 여유와 환경에서 나온 것이리라.

그래서 말은 일상생활에서 으뜸으로 챙겨야 할 생활의 도구이다. 사실 삶에서 재미를 느끼고 용기를 얻는 것도 옆 사람이 건네는 말 한마디 때문이며, 깊은 상처를 받고 괴로워하는 것도 송곳 같은 말 때문이다.

그런데 사람들은 말이 중요하다는 사실을 알면서도 왜 그토록 생각 없이 말을 내뱉는 것일까? 유대인의 격언 가운데 "남의 입에서 나오는 말보다 자기 입에서 나오는 말을 잘 들어라"라는 것이 있다. 이는 자기 말에 대한 책임을 강조한 것인데, 상대방이 내 말을 듣고 어떻게 생각할지를 염두에 두면서 이야기하라는 뜻도 담겨 있다.

특히 부부는 말 때문에 티격태격하는 일이 많은데, 보통은 "당신이 나에게 그런 말을 할 수 있느냐?'는 서운함이 원인이다. 나의 경우도 그렇다. 원래 다정다감하지 못한 나는 아내의 말에 무뚝뚝하게 대꾸하다가 말꼬리를 잡혀서 고생하는 경우가 많다. 그래서 가능하면 말을 안 하고 버티자는 배짱(?)을 부리기도 하지만, 그것은 아내를 더욱 화나게 할 뿐이며 당연히 아내의 항의를 받게 마련이다. 그런데 아내의 이런 당연한 항의에 서운한 느낌이 드는 이유는 무엇일까? 원인 제공자는 분명히 나이면서도, 상대방이 던지는 말의 형태나 강도로 인해 자기 잘못보다 감정이 먼저 자극을 받기 때문이다.

말에는 여러 유형이 있다. 비수처럼 가슴을 찌르는 말이 있는가 하면, 부드럽지만 상대방의 양심에 호소하는 말도 있다. 또한 옳은 말이기는 하지만 상대방의 감정을 격하게 만드는 말이 있고, 웃으면서 하는 말이지만 그 즉시 상대방으로 하여금 잘못을 인정하게 만드는 말도 있다.

수많은 말들 가운데 부부간에는 어떤 말을 해야 할까? 아무리 화가 나도 말은 골라서 할 필요가 있다. 쉽지는 않겠지만, 상황이 나쁠수록 따뜻하고 부드러우며 상대방의 양심에 호소하는 어법이 중요하다. 누구나 예뻐지고 싶어서 외모를 다듬듯이, 말 또한 곱게 다듬는 노력이 필요하다. 처녀, 총각 연애시절에 연인에게 건네던 말 한 마디 한 마디를 떠올려보면, 상대방에게 상처를 주지 않고 오히려 마음을 녹여줄 수 있는 말이 어떤 것인지를 알 수 있다. 옛 시대의 우리 어머니 아버지가 서로에게 경어를 썼던 것도 지혜가 아니었을까 생각한다.

우리는 모두가 하나, 그리고……

돈 자랑, 자기 자랑

할 이야기가 별로 없는 사람들이 자기 자랑을 늘어놓는 법이다.

최근 어느 선배가 다음과 같은 글을 이메일로 보내왔다. 인터넷에서 떠도는 그럴듯한 교훈이라면서 술좌석에서 하지 말아야 할 네 가지 이야기, 주석사불(酒席四不)을 나열한 것이다.

1. 정치 이야기를 심하게 하지 마라. 주의 주장이 다른 정치 이야기에 열을 올리면 술자리가 깨진다.
2. 종교 이야기를 심하게 하지 마라. 개인의 신앙은 타인이 간섭해서는 안 되는 인간의 자유이다. 범하지 마라.
3. 돈과 재산을 자랑하지 마라. 주머니가 비어 가슴 아픈 이에게는 비수 같은 것이다.
4. 술자리에 없는 사람을 도마에 올리지 마라. 그대가 남을 안주 삼으면 그대도 도마에 올라 안주가 된다.

좋은 교훈이지만 실행은 쉬워 보이지 않는다. 이 네 가지를 빼고 나면 할 이야기가 그리 많지 않을 테니까(?). 이 가운데서 세 번째 '돈과 재산 자랑' 이라는 말이 유독 눈길을 끈다. 돈이 없어도 있는 척하는 사람도 실없어 보이지만, '구렁이 제 몸 추듯' 자기 재산을 은근히 자랑하는 사람과 마주하면 가슴이 서늘해지기 때문이다.

특히 술자리에 아내가 함께 했다고 상상해보라. 할 이야기가 별로 없는 사람들이 자기 자랑을 늘어놓는 법이다. 누군가 자기 재산을 은근슬쩍 과시할 때, 돈도 못 벌어놓은 남편들은 쥐구멍에라도 들어가고 싶은 심정이다. 술자리를 끝내고 집으로 돌아오는 차 안에서 아내가 "당신은 그동안 뭐했어?" 라고 긁어댈 때 그 참담함이란…….

돈 자랑만이 아니다. 나처럼 뭐든지 그럭저럭 하는 사람들은 능력이 출중한 사람 앞에서 때로는 서글퍼진다. 골프를 잘 치는 사람이 자기 실력을 과시하는 말을 은근히 던질 때, 이름도 없는 대학에 다니는 자식을 둔 사람 앞에서 자기 자식은 일류 대학에 입학했네 어쩌네 해댈 때, 집 안의 형님이 어떻고 자기 친구들이 억대 부자이자 고관임을 자랑하면서 자기 자신을 은근히 같은 반열에 올려놓을 때…… 안다, 들어주는 사람들이 느끼는 역겨움을!

"자랑은 결코 칭찬이 되지 않는다." "자랑 끝에 불이 붙게 되어 있다." 자랑하는 사람 앞에서 겉으로는 원더풀을 연발하며 맞장구쳐주는 척하지만, 속으로는 열 받는 것이 사람의 마음이다.

《법구경》에 나오는 말이다. "내게 아들이 있고 재산이 있다고 / 어리

석은 자들은 집착하나니 / 제 몸도 오히려 자기 것이 아니거늘 / 어찌 자식과 재산이 자기 것이랴?"

　돈은 자랑하기 위해서 버는 것이 아니라, 거름처럼 쓰기 위해서 버는 것이다. 번 돈을 묻어놓으면 똥항아리 속의 똥처럼 냄새만 날 뿐이지만, 좋은 데 쓰면 거름이 된다. 자랑만 하다가 "부자인 채로 죽는 사람이 세상에서 제일 바보"라는 카네기의 말도 기억해둘 만하다.

우테크 시대

우테크는 재테크처럼 시간과 노력을 들인 만큼 성공 확률이 높아진다.

　'우(友)테크' 시대, '우테크'라는 말을 들어본 적 있는가? 우테크는 '행복 공동체를 만드는 기술'이요, '행복하게 사는 전략'이라고 한다. 특히 노년 생활을 즐기기 위해서는 무엇보다 친구가 많아야 한다는 것이 우테크를 주장하는 사람들의 논리다.

　그러면 무엇이 우테크인가? 주워들은 이야기를 요약해보면, 우테크는 재테크처럼 시간과 노력을 들인 만큼 성공 확률이 높아진다. 즉, 우연히 마주친 친구와 "언제 한 번 만나자"는 말로 돌아설 것이 아니라, 그 자리에서 점심 약속을 잡는다. 그리고 모임에서 기꺼이 총무를 맡는다. 귀찮은 일을 묵묵히 해낼 때 친구도 늘어나는 법이니까. 그리고 남녀노소를 따지지 않는다. 특히 젊은이들과 사귀는 것이 유익하다. 자기보다 스무 살 이상 어린 사람에게도 언제나 존댓말을 쓰고, 혼자서만 말하지 않는다. 그리고 교훈적인 이야기로 감동시키려 하지 말고, 매력을 유지하는 것도 중요하다. 늘 깨끗하게 씻고, 가능하면 깔끔하면서도 멋진 옷을 입는다. 육체적 아름다움만 매력은 아니다. 끊임없이 책을 읽고 영화를 보고 새로운 음악도 들어야 매력 있는 대화 상대가 될 수 있다.

우테크의 1순위 대상은 배우자이다. 가장 많은 시간을 보내는 집에 원수가 함께 산다면, 그것은 가정이 아니라 지옥이다. 부부간 공동 관심사나 취미를 만들 필요가 있다.

우테크 10훈(訓)

1. 일일이 따지지 마라.
2. 이 말 저 말 옮기지 마라.
3. 삼삼오오 모여서 살아라.
4. 사생결단 내지 마라.
5. '오! 예스'라고 받아들여라.
6. 육체 접촉을 자주하라.
7. 70%만 이루면 만족하라.
8. 팔팔하게 움직여라.
9. 구구한 변명을 늘어놓지 마라.
10. 10%는 베풀면서 살아라.

참으로 귀담아 들을 만한 이야기다. 하지만 이런 것들에 앞서 아주 중요한 것이 하나 있다. 나이를 먹어가면서 많은 것을 가질수록, 여유가 있을수록, 이름을 떨칠수록 생에 대한 겸허한 태도가 모든 인간관계의 바탕이 되어야 한다는 점이다.

최근 대학 선배에게서 다음과 같은 내용이 담긴 이메일 한 통을 받았다. 그는 지난 40여 년간 미국 대학교단에서 훌륭한 업적을 남겼고, 지금은 은퇴 생활을 즐기고 있다.

"현재 내 인생에서 가장 단순하고 중요한 사실은 나라는 존재와 내가 이룩한 업적이 이 우주 속에서 볼 때 먼지에 불과하다는 것이다. 다만, 나의 진짜 가치는 나를 위해 헌신한 아내와 가족, 그리고 친구들과 함께 있다. 그들은 내가 소유하고 있는 어떤 것보다도 위대하다. 그들은 사교의 대상이나 그저 함께 지내는 명목적인 존재가 아니라, 내가 헌신해야 할 사람들이다."

그는 이렇게 말하면서 때늦은 깨달음이지만 이와 같은 사실이 "내가 지탱하고 있는 나의 생의 의미는 무엇인가?"라는 질문에 대한 답변이라고 덧붙였다.

평소 가족, 친구들을 대하는 그의 진솔함과 서민적 태도를 생각하면 감동할 것도 없는 내용이지만, 글로 받고 보니 생에 대한 그의 겸허함에 새삼 고개가 숙여졌다. 은퇴 전 석좌교수로 대학 내에서 미국인 학생들과 동료 교수들에게 존경을 받았고, 늘 칭송이 자자하던 그였다. 하지만 그는 한 번도 목에 힘을 주며 자신을 드러낸 적이 없었고, 자신의 지식을 과시한 적도 없으며, 누구와도 술친구, 골프 친구, 이야기 친구가 됐다. 그에게는 친구가 많다. 그렇다고 그가 친구를 사귀기 위해 의식적으

우리는 모두가 하나, 그리고……

로 어떤 우테크를 사용하는 어색함을 보인 적은 한 번도 없다. 그는 늘 누구에게나 동등한 인간으로서 겸허한 태도를 보이고 진심을 다했을 뿐이다. 그래서 나는 그를 멘토(Mentor) 삼아 닮아보려고 노력했지만, 어림도 없는 일이었다.

군이 사족을 덧붙이자면, 우테크는 자신의 존재를 낮추는 겸허한 자세를 바탕으로 구사할 때 더욱 빛이 나는 것이 아닐까 싶다.

하이! 사랑의 인사 나누기

밝은 미소와 함께 진심으로 사랑하는 마음으로 인사하면 상대방도 밝은 미소로 답할 것이다.

한 수도원에 심부름을 하는 아이가 있었는데, 수도사들이 기도하는 모습을 볼 때마다 자기도 기도가 하고 싶어졌다. 원장에게 기도에 대해 물었다. "하느님을 기쁘게 해드리는 것이다"라는 원장의 대답에 아이는 어느 날 밤 수도원 지하실에 놓인 성모상 앞에서 혼자 정성껏 춤을 추었다. 그는 춤을 추는 것밖에 할 줄 아는 것이 없었기 때문이다. 원장이 우연히 지나다가 그 광경을 보고 무엇을 하느냐고 물었다. "성모님을 기쁘게 해드리기 위해 춤을 추고 있어요." 아이의 대답에 원장은 숙연해졌다.

기도는 하느님을 기쁘게 해드리는 자신만의 몸짓이다. 그래서 기도에는 때와 장소가 따로 없다. 우리는 언제든 일상생활 속에서 하느님을 기쁘게 해드릴 수 있기 때문이다. 무엇보다 남을 기쁘게 해주는 것이야말로 진정한 기도이다. 만나는 사람에게 예쁘게 말하는 것도, 만면에 웃음을 띠는 것도 기도이다.

누구에게든 친절하게 인사하는 것도 기도의 한 방법이다. 머리를 숙이며 하는 인사는 자기를 낮추고 남을 높이는 일이기 때문이다. 하느님과 만남의 순간이 기도라면, 기도는 하느님의 선한 마음, 선한 손길, 선한 사랑을 느끼는 순간이어야 한다. 밝은 미소와 함께 진심으로 사랑하는 마음으로 인사해보라. 상대방도 밝은 미소로 답할 것이다. 그런 인사의 순간에 느끼는 짜릿함이야말로 하느님의 사랑이다.

미국인들은 모르는 사람이라도 눈이 마주치거나 가깝게 지나칠 경우 최소한 눈인사 정도는 꼭 한다. 영어에서 '하이(Hi)'라는 말이 무척 좋다. 우리에게는 왜 그런 단어가 없을까? 저들은 엘리베이터 안에서도, 쇼핑을 하면서도 마주치는 순간 "하이!"라고 말하며 웃음으로 인사한다. 나는 그런 인사 습관이 그리스도 정신에서 왔을 것이라고 믿는다. 즉, 인간 모두가 하느님의 자녀라는 생각에서 온 것이다. 사랑은 친근감에서 시작된다.

아이들 눈에 비친 어른들

로마에서는 로마법을 무조건 따라야 원숭이를 면할 수 있다.

"우리 부모는 우리에게 키스해준 적이 없다. 물론 그들끼리 키스하는 모습도 본 적이 없다."

"우리 엄마는 아이들이 반값 할인으로 입장할 수 있는 곳에서는 15세가 된 나를 아직도 12세라고 거짓말을 한다."

"우리 부모는 우리를 자기 친구의 아이들과 비교하면서, 우리가 다른 미국인 부모들에 대해 이야기하면 '비교하지 말라'고 말한다."

"엄마들은 누구나 짧은 파마머리를 하고 있다."

"우리 부모는 교회를 사교장으로 생각한다."

"우리 부모는 같은 동족끼리만 결혼하라고 강요한다."

"우리 부모는 아주 근사한 레스토랑에서도 다른 음료수 대신 냉수한 잔을 주문하고, 디저트는 결코 주문하지 않는다."

"우리 엄마는 빵에 파란 곰팡이가 피었어도, 파란 부분을 떼어낸 뒤

'먹어라, 아직은 괜찮다'라고 말한다."

"우리 부모는 공공장소에서도 엄청나게 큰 소리로 우리의 이름을 불러댄다."

미국에 사는 한인 아이들이 인터넷을 통해 자기들끼리 어른을 흉보는 내용이다. 장난기가 섞인 아이들의 말 속에서 우리 어른의 모습을 엿볼 수 있어 꽤 멋쩍다. 미국 문화에서 자란 아이들에게는 어른들의 모습이 참으로 우스꽝스러울 수도 있다. 그것도 애교로 봐주어 이 정도이지, 정작 미국인의 눈에는 어떻게 보일까?

"로마에 가면 로마법을 따르라"는 말을 모르는 사람은 없겠지만, 이민 와서 4반세기 넘게 살고 있는 사람들 중에서도 겉모습만 미국인인 경우가 참 많다. 삼강오륜(三綱五倫)을 목숨보다 중히 여기는 우리가 어떻게 아이들이 보는 앞에서 아내와 입을 맞추는 짓(?)을 할 수 있단 말인가? 미국말을 잘하고 레스토랑에서 칼질을 매너 있게 한다고 해서 진짜배기 미국인이 될 수 있을까? 적당주의로 살아온 우리가 뷔페식당에서 아이들의 나이를 속이고 반값으로 밥 좀 먹었다고 해서 양심에 가책을 느낄 필요까지 있겠는가?

영어라는 것도 그렇다. 영어를 잘하려면 소금에 절은 배추처럼 미국식 사고로 폭삭 젖어 있어야 한다. 언어는 곧 문화이기 때문이다. 그래서 영어를 한다는 것은 미국식으로 생각하고 미국식으로 표현한다는 것을 뜻한다. 우리에게 그것이 어떻게 100% 가능하겠는가.

그런데 문제는 풍습이나 문화란 선택 사항이 아니라는 것이다. 로마에서는 로마법을 무조건 따라야 한다는 것, 그래야 원숭이를 면할 수 있다는 것…… 이민자의 고통은 바로 여기에 있다. 자기들 몸에 밴 아름다운 전통이나 생활의 정서까지도 포기해야 하고, 평소에 고약하게 여기던 양키 문화(?)를 받아들여야 한다는 것, 그것이 바로 이민 민족의 비극이다. 그래서 고향을 떠나 이민 온 사람들은 '독종' 이다.

기왕에 독종 소리를 들을 바에는 지독한 독종으로 살아보자는 것이 20년 가까이 이민 생활을 하면서 느낀 나의 결론이다. 우리에게는 도저히 버릴 수 없는 아름다운 풍습과 문화가 있지만, 삼강오륜은 더 이상 이민자인 우리에게는 지고(至高)의 덕목(德目)이 아니다. 부모 자식 사이에 내 것, 네 것이 없이 살아가는 한국식 문화는 적어도 우리에게는 아름답고 대대로 지켜가도 좋을 풍습이지만, 미국 땅에서는 미련 없이 털어버려야 한다. 다 큰 자식이 자기주장을 펴면서 어른들 말을 듣지 않는다면 후레자식이지만, 자식을 한 사람의 인격체로 존중하는 미국 사회에서는 용납되는 일이다.

가정에서 발생하는 문제는 각자에게 맡긴다고 하자. 그러나 적어도 우리의 모습이 드러나는 커뮤니티 생활 속에서는 더더욱 현지 문화에 익숙해질 필요가 있다. 미국처럼 사생활과 개성을 존중하는 사회에서 살아가자면, 자기 식을 남에게 무작정 강요하거나 뛰어난 사람을 깎아내리려는 평균 인간 지향성의 사고를 버려야 한다. 특히 미국인과 함께 일하는 직장에서, 또는 커뮤니티 생활에서 '우리' 라는 말의 진짜 의미를 확인해야 한다. 집 안에 핀 꽃이 '우리 꽃'이 아니라 공원에 피어 있는 꽃이 '우리 꽃'이다. 더불어, '사회가 있고 내가 있다'는 커뮤니티 문화에 내 몸을 맞추어야 한다.

그런 일들이 어디 한두 가지이겠는가? 돈이 모든 것을 말하는 자본주의 천국에서라면 돈의 가치를 가볍게 여기고 돈 버는 일을 천시하던 우리네 사고부터 바꾸어야 한다. 사회 구원보다 개인 구원을 앞세우는 종교관도 그렇고, 합리보다 감정에 치우치고 적당히 넘어가면서 해치우는 버릇도 버려야 한다. 헛감투 쓰고 허명(虛名)을 날리면서 목에 힘주는 버릇, 냉수 먹고 이 쑤시는 허세(虛勢), 남이 잘 되는 것에 박수를 쳐주기보다 헐뜯고 깎아내리는 고약한 버릇, 집단에서의 서열 의식, 실리도 없이 내세우는 명분, 기다리지 못하는 조급증…… 얼마든지 들 수 있다.

우리 아이들이 이런 것들까지 속속 알게 되면 어른들을 뭐라고 놀려댈까?

사람들은 왜 명품을 좋아할까

인간은 자기가 갖고 있는 것에 대해 금방 싫증을 내는 경향을 보인다.

인간의 마음에 대한 심리학자들의 분석을 보면 발가벗은 나 자신을 발견할 수 있어 재미있다. 예를 들어, 인간에게는 누구나 '현실적인 나'와 '되고 싶은 나'가 있다고 한다. 간단한 말하면, 사람은 자기 자신을 넘어 누구나 왕자병과 공주병을 갖고 있다는 것이다.

심리학자들은 이러한 사회적 욕구는 배가 고프면 밥을 먹어야 하고, 졸리면 잠을 자야 하는 생리적 욕구처럼, 자신에게 '부족한 부분'을 메우려고 하는 자연스러운 마음의 작용이라면서, 이런 기능을 '항상성(Homeostasis)'이라고 표현한다.

항상성은 장사꾼이 꼭 알아야 할 상식이다. 잡지에 어느 유명 브랜드의 가방이 소개되었다고 해보자. 대부분 사람들은 '갖고 싶다'는 마음이 생기게 된다. 특히 여성의 경우는 더욱 그럴 것이다. 그런데 이상한 것은 이미 가방을 여러 개 갖고 있는데도 특별히 그 브랜드의 가방을 갖고 싶어 하는 마음이다. 왜 그럴까? 유명 브랜드라는 점도 하나의 이유일 테고, 또 하나는 신상품 혹은 인기 상품이라는 이유도 있을 것이다.

심리학자들은 이런 새로운 것, 진귀한 것에 대한 욕구를 '신기성욕구(新奇性欲求)' 라고 부른다. 인간은 자기가 갖고 있는 것에 대해 금방 싫증을 내는 경향을 보인다는 것이다. 그래서 좋아하던 물건도 오래 사용하면 싫어지고, 죽고 못 살 정도로 사랑하던 커플도 언젠가는 시들시들해지면서 더 좋은 사람에게 관심을 갖게 되는 경우가 생긴다.

이렇게 보면 장사꾼들은 사람들의 신기성욕구를 채워주는 마술가이다. 장사꾼들이 만들어 판매하는 명품의 위력은 엄청나다. 심리학자들의 표현을 빌리자면, 명품이란 고객의 가치를 높여주고 평소에 꿈꾸던 이상, 즉 '모두에게 존경받고 싶어 하는 자기상(自己像)에 가까워질 수 있도록 도와주는 엄청난 가치' 를 갖고 있기 때문이다. 그래서 구찌, 샤넬, 벤츠 같은 유명 브랜드가 같은 질의 상품에 비해 값이 월등히 비싼데도 잘 팔린다는 것이다.

특히 이런 명품의 가치는 자격증, 학력, 재산처럼 열심히 노력해야 얻을 수 있는 것들과 달리, 단번에 사회적 신분을 격상시키는 심리적 효과를 낳는다. 물론 이런 신기성욕구가 끊임없이 지속된다는 것도 장사꾼들에게는 유리한 점이다. 아무리 좋은 브랜드라도 자주 사용하다 보면 또 싫어지기 때문에 계속해서 새로운 명품을 내놓기만 하면 장사를 어렵지 않게 이어나갈 수 있기 때문이다.

재미 동포들이 생업으로 하는 2대 업종이면서 미국 업계를 장악하고 있는 분야는 세탁업과 흑인용 뷰티 서플라이 업종이다. 주로 흑인 여성을 상대로 하는 뷰티 서플라이 업종의 미래는 한인 스스로가 명품을 공급할 수 있는 역량을 얼마나 키워 나가느냐에 달려 있다고 생각한다. 뷰티숍을 찾는 고객들은 자신을 공주처럼 보이고 싶어 하는 강렬한 욕구가 마음속에 내재해 있고, 특히 흑인 고객들은 백인보다 미(美)에 대한 감각이나 욕망이 더 민감한 편이기 때문이다. 자신의 신분을 격상시키고자 하는 잠재적 욕구가 어느 민족보다 강하다는 점도 상기할 필요가 있다.

예를 들어 재미 동포 사업가 정문량 사장이 착안한 '비벌리 존스(Beverly Jones)' 브랜드의 가발은 흑인 슈퍼모델로 존경받았던 비벌리 존스처럼 되고자 하는 고객들의 마음을 꿰뚫어서 성공한 경우이다. 최근 샐리뷰티(Sally's Beauty)가 영화배우 겸 가수인 패리스 힐튼의 초상을 이용해 만든 헤어제품 브랜드로 재미를 보고 있는 이유도 바로 여기에 있다.

14

흑인의 삶, 절망을 희망으로

어떻게든 그들의 입장을 이해하고 도움을 주려는 자세가 옳다.

"흑인이 실직 상태일 확률은 백인의 2배, 가난하게 살 확률은 3배, 흑인이 감옥에 갈 확률은 6배 이상이다." 오바마 미국 대통령이 백악관에 입성한 후 처음 발간된 〈미국 흑인들의 상황(State of Black America)〉 2009 보고서의 핵심이다. 이 연례 보고서는 흑인 최대 단체인 '전미도시연맹(National Urban League)'이 지난 7년간 사회의 흐름을 추적한 결과를 토대로, 미국 사회에서 흑인의 현주소를 백악관을 비롯한, 미국 사회 여론에 알리기 위해 매년 발행하고 있다. 이번 보고서는 특히 경기침체 속에서 나온 것이라 흑인의 고단한 삶을 더욱 극명하게 보여주고 있다.

왜 흑인은 백인에 비해 힘들게 살아야 하는 것일까? 흑인의 영웅 오프라 윈프리는 "누구의 탓도 아니다. 본인 스스로가 책임져야 한다"고 주장한다. 한인 이민자들 중에도 그런 시각을 가진 사람이 대부분일 것이다. 즉, 흑인을 향해 "땡전 한 푼 없이 이민 와 영어도 할 줄 모르던 우리도 이렇게 잘살고 있는데, 도대체 왜 그렇게 사는 거야?"라고 말하면서 가난을 게으름 탓으로 돌린다. 하지만 윈프리의 주장은 밑바닥 삶을 딛고 일어선 여인으로서 다른 흑인 여성들에게 전하는 "나를 보라. 당신도 할 수 있다"는 격려의 메시지다.

흑인들의 고단한 삶의 실체는 〈미국 흑인들의 상황〉 보고서에 뚜렷이 나와 있다. '성공의 기회' '교육의 평등' '건강과 주택환경' '직업 환경과 실업' 등 여러 사회 제도와 구조적인 면에서 여전히 불평등을 당하고 있어 가난에서 벗어나기 힘들다는 것이다. 교육 분야를 예로 들어보자. 미국은 교육비의 주요 지분이 지방세금으로 이루어져 있다. 그래서 가난한 동네는 영원히 가난한 교육에서 벗어날 수 없다. 흑인 학생의 고등학교 졸업률이 50%밖에 안 되는 이유도 바로 여기에 있다.

대부분 보통사람의 삶은 가난이 가난을 낳는다. 역사적으로 봐도 백인은 대를 이어가며 부를 축적할 수 있었지만, 흑인은 그것이 불가능했다. 그래서 절망이 절망을 낳았다고 할 수 있다. 가난은 죄가 아니다. 은수저를 입에 물고 태어난 백인 아이와 가난을 업보처럼 안고 태어난 흑인 아이가 같을 수는 없다. 가장을 감옥에 빼앗긴 가정, 최저임금의 하급 일자리, 마약 범죄의 대상, 열악한 교육, 인종적 편견…… 이런 것들은 흑인들이 계속해서 물려받고 있는 지긋지긋한 유산이다.

이런 유산들을 고려하지 않고, 흑인의 가난을 이야기할 수는 없다. 더구나 한인 이민자 가운데 많은 사람들이 가난한 흑인 동네에서 장사를 하며 생계를 이어가고 있다. 그들은 우리의 목숨 줄이요, 생명의 은인이며, 연대 파트너이다. 그래서 감히 그들을 깔보고 비난할 수 없다. 어떻게든 그들의 입장을 이해하고 도움을 주려는 자세가 옳다.

재미 동포 모티베이션 스피커 진수테리가 최근 흑인들을 위한 긍정과 격려의 메시지를 담은 랩뮤직을 제작해 화제가 되고 있다. "진수도 하는데, 너희는 더 잘할 수 있다"는 노래 가사를 비롯해 10곡의 음반을 흑인 음악가들과 함께 만들었다. 원래 흑인들의 힙합이나 랩뮤직은 그들이 가진 절망의 표현이다. 한(恨)의 외침이다. 가난하던 우리네 조상이 판소리를 즐겼던 것과 같다. 욕설, 폭력, 섹스를 담은 랩뮤직은 기득권자인 백인에 대한 흑인의 저항이다. 진수테리의 랩뮤직 제작은 '절망을 희망으로, 부정을 긍정으로' 바꾸려는 새로운 시도이기 때문에 그에 대한 기대도 크다.

진수테리의 음반 발매와 함께 음반 보급에 재미 동포들이 나서기로 했다. 내친 김에 '전미도시연맹'이 추진하고 있는 흑인 사회에서의 청년 교육, 경제력 강화, 건강한 양질의 삶, 시민 사회 참여, 인권 및 인종 운동 프로그램을 적극적으로 지원하는 일도 필요하다. 이런 프로그램에 참여하는 것은 결국 한국인 이민자를 위한 일이기도 하다. 오바마 대통령이 불가능하리라 여겨지던 유리 천장(Glass Ceiling)을 뚫고 나온 것만으로도 우리는 희망을 말하지 않는가.

라스베이거스행 비행기 안에서

에티켓, 즉 예의는 꽃에 비유하자면 향기와 같은 것이다.

뷰티업계 관련 취재나 행사 때문에 비행기를 많이 타는 편이다. 한 번은 라스베이거스행 사우스웨스트 항공(Southwest Airline)을 이용했는데, 이 비행기는 좌석 번호가 따로 있는 것이 아니라, A·B·C그룹으로 나뉘어 선착순으로 앉도록 되어 있다. 나는 C그룹이어서 맨 마지막에 탑승했고, 부부로 보이는 중년의 미국인 남녀 옆자리에 앉았다.

자리에 앉고 10분이 지났을까, 내 왼쪽에 앉은 여인이 갑자기 머리 위쪽에 달린 에어컨 바람구멍을 틀고 긴 옷을 입는 것이었다. 나는 긴 옷을 입으면서 에어컨 바람구멍은 왜 열까라고 의아해하며 잠을 청했다. 그런데 시간이 조금 지나자 에어컨 바람 때문에 추워지기 시작했다. 그래서 그 여인에게 에어컨 바람을 좀 막았으면 좋겠다는 말을 하려다 몇번 망설였다. 그러다가 도저히 안 되겠기에 바람구멍을 살짝 다른 방향

우리는 모두가 하나, 그리고……

으로 돌리면서 "좀 추워서 그렇습니다"라고 양해를 구했다.

그러자 그 여인의 입에서 "사실 당신에게서 너무 지독한 냄새가 나서 어쩔 수 없이 이렇게 에어컨 바람구멍을 열어놓았어요. 미안합니다만, 그대로 좀 두세요"라는 말이 나오는 것이었다. 청천벽력이었다. 그 순간 어찌나 무참하고 창피하고 쥐구멍이라도 있으면 들어가고 싶던지……. 그 후 나는 숨을 제대로 쉴 수조차 없었다.

비행기를 타기 직전에 김치와 함께 제대로 된 한국 음식을 거하게 먹었던 것이 화근이었다. 그러니 내가 숨 쉴 때마다 지독한 냄새가 풍겼고, 견디다 못한 여인은 추위를 무릅쓰고 에어컨 바람구멍을 열었던 것이다. 그리고 미국인 특유의 인내심으로 아무 말 없이 참고 버텼던 것이다. 그것이 곧 그들이 일상에서 지키는 에티켓이기 때문이다.

3시간 반이나 걸리는 비행시간이 원래 길기도 했지만, 그날처럼 길게 느껴진 적도 없었다. 다른 자리로라도 옮겼으면 좋으련만 만원 비행기라 그럴 수도 없었다. 드디어 라스베이거스에 도착했다. 나는 서둘러 자리에서 일어서며 "냄새 때문에 정말 죄송했습니다. 진심으로 미안합니다"라는 말을 연발하고 도망쳐 나왔다. 그 여인은 "괜찮다"며 사과를 받아주었지만 아마도 다시는 동양인 옆자리에는 앉지 않을 것이다.

에티켓, 즉 예의는 꽃에 비유하자면 향기와 같은 것이다. 사람에게도 그와 같은 향기가 필요하다. 그래서 우리 부모 세대는 밥상머리에서 자식들에게 그토록 예의범절을 엄하게 가르쳤으리라.

옷깃만 조금 스쳐도 "미안하다"고 말하는 미국 사회는 지나칠 정도로

에티켓에 민감하다. 서로가 다른 사람의 감정과 권리, 그리고 사생활을 지극히 존중해주고 모두가 기분 좋게 살아가자는 의도이다. 냄새가 죽을 지경으로 풍겨도 상대방의 기분을 상하지 않게 하기 위해 싫은 소리를 내뱉지 않았던 그 미국 여인의 태도가 곧 미국인이 가진 에티켓의 본보기다.

한인들 중에는 미국에 오래 살아도 그런 에티켓을 무시한 채 알게 모르게 무례하게 행동하는 경우가 많다. "오래 입으면 옷에서 냄새를 풍기니 매일 매일 갈아입어요"라는 아내의 잔소리를 수없이 들으면서도, 빨래하기 힘들어하는 아내를 생각해 하루 이틀씩 더 입고 다니는 나 역시 에티켓에 얼마나 둔감한 사람인가.

에티켓은 상대를 아끼는 마음의 표현으로 봐야 한다. 따라서 지독한 냄새만이 에티켓을 저버린 행위에 해당하는 것이 아니라, 남에게 정신적 불쾌감을 주는 모든 행위가 포함된다. 남과 함께 골프를 칠 때, 식사하며 대화할 때, 그리고 크고 작은 행사에 참여할 때 우리는 늘 상대방의 마음을 상하지 않도록 하는 배려가 필요하다.

생각만 해도 김새고, 화끈거리는 나의 라스베이거스행 비행기 안에서의 해프닝! 이는 전철 안에서 개똥을 누이다가 개망신 당한 한국의 '개똥녀' 사건과 다를 바 없다.

김치여 영원하라! 하지만 때와 장소를 가려라!

황홀한 인생

부와 명성을 함께 얻으려면 개인이든, 기업이든 '도덕'과 '문화'를 중시해야 한다.

"인생에서 두 가지는 공평하다고 합니다. 태어나고 죽는 것. 어느 철학자가 '인생은 원인의 철학도, 결과의 철학도 아니다. 경과의 철학이다'라고 했어요. 그 경과 속에는 재능이 아니라 노력이 들어 있지요. 나는 최선을 다함으로써 내 인생을 내 뜻대로 엮어갈 수 있다는 신념으로 살았습니다. 그래서 인생이 황홀하다고 느껴요."

대하소설 《태백산맥》의 저자 조정래 선생이 어느 신문과의 인터뷰에서 한 이야기다. 세상살이에는 공짜가 없다는 말일 것이다.

인류 대학을 나오고도 그것을 살리지 못한 사람이 있는가 하면, 집안 형편이 어려워 대학을 못 나왔어도 끊임없이 노력해 성공한 사람에 대한 이야기는 수도 없이 많다. 물론, 진정한 의미의 성공은 노력만 한다고 이루어지는 것이 아니다. 무엇보다 성공을 향한 뚜렷한 목표와 함께, 그 목표가 이웃과 세상을 위해 값있는 것일 때 비로소 성공 신화가 창조

된다.

돈을 엄청나게 벌었다고 성공한 것일까? 미국 사회는 졸부(猝富, 벼락부자)를 바라보는 눈이 비교적 엄격하면서도 또한 너그럽다. 졸부 중에서도 돈을 숨겨놓고 자기만을 위해 쓰는 사람은 별로 인정받지 못하지만, 이웃과 사회를 위해 유용하게 사용하면 전력이 비록 형편없는 사람이라도 즉각 하이소사이어티 멤버로 신분이 격상되면서, 엄청난 찬사와 존경을 받는다.

기업도 마찬가지다. 옛날에는 토지, 자본, 노동력 세 가지가 기업의 부를 창출하는 기본 생산요소였지만, 현대 경영에서는 '도덕' 을 추가해야 한다. 다시 말하면, 도덕적인 회사가 생산성이 높아지고 돈도 더 많이 벌게 되어 있다. 고객들은 기왕이면 사회에 대한 책임감이 강하고 좋은 일을 더 많이 하는 기업의 상품을 구입하기 때문이다.

여기에 또 하나 '문화' 가 추가된다. 미국처럼 수많은 민족이 함께 살아가는 다문화 사회에서는 기업 역시 문화적 배경이 다른 소비자들이 친근감을 느낄 수 있도록 문화 마케팅을 전개해나가야 한다. 더구나 글로벌시대의 지구촌은 국경이 무의미해져 가고, 문화적 배경이 다른 소비자들은 세계 어디에서든 쉽게 유명 브랜드의 상품을 접할 수 있다. 따라서 자기 기업의 상품을 구입하도록 만들기 위해서는 해당 지역 소비자의 문화를 잘 이해하고, 문화적으로 접근해야 한다.

이렇듯 이 시대에 부(富)와 명성을 함께 얻으려면 개인이든, 기업이든 '도덕' 과 '문화' 를 중시해야 한다. 그래서 대부분의 미국 기업체 사장들은 비영리 자선 단체의 이사 자리를 하나씩은 갖고 있다. 한인의 경우를 생각해보면, 소수계 이민자로서 미국 사회에 대한 도덕적 의무와 문화에 대한 이해가 성공의 주요 요소라고 할 수 있다. 그것들이 없이는 이민 와서 엄청나게 노력해 경제적 성공을 이루었다고 해도, 별 볼일 없는 사람이나 민족으로밖에 대접받지 못한다.

가난을 딛고 "황홀한 삶을 살아냈다"는 조정래 선생은 소설을 쓰기 위해 치열한 인생을 살아오면서도 늘 '민족'에 초점을 맞추었기에 성공 신화를 창조할 수 있었다고 생각한다. 공짜 성공도 없지만, 도덕적 이상을 담지 않은 성공도 없다.

가진 자들의 패륜

결국 세상의 움직임은 가치관과 시각, 감정을 얼마나 개입시키는지에 따라 달라진다.

매사추세츠 상원의원 선거에서 민주당 후보가 패하자, 보험사 주가가 폭등한 바 있다. 건강보험제도 개혁을 좌초시키기 위해 똘똘 뭉친 '가진 자들의 승리'였던 것이다. 한마디로 '패륜'이었다.

나는 미국 사회가 비교적 건강하다고 믿는 사람이다. 역사가 깊은 유럽에서도 상상할 수 없는 흑인 대통령을 뽑을 만큼 성숙한 국민이 많고, 삼권분립의 균형은 물론, 양당제도가 확실히 뿌리내리고 있기 때문이다. 그런데 건강보험제도 개혁 과정과 대법원의 '기업의 선거광고 무제한 허용' 판결 결과를 지켜보면서, 가진 자들의 과욕이 나라를 망치고 있다는 생각을 떨칠 수 없었다.

다행히 알맹이가 많이 빠진 건강보험제도가 오바마 대통령의 노력으로 통과되기는 했지만, 당시 반대하던 사람들의 논리는 의료서비스 질이 떨어지리라는 것과 세금 인상이 싫다는 것으로 요약된다. 개혁안에서 서비스 질 문제는 접어두고 세금 인상 문제를 보면, 연간 25만 달러 수입자의 경우 1500달러를 더 내고, 100만 달러 수입자의 경우는 1만 달러 정도를 더 내는 것으로 되어 있다. 이 정도의 세금 인상이 과연 생존에 얼마나 큰 치명상이 될까? 전문가들은 건강보험제도 개혁이 없었다면, 현재도 국내총생산(GDP)의 6분의 1이 의료비로 충당되고 있지만, 20년 후 3분의 1을 충당하지 않으면 안 될 것이라고 예측한 바 있다. 국민이 돈을 벌어 3분의 1을 의료비에 쏟아 부어야 하는 상황에 놓여 있었던 것이다.

가진 자들의 욕심은 대법원의 '기업의 선거광고 무제한 허용' 판결에서도 나타났다. 역사적으로 '개인 재산의 보호'와 '표현의 자유'를 신성불가침 영역으로 굳게 지켜온 대법원의 일관성(Consistent)은 논리적 측면에서 이해할 수 있다. 하지만 법의 정신은 일관성만 중요한 것이 아니다. 정의성과 형평성도 갖추어야 한다. 이번 대법원 판결은 부시 정권에서 임명된 판사들이 사전에 준비한 정략적 판결로 알려졌는데, 평민의 권익을 대변하는 호민관에게 귀족의 전횡을 견제토록 비토파워를 인정한 로마법의 정신을 되새겨볼 일이다. 그나마 다행스러운 점은 오바마 대통령이 이 문제를 바로 보고 있다는 것이다. 그는 로버트 대법원장에 대해 "대법관으로서의 법적 지식은 조금도 의심하지 않는다"면서도 "결국 세상의 움직임은 가치관과 시각, 감정을 얼마나 개입시키는지에 따라 달라진다"고 말함으로써 이번 판결에 크게 격분했다.

정치란 무엇인가? 보호와 복종의 관계이다. 있는 자들이 없는 자들을 보호하고, 그 대가로 복종을 담보 받는다. 그런데 가진 자들이 집단이기주의적인 과욕과 함께 부익부 빈익빈 세상을 만들고, 남의 불행으로 안락하게 살면서 자기의 이기적인 삶을 허위의식으로 포장한다면, 없는 사람들의 복종을 담보 받을 수 없다. 로마제국의 멸망 요인 가운데 대지주, 귀족층들이 국가 기구를 자신들의 이익과 목적에 부합하도록 철저히 이용한 정치적 요인이 있었음을 상기해본다면 쉽게 이해할 수 있다.

정치판에도 유머를

유머는 한 민족이 가진 마음의 여유와 정신 건강을 나타내는 척도이다.

화장품 선물을 받고 싶다는 아내의 투정에 대한 남편의 대답이 걸작이다.

"여보! 옆집 부인은 말유, 남편이 고급 화장품 한 세트를 사다줬대요." "그래? 옆집 부인은 불쌍하지. 그 여자가 당신만큼 예쁘다면 화장품 따위에 신경 쓸 필요가 없을 텐데."

이런 정도의 유머로 위기를 넘기는 사람은 가정의 평화를 지키는 데 문제가 없다.

어느 학자는 아내보다 책에 더 열중했다. 아내는 늘 혼자서 지루하게 시간을 보냈다. 그래서 "차라리 책이 되었으면 좋겠다"고 말했다. 그런 아내에게 남편은 이렇게 대답했다. "그보다는 달력이 되는 게 나을 거야." 이 대답에 아내는 왜 달력이 더 낫냐고 물었고, 남편은 "그러면 해마다 새 것으로 바뀔 테니 말이야"라고 말했다. 화를 자초할 농담 같지만 이런 농담은 지루해하는 아내에게 웃음을 선사한다.

조선의 판원사 김효성(金孝誠)은 여색을 좋아해 한 달에 스무날을 외방에서 자고 왔다. 남편이 이 지경이니 부인이 좋아할 리 없었다. 아무리 말해도 듣지 않으므로, 부인이 꾀를 내어 베[布] 한 필에 회색 물감을 들인 뒤 일부러 남편 눈에 띄기 쉬운 곳에 걸어 두었다. 하루는 남편이 방에 들어와 그것을 보고 부인에게 물었다. "이것은 어디에 쓸 것이오? 중이나 입을 색깔이지 여염집엔 이런 색깔을 입는 사람이 없을 터인데." 이는 부인이 노리고 있던 말이었다. 부인은 정색하고 대답했다. "영감께서 너무나 방종한 생활을 하시고 첩을 원수같이 보시니 첩은 이제 머리를 깎고 중이나 될까 하고 베에 물을 들여놓은 것입니다."

그런 다음 부인이 남편의 눈치를 살피니, 그가 웃으며 말하기를 "그거 참 좋은 일이오. 내가 평생 여색을 좋아해 계집이라면 기생부터 무당, 백정, 하인 할 것 없이 얼굴만 반반하면 가까이 아니해본 여자가 없지만, 한이 되는 것이 지금껏 중만은 가까이해본 일이 없소. 그런데 부인이 중이 된다니 그것은 나의 평생 소원을 이루어주는 것이오. 거참 잘 생각한 일이오"라고 대답했다. 축축하면서도 의젓한 운치가 있는 조선의 유머 한 토막이다.

부부 사이에 유머가 있다는 것은 서로에게 아직은 너그럽고 정신적 여유가 있다는 뜻이다. 유머란 막강한 힘을 지니고 있다. 그렇기 때문에 순간 다가오는 위기도 순식간에 넘어갈 수 있는 것이다.

부부간의 유머를 예로 들었지만, 유머는 영웅호걸들이 국정을 논하는

우리는 모두가 하나, 그리고……

자리에서도, 포화가 쏟아지는 전쟁터에서도 인간살이와 함께 한다. 우리말로는 '우스갯소리'인 유머는 인생살이 밑바닥에 흐르는 끈끈하고 촉촉한 원초적 감정을 순간적인 재치로 드러내, 메마르고 고단한 우리네 삶 속에서 참기름과 깨소금 같은 맛을 내준다. 때로는 해학과 풍자로 진실을 폭로하기도 하고, 자신의 사는 모습을 되돌아보게도 한다. 특히 삶을 심각하게 사는 사람에게는 신약(神藥)이 될 수 있으며, 이야기하는 상대방의 마음속에 동정과 연민을 불러일으켜 자신이나 남을 객관적으로 바라보는 너그러움도 발휘하게 만든다.

유머가 없는 사회를 상상해본다. 특히 한국 정치판을 관전하는 해외 동포들에게는 살벌한 싸움만 보인다. 서로가 독설로 찍고, 물어뜯는 이 전투구의 모습은 삭막한 사막과도 같다. 유머는 한 민족이 가진 마음의 여유와 정신 건강을 나타내는 척도라고도 하는데, 한국인이 마치 여유와 웃음을 잃은 민족처럼 보이는 것은 서글픈 일이다.

장사하면서 써먹을 수 있는 유머를 하나 소개한다. 어떤 미용재료 가게에서 남자 주인이 세계에서 최고의 발모제라며 손님을 꾀고 있었다. 그런데 손님이 "자기도 대머리이면서 발모제를 팔다니……"라고 말하자 그 주인은 "모르는 소리 마세요. 브래지어 파는 남자는 뭐 유방이 있어서 파나요?"라고 맞받아쳤다.

미국 시민 선언하던 날

힘이 세지거나, 부자가 되거나, 잘난 사람이 되면 그에 합당한 값을 치르게 되어 있다.

미국 시민으로서 선서를 하던 날, 조국을 버린 것 같은 느낌 때문에 마음이 심란했다. 마침 한 동네에 살던 원로 교수님 한 분에게서 축하 전화가 걸려왔다. 그는 심란해하는 나에게 "나라 밖에 나라를 세우는 일을 이제 시작하게 된 것"이라며 위로의 말을 건넸다.

미국에 살려고 마음먹었으면 철저하게 미국 시민으로 살아야겠다는 나름의 생각에서 시민권을 취득했다. 그런데 미국 시민이 된 지금 겉으로는 달라진 것이 하나도 없으면서도, 마음은 예전처럼 편하지가 않다. 왜 그럴까? 무엇보다 자랑스러운 미국 시민이 아니라는 생각이 들었기 때문이다. 즉, 나도 이제 미국 여권을 가지고 다니면서 '미국놈' 소리를 들어야 할 테고, 외국인들은 나를 고운 눈으로 바라보지 않으리라는 생각이 들었던 것이다. 자기만 최고인 줄 알고 누구든 힘으로 누르려는 나라의 시민이라는 눈총을 받게 될 터이다.

특히 당시는 미국이 이라크를 공격하기 위해 온갖 구실을 만들어내고 있던 때여서, 마음이 더욱 우울했다. "독재자 사담 후세인을 축출해야 한다" "핵무기를 비롯한 대량 살상무기 개발을 막아야 한다" "국제 테러 그룹 알카에다와 연결되어 있다" 등이 미국이 내세운 구실들이다. 그러나 이 구실들이 사실이라는 확증은 없었다. 그렇다면 미국의 의도는 이라크가 미국에 위협이 될지도 모르기 때문에 사전에 무력화시켜야 한다는 논리로 해석할 수밖에 없었다.

이러한 일련의 미국 행위를 두고 반미주의자들은 미국을 무력으로 세계를 지배하려는 깡패 국가로 몰아세우기도 한다. 영국 언론은 미국이 21세기의 로마제국과 제국적 속성이 유사하다는 분석을 내놓기까지 했다. 즉, 영어라는 언어는 물론, 맥도날드 같은 음식, 록 음악, 할리우드 영화, 인터넷 등으로 대변되는 미국 문화가 전 세계인의 일상생활 속으로 어마어마하게 파고들고 있으며, 전 세계에 파견된 엄청난 군사력이 극에 달한 와중에 결정된 미국의 이라크 침공은 결국 로마를 멸망에 이르게 한 지나친 힘의 과시와 같은 경우라고 볼 수 있다는 것이었다.

나만의 생각일까? '깡패 국가' 운운도 그렇지만, 영국 언론의 분석들이 어느 정도 설득력이 있어 보였다. 부시 정권이 들어서면서 미국은 더욱 더 힘을 바탕으로 세계를 자기 손 안에 넣으려는 욕심을 드러내고 있었기 때문이다. 물론 9·11 사태가 미국인을 엄청난 충격과 아픔으로 몰아넣었다는 점을 이해 못하는 바는 아니다. 그러나 미국의 안전을 위해 미국에 위협이 될 만한 나라는 아예 손모가지부터 비틀어 놓아야겠다는 발상은 이성적이라고 볼 수 없다. 왜냐하면 "두들겨 맞은 사람은 편히 잘 수 있어도 두들겨 팬 자는 불안해서 잠을 자지 못한다"는 말처럼 미국도 결코 편할 수 없을 것이기 때문이다.

더불어 왜 많은 나라의 사람들이 그토록 미국을 증오하고 있는지를 미국은 먼저 알아야 한다. 9·11 사태가 미국에 대한 증오에서 비롯했다면, 미국은 더 이상 그러한 증오심을 유발시키지 않도록 자기반성부터 해야 할 것이다.

사람은 이성적 동물이지만, 철저히 감정적 동물이기도 하다. 그래서 괜히 자신보다 힘이 세거나, 부자이거나, 잘난 사람들이 싫고 미운 것이다. 그만큼 힘이 세지거나, 부자가 되거나, 잘난 사람이 되면 그에 합당한 값을 치르게 되어 있는 것이 하느님의 법칙이다. 부자가 몸조심하고, 힘 센 자가 힘자랑을 하지 않으며, 잘난 자가 잘난 척을 하지 않아야 한다는 이유가 여기에 있다. 다시 말해 그들은 오히려 남에게 더 잘 하고, 자기 행위가 더욱 도덕적이어야 하는 것이다.

미국이 자기 힘만을 믿고 강자의 정의만을 내세워 다른 나라와 국민을 어느 때든 때려 죽여도 좋은 개처럼 생각한다면, 미국 시민의 안전은 보장될 수 없다. 미국 정부가 진정으로 미국 시민의 안전을 중요하게 생각한다면, 그들은 무엇보다도 힘과 도덕이 조화를 이룬 외교전을 우선적으로 펼쳐야 하고, 또한 그런 나라를 만들어야 한다.

보통사람의 삶도 마찬가지다. 돈깨나 벌어 힘이 좀 있다고 약자들을 우습게 알면서, 누구든 죽일 수도 살릴 수도 있다는 생각을 가진 무엄하기 짝이 없는 사람들이 우리 주위에 얼마든지 존재한다. 그러나 그런 자들의 말로나 혹은 자손의 말로가 어떠했는지는 역사가 말해주고 있다. 있는 자와 강한 자는 자기희생을 통해 자기가 가진 것만큼 도덕적 힘을 보여줄 때 진정한 부자요, 강자라 할 수 있다.

이민자의 삶

삶의 보람과 행복은 그 열매가 크고 튼튼하게 맺도록 하는 일상의 삶에서 찾아야 한다.

캐나다의 문인 리코크는 내일을 기다리다 아무 일도 하지 못하는 사람에 대해 다음과 같이 말했다. "우리 인생의 짧은 행진이야말로 이상하다. 어린아이는 '내가 큰 아이가 되면……' 이라고 말한다. 큰 아이는 '내가 청년이 되면……' 이라고 말한다. 청년이 되어서는 '내가 결혼하면……' 이라고 말한다. 그런데 결혼 후에는 무엇이 있는가? 그의 태도는 다시 바뀌어 '내가 은퇴하면……' 이라고 말한다. 마침내 은퇴를 했다. 그가 걸어온 산천을 뒤돌아보면 거기에는 찬바람이 불고 있을 뿐 모든 것은 이미 지나가 버리고 말았다. 아! 너무 늦게 깨달았다. 현재 살고 있는 그 가운데 인생이 있다는 사실을, 매일매일 한시 한시의 생활이 곧 인생이라는 것을……."

허망하게 소비해버린 지난 시간을 안타까워하는 사람은 나만이 아닐 것이다. 죽어라 일에 파묻혀 지내온 이민 생활. 남겨놓은 것은 없고, 다시는 돌이킬 수 없는 청춘의 꿈만이 덩그러니 가슴속에 남아 있을 뿐이다. '밥 먹고 살고, 아이들 교육시켜 시집장가 보내는 일'만이 내 인생의 전부는 아닐 텐데, 이제는 그것마저도 쉬운 일이 아니라는 뒤늦은 깨달음이 또 한 번 나를 당황하게 만든다. 여기저기에서 들려오는 "밥만 먹으려면 누가 이런 고생하러 이민을 왔겠느냐?"는 한탄의 소리도 나를 더욱 우울하게 만든다.

하지만 이민자로서 앞으로 가야 할 먼 여정을 생각해보면, 지금 어떤 열매를 당장 바라기에는 우리의 이민 역사가 아직은 너무 짧다. 특히 우리는 결과를 너무 빨리 얻으려는 성급한 민족이라는 자타의 지적도 생각해볼 일이다. 과정보다 결과를 중요시하는 민족이라는 지적 말이다. 그래서인지 미국인처럼 삶에서 순간순간의 즐거움과 보람 있는 일에 만족하기보다, 어떤 삶의 열매를 기다리면서 그 극치의 순간을 맛보기 위해 사는 것이 아닌가라는 생각이 들곤 한다.

따지고 보면, 매일매일의 작은 보람과 행복이 1년의 보람과 행복으로, 그리고 일생의 보람과 행복으로 이어지는 것이다. 불행한 사람이든 행복한 사람이든, 혹은 사회적 지위가 높든 낮든 누구에게나 매일매일 일정량의 행복이 찾아오고 있으며, 작은 보람을 느낄 수 있는 기회가 늘 주어진다는 사실을 우리는 잠시 잊고 살아갈 뿐이다.

상쾌한 아침의 맑은 공기, 힘들지만 일터에서의 보람, 집에 돌아가면 뛸 듯이 기뻐하는 아이들의 모습을 보는 즐거움, 가족과 함께 하는 즐거운 식탁, 이웃과 함께 나누는 슬픔, 부모형제, 그리고 친구들 간에 나누는 따뜻한 정 같은 것들이 바로 우리 삶에서의 행복과 보람이 아닐까? 다만 누가 그것을 어떻게 느끼고, 얼마만큼 심도 있게 살아가느냐에 따라 인생의 열매 크기가 달라질 것이다.

어쨌거나 우리는 아메리칸 드림을 안고 이민을 왔지만 이민 1세대로, 씨를 뿌린 사람들로 만족할 수밖에 없을 것 같다. 우리의 노력이 열매를 맺으려면 앞으로도 몇 세대가 흘러가야 할지 모르기 때문이다. 그렇다면 삶의 보람과 행복은 그 열매가 크고 튼튼하게 맺도록 하는 일상의 삶에서 찾아야 할 듯하다.

더불어, 우리는 평범한 삶 속에서도 이 땅의 후손들에게 어떤 유산을 남겨야 할지에 대해 늘 생각하는 삶을 살아야 한다. 풍요를 만들되 뿌리를 가진 민족으로서 어떻게 그 뿌리를 지키고, 다민족이 살아가는 미국 사회에 우리 민족이 어떻게 기여할지에 대해 생각하는 삶 말이다.

시인 이호우는 이렇게 노래했다. "그대 어젯날을 탓하여 어이하리오 / 내사 내일도 더듬지 않으랴오 / 나날이 그저 오늘도 자랑하며 살랴오 / 오고 가는 것을 물어 무엇하료 / 언제나 하늘처럼 가슴을 열어둔 채 / 봄바람 있는 곳마다 꽃피듯이 살랴오."

'봄바람 있는 곳마다 꽃피듯이 살아가면서도' 개척지의 씨앗이 되어야 하는 삶, 이것이 이민자들의 삶이다.

'한을 펴서, 희망으로······'

베풀며 나누는 자기희생적인 사람의 삶만이 희망의 꽃을 피울 수 있다.

뒤뜰에 사슴 한 가족이 놀러와 멀뚱하게 내 얼굴을 쳐다본다. 그들을 향해 피식 웃는 내 모습이 오히려 겸연쩍다. 을씨년스럽게 구름 낀 겨울 아침, 사철나무의 푸른빛만 마을의 희망처럼 서 있다. 그 푸른빛에서 나는 희망의 냄새를 음미한다.

워싱턴 공연에서 처음 만났던 소리꾼 장사익, 그는 나에게 희망을 선사했다. 그는 보통 가수가 아니었다. 작은 체구에 어떻게 그런 엄청난 소리가 뿜어져 나오는지, 그를 보던 날의 열기와 감격은 지금도 가슴속에 고스란히 남아 있다.

장사익, 그는 충청도 어느 촌에서 상고(商高)를 나와 보험회사, 군 입대 후 군위문단 가수, 그리고 사회에 나와 무역회사, 전자회사, 독서실 운영, 카센터 직원 등 수많은 직업을 거쳤다. 그리고 31세에 국악을 배우고 단소, 피리, 대금, 태평소(날라리)를 불었으며 대통령상도 받았다.

그동안 내공을 쌓은 것일까? 46세에 "창피해 죽고 싶은 마음으로" 가수로 데뷔했다는 그는 세상을 깜짝 놀라게 했다.

그는 한을 퍼올려 희망으로 노래하는 소리꾼이다. 예를 들어, 그의 대표적인 노래 〈찔레꽃〉은 가수로 데뷔할 당시 5월 어느 날, 아파트 화단 꽃 더미에 묻혀 잘 보이지도 않는, 향기는 있지만 누구 하나 거들떠보지 않는 볼품없고 소박한 꽃을 보면서 그 꽃이 자기의 모습이고, 서민의 모습이구나 하는 마음으로 만들었다고 한다. 그래서인지 들을 때마다 서러운 노래이다.

"하얀 꽃 찔레꽃 순박한 꽃 찔레꽃 / 별처럼 슬픈 찔레꽃 / 달처럼 서러운 찔레꽃 / 찔레꽃 향기는 너무 슬퍼요 / 그래서 울었지 목 놓아 울었지 / 아 노래하며 울었지 / 아 춤추며 울었지 / 아 당신은 찔레꽃."

"사람들이 대부분 슬프잖아유. 그래서 좋은 사람들이 그립고유. 노래는 며느리 울음과 같아유. 미운 시어머니 생각하며 실컷 울고 나면 속이 개운해져 또 즐겁게 일하게 되지유." 그는 고향 사투리로 왜 노래를 부르는지에 대해 말했다.

5000년 우리 민초들의 역사는 한(恨)으로 엮여 있다. 수많은 외침, 그리고 학정(虐政)의 억압 속에서도 끽소리 한 번 못한 채 끌려가고 끌려다니며 억척스럽게 일만 하고 살아야 했던 우리네 조상들. 가깝게는 우리 할아버지, 할머니 그리고 아버지와 어머니들의 삶은 한 그 자체였다.

한이란 무엇인가. "자신에게 소중하고 값진 것을 잃어버린 뒤, 베이고 찢긴 가슴의 상처가 세월이 지나면서 체념과 분노, 그리고 슬픔과 원망으로 쌓인 감정이다." 그래서 우리 할머니, 어머니들은 그 한을 자식을 통해서라도 풀기 위해 갈기갈기 찢긴 가슴을 부둥켜안은 채 온갖 희생을 마다하지 않았다. 그리고 그런 한이 곧 희망의 꽃을 피워 오늘날 우리 민족이 이만한 판세를 만들게 됐다.

아픔을 겪어보지 않은 사람은 희망을 모른다. 장사익 그는 세상 속의 아픔을 철저히 밑바닥까지 겪어본 뒤, 그 아픔을 희망의 노래로 승화시켰다. 그는 다 같은 하늘 아래 살면서 서로 사랑하며 살자고 〈꿈꾸는 세상〉을 노래한다. "베풀며 나누는 아름다운 세상…… 푸른 날개 달고 멀리 멀리 날고 싶어요." 나는 이 노래가 바로 우리 조상의 꿈과 희망을 표현했다고 생각한다.

우리도 누구나 하나씩은 슬픈 상처가 있다. 이 땅에 이민 온 사람은 특히 한이 많은 사람들이다. 그래서 고향을 등진 독종이라는 소리를 들으면서도 그 한을 풀기 위해, 그리고 우리 자식 세대에서라도 희망의 꽃을 피우기 위해 이 땅에 왔다.

때로는 앞이 안 보이는 우울한 아침, 그러나 희망은 항상 날갯짓을 한다. 절망하지 말자. 그러나 목구멍까지 채우려는 욕심으로는 안 된다. 베풀며 나누는 자기희생적인 사랑의 삶만이 희망의 꽃을 피울 수 있다. 소리꾼 장사익처럼 우리 모두 그렇게 어깨동무하고 희망을 노래하자. 우리 모두가 한 많은 사람들이므로…….

살맛나는 세상 만들기

살맛나는 세상은 함께 사는 사람끼리 서로 따뜻한 마음을 주고받는 와중에 구현되는 것이다.

"톨게이트를 통과할 때 뒤따라오는 차의 톨비(통과요금)도 함께 내주기로 하면 어떨까? 50센트밖에 안 되는 돈이지만 뒤 차 운전자는 하루 종일 기분이 좋을 거야." 누군가가 기분 좋은 세상을 만드는 방법을 이야기하면서 내놓은 아이디어이다.

이런 식으로 일상생활 중에 아주 작은 신경이나 수고로 남들을 기분 좋게 만드는 방법은 얼마든지 있다. 물론 그것이 쉬운 일은 아니다. 남 보는 데서 하는 선행은 자기 과시 효과가 있지만, 몰래 하는 일은 헛수고라고 생각되기 때문이다.

몇 년 전의 일이다. 나도 이제 철이 넘치는 나이가 되었으니, 쉽지 않은 일을 한 번 해보자며 개인적인 신년 선행 캠페인을 벌였다. 첫 번째로 시도했던 것이 '비디오테이프 되감아두기'였다. 한국의 방송사에서 만든 사극이라면 빼놓지 않고 즐겨 보던 나는 비디오테이프를 대여해서 볼 때마다 남이 봤던 테이프를 되감아야 하는 번거로움 때문에 짜증이 나곤 했다. 그래서 비디오테이프를 보고 난 후 되감아두면 다음 사람이 기분 좋으리라는 생각을 하게 된 것이다.

처음 몇 번을 시도하면서, 이것도 쉬운 일이 아니라는 사실을 깨달았다. 다음 비디오테이프를 봐야 하는데, 3~4분의 간격이 나를 짜증나게 만들었던 것이다. 그렇지만 다음 사람의 기분을 상상하면서, 또한 이런 일 하나도 제대로 못하면서 글을 쓰고 공자 맹자 떠들 수 있겠느냐라는 생각으로 비디오테이프 되감아두기를 줄기차게 시도했다.

1년 정도 수고한 결과는 성공이었다. 이제는 어떤 경우라도 내가 본 비디오테이프를 되감아 돌려주는 습관이 몸에 배였으니, 이는 일종의 훈련이기도 했다.

또 하나, 아내가 늘 나에게 불평하던 습관을 고치는 데도 성공했다. 아내는 남자들이 변기에 소변을 보고 난 뒤 여자들을 위해 변기 앉은뱅이 뚜껑을 덮어두는 배려쯤은 해야 하지 않겠느냐고 늘 불평했다. 아내의 이런 잔소리 교육도 세월이 지나면서 시들해지긴 했지만, 최근 변기 뚜껑을 내리는 습관을 갖게 되었고, 혹시나 오줌방울이 앉은뱅이 뚜껑에 묻어 있지 않을까 신경 쓰는 단계로까지 발전했다.

때늦게 이런 습관들을 몸에 익히면서 나는 세상이 갈수록 험악해지고 살기 힘들어진다고 해도, 함께 살아가는 사람들끼리 조금씩 배려하는 마음을 갖는다면 그것이 결국 삶의 에너지로 발전하리라는 믿음을 갖게 됐다.

휘트먼은 이렇게 말한다. "심오한 뜻에서 우리는 다른 인간과 우리가 맺은 관계가 만들어 놓은 존재이다. 따라서 인간적 애정을 지니도록 하는 훈련만이 인생이 메마르고 덧없어지는 것을 막아준다. 만일 우리가 남을 배려하는 마음과 이해심을 계속 발휘한다면 우리는 타인과의 관계를 정말 따뜻하게 느껴 어려움을 당했을 때 동료의 얼굴만 바라봐도 기운이 솟아날 것이고, 우리의 공통된 인간적 운명 속에 깃든 위안도 느끼게 될 것이다."

그렇다. 살맛나는 세상은 경제 발전과 함께 물질적 풍요로움만으로 이루어지는 것이 아니라, 함께 사는 사람끼리 서로 따뜻한 마음을 주고받는 와중에 구현되는 것이다. 그리고 이러한 동력은 우리 자신에게 있으며, 또한 우리의 선택에 달려 있다. 이러한 선택을 문화라고 한다면, 산업사회를 살아가는 우리에게 가장 필요한 것은 서로에 대한 인간적 배려와 함께 인간미 넘치는 삶의 문화를 가꾸어 나가는 일이 아닐까 싶다.

모략의 즐거움

적의 생리를 알아야 인생과 비즈니스의 전쟁에서 살아남을 수 있다.

나는 한국 드라마를 즐겨 보는 편이다. 고국에 대한 향수 때문만은 아니다. 영어에 시달리다가 시원하게 들리는 우리말이 좋을 뿐더러, 한국 젊은이들이 사용하는 톡톡 튀고 재기 발랄한 표현들이 재미있기 때문이다. 대부분 끝이 뻔한 그렇고 그런 만화 같은 내용이지만, 가끔은 진흙탕 속에서 진주를 발견하는 것 같은 가슴 뭉클한 드라마도 만난다.

그런데 언제부터인가 가슴 답답해지는 드라마 종류가 생겼다. 선과 악을 주제로 하는 드라마의 경우, 악이 음모를 꾸미는 장면들이 나오면 가슴이 뛰고 혈압이 올라간다. 이런 류의 드라마는 대부분 선과 악이 대결하는 긴장감을 통해 시청자의 주목을 끌다가 결국 선이 악을 이기는 클라이맥스를 만들어내고 시청자도 그것을 즐기지만, 나는 괜히 가슴 졸이면서 보고 싶지가 않다. 그런 드라마를 만나면 즉시 보는 것을 중단하게 된다. 아마도 나이 때문인지도 모르겠다.

정도의 차이는 있겠지만 지난 세월을 통해 누구나 한 번쯤은 악에 희생당했던 기억이 있을 것이다. 나 역시 마찬가지다. 기억하기조차 싫은 악몽들이 있다. 그런 악몽이 드라마에 반추되어 다시 아픔으로 재현되는 것이 싫다.

그런데 요즈음 한국 방송계에서는 웬만한 강도의 음모 이야기로는 시청률을 올리기 힘들다고 한다. 그래서 말도 안 되는 음모를 만들어내고, 시청자들은 말도 안 되는 줄 알면서도 욕을 해가며 즐긴다는 것이다.

왜 이런 현상이 생기는 것일까? 드라마 속 이야기는 현실에서 있을 수 있는 일들을 토대로 작가가 만들어낸 픽션이지만, 사실 우리 사회의 일면을 고발하는 측면도 있다. 돈과 권력이 있는 곳에 반드시 음모가 도사리는 것이 세상사이고, 특히 돈과 권력이 한 사회를 지배하는 강도가 높으면 높을수록 음모도 커진다고 볼 수 있다. 한국에 빗대어 보면, 자본주의 꽃을 피우면서 돈과 권력이 한 인간의 성공을 가늠하는 사회가 되어가고 있는 듯하다. 사회의 모든 계층이 돈과 권력이라는 정점을 향해 경주하면서, 이를 위해서는 수단과 방법을 가리지 않는 악습이 자기도 모르게 몸에 배고, 이런 현상이 드라마로 나타나는 것이 아닐까?

미국 사회 역시 예외가 아니다. 심장마비로 돌연 사망한 팝의 황제 마이클 잭슨의 죽음을 놓고 그의 누이 라토야 잭슨은 타살을 주장했다. 경찰도 일단 그의 죽음을 타살로 규정하고 수사에 착수한 것으로 알려졌다. 음악밖에 몰라 순진하기만 했던 마이클 잭슨이 엄청난 재산을 모은 것이 그의 운명을 바꾸어 놓은 셈이다. 그의 몰락도, 죽음도 모두 그를 둘러싸고 있던 사람들이 꾸민 일이라니, 정말 무서운 세상이다.

하지만 이런 무서운 세상은 인류 역사와 함께 늘 존재해왔다. 특히 권력 세계는 무섭고 음흉하다. 5000년 우리의 역사는 물론, 중국과 서양의 역사를 보라. 탐욕과 음모의 희생자들이 얼마나 많았는가? 중국인이 쓴 《모략의 즐거움》이란 책에는 중국 역사 속에 등장하는 수많은 인물들이 벌이는 악랄하고 치밀한 음모와 모략이 나열되어 있다. 저자는 음모가 판을 치는 난세에서 자신의 상황을 냉철하게 파악하고 그것에 대처하는 처세술을 알려준다.

"전쟁보다 더 혹독한 돈과 권력의 전쟁터에서 적들은 늘 당신을 넘어뜨릴 궁리에 가득하다. 적은 상사와 부하로, 동료와 친구로 나타난다. 적의 생리를 알아야 인생과 비즈니스의 전쟁에서 살아남을 수 있다"는 것이다.

순진한 사람들이 헤쳐나가기에는 너무 험난한 세상이다. 우리 아이들에게도 이런 세상을 살아가는 처세술쯤은 알려줄 필요가 있지 않을까? 물론 악은 결국 선에게 패하고 만다는 진리와 함께…….

교회 권력과 평신도의 인권

권력은 훌륭한 공동체를 만들기 위한 도구이다.

권력이란 무엇인가? 사전적 의미로 보면 '억지로 복종시키는 힘, power', 혹은 '다스리는 사람이 다스림을 받는 사람에게 복종을 강요하는 사회적 힘, authority'를 말한다. 다른 말로 하면, 지배자와 피지배자 사이에 존재하는 하나의 연결고리라고 할 수 있다.

이러한 권력은 교회 안에도 존재한다. 특히 가톨릭교회는 수직적 권력을 근간으로 조직된 지상 최대의 단체이며, 사실상 이 거대한 조직을 유지시키는 것은 권력이다. 그리고 시대 흐름에 따라 권력 이동도 있었다. 제2차 바티칸 공의회 이전에는 교황에게 모든 권력이 집중되었으나, 이제는 각 지역의 주교가 그 권력을 나누어 가지고 있다.

그런데 이 권력이란 놈이 재미있다. 쥐꼬리만 한 권력을 갖고 있어도 사람을 주눅 들게 만들기 때문이다. 시골 파출소 순경이 쥐고 있는 권력과 대통령이 가진 권력은 작은 칼과 큰 칼의 차이일 뿐, 사람을 찌를 수 있는 힘을 지닌다는 점에서 마찬가지다. 교황의 권력과 주교의 권력도 그렇고, 시골 성당에 있는 신부의 권력도 그렇다. 그 모든 권력이 크고 작은 차이만 있을 뿐, 복종을 강요할 수 있다는 점에서는 모두 한 가지다.

그런데 파스칼의 말을 빌리면, 권력의 본래 의미는 보호하는 데 있다. 대통령의 권력이 국민의 안전을 보호하고 국민의 자유와 복지를 신장하는 데 사용되어야 한다면 교황, 주교, 신부의 권력도 평신도의 신앙생활을 보호하는 데 쓰여야 한다. 하지만 권력을 가진 모든 사람이 그런 생각을 갖고 있는 것은 아니다. 여기서 권력 남용(혹은 악용) 문제가 발생한다. 자신에게 주어진 권력이 자기가 봉사하는 사람들을 위해 마땅히 사용되어야 하는데도, 자기 자신만을 위해 권력을 사용할 때 그것이 곧 권력 남용이 되는 것이다. 그리고 권력 남용은 대부분 불과 같은 것이어서 전 공동체를 태우는 것은 물론, 자신마저도 타 죽인다는 사실을 인류 역사가 증명하고 있다.

나는 교회 권력에 전혀 무관심했다. 그런데 교회 권력의 막강함을 의식하게 된 것은 수년 전 〈가톨릭 21〉 신문 편집장으로서, 미주 한인 공동체 교회 내의 크고 작은 사건들을 취재하다가 교회 권력의 남용에 희생된 평신도들의 인권 문제가 매우 심각하다는 사실을 알게 되면서부터였다.

권력 남용과 인권은 직접적인 상관관계를 맺고 있다는 점을 아무도 부인하지 못할 것이다. 나는 일부 성직자들이 교회 권력을 어떻게 남용하는지 수많은 사건을 취재하면서 알아냈다. 그중에서 우리를 가장 비참하게 만드는 것은 사제가 쥐꼬리만 한 권력을 악용하면서 아무 힘이 없는 평신도들을 빈사 상태로 몰아넣는다는 사실이었다.

물론 모든 사제가 다 그런 것은 아니다. 일부 몰지각한 사제의 이야기이며, 사제가 사목 활동을 하는 과정에서 잘못이 있을 수도 있다. 대부분의 평신도는 사제의 사소한 잘못 정도는 덮어주고 감싸주는 것이 도리라고 생각한다. 그러나 상습적인 교회 재정 유용, 부녀자들과의 정사, 독선적 사목 행위, 공개적인 거짓말 등은 사회가 공인에게도 죄를 물을 수 있고 지도자 자격도 박탈할 수 있는 행위이다.

평신도 중에는 불의를 보고 그냥 지나치지 않는 사람들이 반드시 있게 마련이고, 이들은 이런 사제들의 잘못을 직간접적으로 지적한다. 여기서 자기 잘못을 솔직히 인정하고 용서를 구하는 사제는 훌륭한 사제이다. 그런데 취재 경험을 바탕으로 말하자면, 대부분 자기 방어에 급급하다. 그들은 자신을 방어하면서 교회 권력을 최대한 동원한다. 가장 먼저 동원하는 것은 강론대이다. 강론대에서 자기 잘못을 지적하는 사람들을 향해 온갖 현란한 말과 성경 구절을 동원해 반격한다. 대부분 순진한 교우들은 사제의 말을 100% 믿고, 사제 잘못을 지적한 교우들은 소위 '악마 세력'으로 전락한다.

끔찍한 표현이지만 '강론대 사격' 이후 계속해서 확인 사살이 이어진다. 동료 사제들의 지원을 받는 것인데, 피정 지도 혹은 초청 강론을 이용한다. 그리고 이것도 부족하면 사제협의회나 교구청을 이용한다. 더구나 이들에게는 무조건 지원해주는 교회 언론이 있다. 이러한 이중, 삼중, 사중 지원부대의 폭격은 아무런 대항 수단이 없는 평신도들을 거의 빈사 상태로 만든다.

특히 교회 권력을 남용하는 성직자들은 대부분 교회를 악의 세력으로부터 보호한다는 명분을 붙인다. 마치 성직자 자신만이 그러한 사명을 가진 것처럼 말한다. 그들은 알아야 한다. 평신도들 중에도 그와 같은 사명의식을 가진 사람들이 많다는 사실을……

권력은 나쁜 것이 아니다. 그것은 훌륭한 공동체를 만들기 위한 도구이다. 성직자들은 이러한 도구를 어떻게 써야 할지를 늘 생각해야 한다. 그런 점에서 성직자들이 평생 간직해야 할, 앨버트 슈바이처 박사의 말을 인용해본다.

"나는 의연히 진리, 사랑, 관용, 온후, 친절이 온갖 권력에 승리하는 권력이라고 확신한다." 그가 말하는 후자의 권력이란 곧 권력의 지배를 받는 인권을 가리키는 것이리라.

성직자 비판

사제에 대한 비판은 곧 사제와 공동체에 대한 사랑에서 나오는 행위이다.

어린 시절부터 가톨릭 신자로서 성직자에 대한 무조건적이고 절대적인 신뢰와 존경의 마음을 지녀 온 나는 특히 가톨릭 사제와 관련된 아름답지 못한 이야기가 언론에 오르내릴 때마다 마음을 졸이곤 한다. 신비롭고 초월적인 위치에 있다고 믿었던 성직자들의 치부가 드러날 때마다 곤혹스러운 마음을 감출 수 없다.

그런 내가 가톨릭 잡지를 만들어 사제의 잘못을 비판적으로 다루는 입장에 선 적이 있다. 특히 가능하면 언론매체가 성직자를 비판적으로 다루지 않았으면 좋겠다는 생각을 갖고 있던 터라 참으로 곤혹스러웠다. 왜냐하면 성직자처럼 언론매체에 상처를 입기 쉬운 사람도 없기 때문이다. 성직자에 대한 평신도들의 기대치가 큰 만큼 각별한 보호도 필요하다고 생각했던 것이다.

특히 가톨릭은 사제를 하느님과 평신도 사이의 중개자 위치에 놓고,

평신도에 대한 교도권과 사목권을 부여해 그들의 권위를 세워주는 제도를 갖고 있다. 종교개혁이 이와 같은 사제의 권위를 거부함으로써 시작되었지만, 가톨릭교회는 아직도 사제와 평신도를 계급적으로 구분함으로써 방대한 조직을 유지하고 있다. 따라서 언론매체가 사제의 권위에 도전해 그들의 비행을 낱낱이 들추어낸다면 다른 어느 종파보다도 그 피해가 클 것임에 틀림없다.

물론 다른 종교도 비슷하다. 이런 이유로 나는 언론이 가능하면 종교의 신비로움에 상처를 줄 수 있는 보도는 자제하는 것이 옳다고 생각했다. 더구나 종교의 최후 파수꾼은 성직자인데, 언론이 성직자의 권위를 염두에 두지 않고 성직자 개인의 행위만을 현실적으로 따지고 비판한다면 그 비판에 견딜 수 있는 자격을 갖춘 성직자는 10%도 안 될 것이기 때문이다.

그러나 나는 생각을 바꿀 수밖에 없었다. 특히 미주 한인 가톨릭교계에서 사제를 중심으로 불미스러운 사건이 잇달아 발생했고, 이에 항의하다 교회 권력에 희생되어 교회를 떠난 수많은 평신도 피해자들의 증언을 들으면서 덮어둘 수만은 없다고 판단했던 것이다. 왜냐하면 부끄러움도 잊은 채 대낮에 유부녀와 놀아나는 사제, 평신도들이 이민 생활로 어렵게 돈을 모아 헌금한 것을 분별없이 유용한 사제, 처지가 불리해지자 자신을 보호하기 위해 주위의 신자들을 동원해 교우 간에 싸움을 붙인 사제, 평신도 위에 왕처럼 군림하면서 온갖 환대를 다 받고 성무보다 오락에 더 몰입한 사제 등 지각없는 사제들이 늘어가고 있었기 때문이다.

더욱 한심스러운 일은 이런 사제들의 비윤리적이고 지각없는 행위가 명백히 드러났음에도 그들이 소속된 한국 교구청은 이를 보고도 못 본 척했을 뿐 아니라, 심지어 사실을 은폐하려고 했다는 점이다. 과거 미국 교구청에서도 그랬다. 드러난 치부를 감추기 위해 수십, 수백만 달러의 돈을 들여서라도 법정 투쟁을 벌여 이를 은폐시킴으로서 교회가 받을 상처를 줄이려고 했다. 그러나 그런 짓이 손바닥으로 해를 가리는 것처럼 모두 허사라는 사실을 그들은 한참 지나서야 알았다. 더구나 세상은 바뀌었다. 거짓으로 꾸민 종교 권력의 신비가 벗겨진 지도 오래이다. 이제는 세속의 정치 집단조차 수정같이 맑은 도덕적, 윤리적 투명도를 요구받고 있다. 하물며 세상 가운데에 우뚝 서서 만인의 표양이 되어야 할 교회가 세속의 정치 집단만 못해서야 어디 그 존재 가치를 인정받을 수 있단 말인가.

앞서 말한 이중인격의 사제들이 빙산의 일각이 아니기를 바란다. 사제들은 끊임없이 자타의 비판을 기꺼이 받으며, 권위를 되찾으려고 노력해야 한다. 로만칼라를 했다고 권위를 인정해주는 시대는 지났다. 성직자로서 자기 직분에 대한 성실성, 그리고 그리스도를 닮은 시각과 행동에서 권위가 나오지 않겠는가?

더불어 평신도의 의식이 달라져야 하는 것은 물론이다. 누군가 사제의 잘못을 비판할 때 그런 비판 자체가 무조건 옳지 않다는 생각에서 벗어나야 한다. 사제에 대한 비판은 곧 사제와 공동체에 대한 사랑에서 나오는 행위이다. 뒤바뀐 예이긴 하지만, 부모가 자식을 꾸짖고 매를 드는 것과도 같다. 특히 자격 없는 사제들이 껍데기 권위를 앞세워 교계 권력을 남용하지 못하도록 하기 위해서는, 평신도들이 바른 신앙관으로 사제를 대해야 한다. 훌륭한 사제는 신앙인의 표양으로 존경하고 따르는 것이 도리지만, 사제라면 무조건 우상처럼 숭배하는 그런 못난 신앙인이 되어서는 안 된다. 이와 함께 인간적인 애정으로 그들의 작은 실수는 용서하되, 실수를 범하고도 뉘우치지 않을 뿐더러, 고치려고도 하지 않는 사제들에게는 엄한 충고나 항의가 있어야 한다.

예수가 제자들을 가까이 불러놓고 말했다. "너희도 알다시피 세상에서 통치자들이 백성을 강제로 지배하고, 높은 사람들이 백성을 권력으로 내리누른다. 그러나 너희는 그래서는 안 된다. 너희 사이에서 높은 사람이 되고자 하는 사람은 남을 섬기는 사람이 되어야 하고, 으뜸이 되고자 하는 사람은 종이 되어야 한다. 사실은 사람의 아들도 섬김을 받으러 온 것이 아니라 섬기러 왔고, 많은 사람을 위하여 목숨을 바쳐 몸값을 치르러 온 것이다."(마태오 복음 20:25-28)

7대 혁명, 2025년 세상

3대 생산 요소인 대지, 노동, 자본보다 지식과 노하우가 더 중요한 요소로 등장할 전망이다.

1년 365일 우리에게 주어진 시간은 예나 지금이나 똑같지만, 세상이 변하는 속도는 최소 3~4배는 빨라졌다. 하루가 다르게 변하는 세상, 도대체 앞으로 얼마나 달라질까?

전 미국 국방차관 존 H. 햄리가 이끄는 워싱턴의 국제전략문제연구소(CSIS)는 오늘날 벌어지고 있는 '7대 혁명(Seven Revolutions)'을 근거로 멀지 않은 2025년의 세상을 예측하면서, 지구촌의 리더들은 이에 대한 대책을 마련해야 한다고 주장한다.

7대 혁명이란 '인구' '자원 경영' '기술 혁신' '정보와 지식 개발' '경제 통합' '갈등' '통치'를 말하는 것으로, 그 내용을 요약하면 다음과 같다.

현재보다 세계 인구는 20억 명이 늘어나게 된다. 선진국은 줄어드는 반면, 개발도상국에서는 엄청나게 늘어날 것으로 예상된다. 예를 들어 방글라데시 2억 1000명, 인도네시아 2억 7000만 명, 나이지리아 2억 2000만 명, 파키스탄 2억 5000만 명 등이 될 것이다. 게다가 전체 인구의 60%가 환경, 건강 관련 시설 같은 문제에 대한 사전 대책도 없이 도시에 집중되며, 나이지리아 수도 라고스의 경우 현재 인구 100만에서 2400만 명으로 늘어난다.

물, 에너지, 식량으로 대별되는 자원과 관련해서는 전체적으로 확보 문제보다 배분 문제가 발생할 것이다. 현재 14억 인구가 식용수를 마시지 못하고 있는 개발도상국은 앞으로 더 힘들어질 것이다. 에너지는 지정학적으로 페르시아만 지역에 집중될 것이며, 식량 수요를 맞추려면 수확량을 80% 정도 늘려야 하는데, 생명공학이 와일드카드가 될 전망이다.

컴퓨터가 발달해 인간의 몸 내부까지도 그 기술이 응용되고, 생명공학의 발전과 함께 지금 10세 아이들은 120세까지 수명을 바라볼 수 있다. 또한 미세공학(Nano-technology)의 발달로 생산품은 가벼워지고 강해지며 효율성이 높아지고, 생산 시설은 최소 비용으로 아주 정교한 제품을 생산할 수 있도록 교체될 것이다.

앞으로 머리카락 굵기의 섬유(Fiber)로 〈월스트리트저널〉 1부를 1초도 안 되어 전달할 수 있게 됨으로써 정보 확산이 극대화하고, 정보경제 시대를 만들어낼 것이다. 따라서 자본주의의 3대 생산 요소인 대지, 노동, 자본보다 지식과 노하우가 가장 중요한 요소로 등장할 전망이다. 사이버대학의 출현과 더불어 지식에 대한 소유권 싸움도 치열해질 것이다. 예를 들어, MIT 공대는 앞으로 10년 내에 웹사이트를 통해 모든 강의를 무료로 실시할 것이라고 공표한 바 있는데, 이와 같은 시도는 지식의 사유화에 대한 도전이기도 하다.

세계 경제는 통합의 길을 걸을 것이다. 예를 들어 미국인의 경우, 일상생활에서 커피를 끓여 먹을 때 아르헨티나 가스로 발전해 칠레 회사가 공급하는 우루과이 전기로, 자동차는 포드차를 타지만 베네수엘라 가솔린을 사용하게 되는 식이다.

이와 같은 경제 통합에 힘입어, 개발도상국은 선진국이 100년에 걸쳐 이룩한 선진화를 30년 안에 성취할 것이다. 중국의 경우 2020년, 또는 2030년에 미국의 국내총생산(GDP)을 추월할 전망이다.

하지만 하루 1달러 미만으로 살아가는 현재 28억 명의 빈곤층은 더 증가하고, 개인 수입의 격차는 더욱 벌어질 것이다. 오늘날 세계 225명의 부자들이 가장 못 사는 사람들 27억 명의 재산과 맞먹는 부를 소유하고 있는 것을 볼 때 충분히 예측할 수 있는 일이다.

이제 대폭력은 국가만의 독점물이 아닌 시대가 됐다. 어떤 그룹이나 조직이 자기 의사를 관철하기 위해 핵, 방사능, 생화학, 화학무기 등을 사용할 수 있을 것이다. 따라서 군대는 새로운 전쟁 양상에 맞추어 재편되어야 하며, 이제 국가 간 전쟁은 없어지고 사이버 전쟁으로 바뀔 것이다.

앞으로 25년간은 국제비정부기구(NGO), 회사, 국제기구, 국가 행정부 가운데 누가 정치적으로 더 큰 힘을 행사할지를 시험하는 기간이 될 것이다. 현재 3만 7000개나 되는 NGO가 점차 세계화함으로써 시민사회에 엄청난 영향을 미칠 전망이다.

또한 현재 정부기구를 포함해 세계에서 가장 돈이 많은 곳 100위 안에 46개 회사가 포함되어 있음을 상기해보라. 2001년 제너럴모터스(GM)의 수입 규모는 세계에서 24번째였고, 현재 월마트의 자산은 세계 21번째 규모이다. 이런 규모는 소위 '회사 통치' '회사 시민' 이라고 할 수 있을 정도이다. 이런 저런 것들을 고려해보면 앞으로 정부의 기능만으로는 시민의 요구를 맞추기 어렵게 될 것이다.

이상은 2001년에 25년 후를 예측한 CSIS의 보고서 내용이다. 세상은 엄청나게 빨리 변하고, 우리가 해야 할 일은 태산 같다. 언제까지 나랏일을 하는 사람들이 정쟁만 일삼을 것인가.

3장

조국이 있기에,
그러므로……

1

미국 꼬마 미인대회

박수란 주면 줄수록 샘물처럼 솟아나는 보물과도 같다.

둘째딸이 초등학교 1학년 때의 일이다. 미주리 주에서 열린 '꼬마 미인대회'라는 행사가 있었다. 아내의 성화에 못 이겨 딸아이를 그 미인대회에 출전시켰다.

행사장은 만원이었다. 출전한 꼬마 미인들이 휘황찬란한 조명을 받으며 깜찍한 드레스를 입고 예쁨을 한껏 뽐내기도 하고, 저마다 장기를 보여주기도 했다.

그런데 내가 보기에는 그렇게 예쁠 것도 없는 꼬마들이 대부분이었다. 작달막한 키에 뚱보도 많았고, 어딘지 모자라 보이는 아이, 그리고 얼굴에 검은 주근깨가 더덕더덕 붙어 있는 아이도 있었다.

미국에 온 지 얼마 안 되었기 때문이기도 했지만, 나는 도무지 이해할 수 없었다. 꼬마 미인을 뽑는다는데 왜 이렇게 못생긴 꼬마들이 출전했을까? 이런 의문을 품으면서 속으로는 내 딸이 틀림없이 최고 미인으로 뽑히리라고 자신했다.

하지만 대회장은 뭔가 다른 분위기와 열기로 가득 차 있었다. 뚱보든, 주근깨든 꼬마 미인들이 등장할 때마다 엄청난 박수 소리가 끊이지 않았고, 가족은 물론 관람객들까지 몇 번씩 일어서서 기립 박수를 보내는 것이었다.

마침내 입상자 명단이 발표되었다. 그런데 이게 웬일인가. 대부분 내가 전혀 기대하지 않았던 뚱보 꼬마들이었다. 예상을 뒤엎은 충격적인 결과였다. 나는 틀림없는 인종차별이요, 한국식으로 '빽(?)이 든든한' 아이들이 뽑혔을 것이라고 넘겨짚고는 "미국놈들도 별수 없구나"라고 투덜거리며 집으로 돌아왔다.

얼마 후 나보다 훨씬 오래전에 미국에 와서 살고 있던 어느 대학 교수에게 이 이야기를 했다.

그러자 그 교수는 웃으며 "그것은 교육입니다. 아이들에게 자신감을 불어넣자는 것이지요. 외모가 예쁘지 않은 아이들일수록 많은 박수를 받게 하고 자신감을 얻도록 돕는 행사가 바로 꼬마 미인대회입니다"라고 설명해주었다.

그때서야 나는 의문을 풀 수 있었다. 박수라! 그렇지, 그것은 분명 사람의 마음속에 엄청난 힘을 불어 넣어주는 것이지, 아이들은 칭찬을 먹고살고 어른들은 남에게 인정받으면서 행복해하는 것이지, 일등에게만 보내는 것이 아니라 꼴찌에게도 보내야 하는 것이지, 박수는 칭찬이고 격려이고 인정(認定)이기 때문이지…… 이후 나는 박수의 의미를 새롭게 마음속에 새겨놓았다.

고(故) 노무현 대통령이 국정연설을 할 때 방청석에 앉아 있던 국회의원들이 단 한 차례도 박수를 보내지 않아 화제가 된 바 있다. 거짓말 조금 보태서 1분마다 박수를 쳐대는 미국 대통령 국정연설과는 하늘과 땅 차이 같은 이야기다. 박수에 인색한 우리네 모습을 단적으로 보여준 사건이기도 했다.

사돈이 땅을 사면 박수를 보내는 것이 아름다운 모습일 터이다. 하기야, 사돈이 땅을 사면 나도 사야겠다는 오기 심보 때문에 우리 민족이 이만한 판세를 만들어냈는지도 모른다.

하지만 이제는 좀 달라질 때도 됐다. 밖에서 보는 조국은 자랑스럽기만 하다. 짧은 기간에 민주화와 경제 부흥을 동시에 이룩한 자랑스러운 민족이다. 이 지구촌에서 우리 조국처럼 잘나가는 국가가 있으면 한 번 말해보라.

그런데도 남이 잘 한 것을 좀처럼 인정하려 들지 않는다. 박수에 야박한 데다, 상대를 끌어내리고 흠집 내려고만 한다. 그동안 일제와 군사독재 하에서 다져진 전투 체질 때문일까? 칭찬은 아부요, 굴종이요, 사이비들이나 하는 짓이라는 고정관념에서 벗어나지 못하는 한 일류 국가로 도약할 수 없을 것이다.

남이 잘 하는 일을 보고도 못 본 척하고, 오히려 오기가 생긴다면 분명히 치료해야 할 병이다. 이 병은 박수 치기 연습을 통해 고칠 수밖에 없다. 경제적으로 좀 힘이 들더라도 마음으로 따뜻함을 느낄 수 있는 사회가 더 좋은 사회가 아닐까? 서로 격려하면서 칭찬을 먹고 살아가는 사회를 만들었으면 하는 바람이다.

박수란 주면 줄수록 샘물처럼 솟아나는 보물이라는 사실을 잊지 않았으면 좋겠다. 뚱뚱이 꼬마 미인 파이팅!

장애인 최창현 씨가 남긴 말

어딘가 부족한 사람들을 장애인이라고 부른다면, 인간은 모두 장애인일지도 모른다.

선천적 뇌성마비 장애인 최창현 씨가 미국 대륙 횡단 중 세인트루이스를 지나면서 나에게 남긴 한마디가 내내 귓전을 맴돈다. 한국에서 교회에 나가느냐는 질문에 "그렇지 않다"고 답하면서 "교회가 우리 같은 장애인들을 받아줄 수 있는 시설을 갖추고 있지 않기 때문"이라고 덧붙였다. 가톨릭 신자인 나는 참으로 부끄러웠고, 이 얼마나 무서운 말인지를 되새겨보았다. 한국 사회가 장애인에게 차갑다는 것은 알고 있지만, 그래도 교회만은 좀 달라야 하지 않을까라는 생각이 들었다.

교회만을 비난하는 것은 아니다. 일상생활 속에서 "병신 육갑떤다"는 말을 아무 생각 없이 내뱉으며 장애인을 비하하는 우리의 의식 구조가 가장 근본적인 문제이다. 어쩌면 최씨의 눈에는 겉으로 멀쩡한 우리가 진짜 장애인으로 보일지도 모른다. 정신적 장애인 말이다.

실제로 돈과 출세, 명예에 눈멀고 자기밖에 모르는 미치광이 이기주의자들이 우리를 슬프게 한다. 이들이야말로 진짜 장애인이라고 할 수 있다. 파스칼의 《광세》에 이런 말이 나온다. "절름발이는 우리를 자극하지 않는데, 정신적 절름발이가 우리를 자극하는 것은 무엇 때문일까? 절름발이는 우리가 올바르게 걸어가고 있음을 인정하는데, 정신적 절름발이는 마치 우리가 절름거리며 다니는 것처럼 말하기 때문이다. 그렇지 않다면 우리는 그들에 대해 동정심을 가질지언정 성화를 내지는 않을 것이다."

그렇다. 어딘가 부족한 사람들을 장애인이라고 부른다면, 우리 인간은 어쩌면 모두 장애인일지도 모른다. 다만 그리스도 문화 위에 서 있는 서구 사회와 기복신앙의 뿌리가 깊은 한국 사회가 인간을 대하는 데 다른 점이 있다면, 서구 사회는 장애인끼리 서로 존중하고 사랑하는 휴머니즘이 곳곳에 자리하고 있는 반면, 한국 사회는 다 같이 장애인이면서도 서로 '병신'이라며 비하한다는 것이다.

최씨가 미국에서 느낀 가장 큰 감동은 어디를 가나 자기 같은 사람들을 위해 최선의 배려가 되어 있다는 것, 만나는 사람마다 자기를 하나의 인간으로 대접해주었다는 것이다. 그리스도 문화가 생활 속에 깃든 미국인의 자연스러운 신앙심과 행동이 그에게는 큰 감동이었을 것이다.

그렇다면 한국 사회에서 적어도 그리스도 정신을 구현한다는 교회만이라도 다른 사회인과 달라야 한다는 요구는 결코 지나치지 않다. 교회는 신체 장애인뿐 아니라 사회적 차별과 냉대로 인해, 혹은 부족한 배움으로 인해, 혹은 자기 잘못으로 인해 주위의 눈총을 받으며 살아가는 사람들을 감싸 안는, 어머니의 포근한 가슴과도 같은 안식처여야 한다. 신체 장애인을 받아들일 시설이 마련되어 있어야 하듯 말이다.

그러한 교회가 되기 위해서는 어떻게 해야 할까? 잘난 사람들이 판세를 이끄는 고급 사교클럽으로서가 아니라, 못난 사람들, 소위 '병신'이 중심이 되고 위안 받고 보상받는 진짜 장애인의 집이 되어야 한다. 그래서 그들 모두가 마음 놓고 찾아올 수 있는 곳으로 만들어야 한다.

그렇지 않다면 철야기도나 새벽기도가 무슨 소용이 있겠는가? 미국 기독교인들을 보라. 그런 것들에 연연하지 않으면서 어려운 이웃에게 그리스도 정신을 구현하는 모습들은 얼마나 감동적인가. 교회가 누구보다도 인권 문제, 핵 문제, 환경 문제에 앞장서고, 이 사회를 장애인들의 천국으로 만드는 데 기여하며, 사람이라면 그가 누구이든 무슨 직업을 가졌든 남녀노소를 막론하고 하느님 앞에 똑같이 태어난 하나의 인간으로서 존경하는 모습들을 보라. 그것이 곧 그리스도 정신이다.

최씨는 바로 이러한 그리스도 정신을 한국인에게 일깨워주기 위해 불구의 몸으로 미국 대륙 횡단에 나섰으리라.

3
더치페이,
나눔과 책임 문화의 출발

더치페이는 체면과 관계없는 나눔과 책임 문화의 출발이다.

사람들을 집에 초대해 밥 먹기를 좋아하던 우리 부부도 이제는 1년에 한두 번 정도밖에 못한다. 아내가 나이도 들고 바깥일이 많아지면서 힘들어하기 때문이다. 이제는 대부분 식당에서 만나는 편이다. 그런데 식당 모임은 간단하고 편하기는 하지만 아무래도 집 안에서 만나는 분위기만 못하다. 분위기도 분위기지만, 때로는 식사 후 돈을 내야 하는 시간에 어색한 상황이 연출되기도 하기 때문이다.

그러면 서양식 더치페이 방식을 따르면 편할 테지만, 아무래도 더치페이는 우리 체질에 맞지 않는다. 체면을 중시하는 우리로서는 쩨쩨하고 좀 치사스럽다는 느낌이 들기 때문이다. 그래서 '싸나이다운(?)' 사람이나 배포 큰 사람이 손해를 보는 경우가 많다.

얻어먹은 사람 역시 뒤통수가 간질거리고 마음이 편치 않기는 마찬가지다. 물론 다음번에는 자기가 사겠다고 하지만, 막상 그런 상황이 닥치면 호주머니 사정이 별로 좋지 않을 경우 여간 부담스러운 것이 아니다. 혼자 돈을 낸 사람의 기분은 또 좋을까.

아무튼 좀 치사스러워도 더치페이 방식이 그래도 좋지 않겠느냐는 생각을 해본다. 더치페이 문화를 만들어낸 서양인들이 우리보다 간이 작거나 좀스러운 사람들은 아닐 것이다. 그들이 그런 문화를 만든 배경을 추측해본다면 계산속이 빠른 네덜란드 상인들의 아이디어이긴 하지만, 체면보다 실리를 중요시하는 서양인들의 사고에서 연유한 것으로 보인다. 지금은 사실상 민초들의 가장 기본적인 협동 형태가 되었으며, 어느 때든지 큰 부담 없는 나눔을 통해 서로 기쁨을 배가시키자는 뜻이 담겨 있다.

특히 사람 사이의 만남에서 함께 먹고 마시는 일만큼 즐거운 것도 없다. 더치페이 문화는 그런 만남의 빈도를 높이는 데 공헌했으리라 믿는다. 부담 없이 내 돈 내고 내가 먹는 만남, 그리고 최대의 기쁨 공약수를 만들어 서로가 즐거움을 나누는 문화가 곧 더치페이 문화이다.

이러한 더치페이의 연장선이 비싼 식당보다 한 접시씩 음식을 가져다가 알뜰히 나누어 먹는 서양식 가정 파티다. 초대자가 음식을 준비하느라 온갖 고생을 할 필요도 없고, 마음만 먹으면 언제든지 만남이 가능하며, 비용도 절감할 수 있다. 흥청망청 먹고 마신 뒤 나중에 뒷감당해야 할 때 이 눈치 저 눈치 봐야 하는 식당에서의 만남처럼 어색한 상황도 생기지 않는다. 건전한 만남은 물론, 즐거움과 주고받는 정 역시 식당에서의 만남에 비해 수십 배에 이른다.

조국이 있기에, 그러므로……

서양 사회의 최고 덕목 가운데 하나인 기부 문화 역시 이러한 더치페이의 연장선상에 있다. 더치페이는 우리말 '십시일반(十匙一飯)'으로 바꿀 수 있는데, 열 숟가락이면 한 사람 분의 먹을 양식이 된다는 뜻의 이 말은 여럿이 힘을 합하면 한 사람을 돕기 쉽다는 점을 비유한 것이다. 그래서 일반적으로 협동의 의미를 지닌다.

이러한 십시일반 기부 문화는 우리의 상상을 넘어선다. 서양인들은 수많은 자선단체의 기부 요청을 거절하는 경우가 극히 드물다. 예를 들어, 1년에 100여 군데 단체로부터 기부 요청을 받는다고 할 때, 자기가 한 해에 부담 없이 낼 수 있는 돈이 총 1000달러라고 한다면, 이를 100으로 나누어 10달러씩 기부 요청에 반드시 응한다.

요즈음 한국을 바라보면 사회 구성원 대다수가 책임은 없고 권리만 부르짖는 것 같아 안타깝다. 나라 살림은 대통령만의 책임은 아닐 터인데, 대통령 잘못만 물고 꼬집고 흔드는 일에 여념 없는 일부 언론이나 야당을 보면 더욱 그렇다.

미국을 외면하면 경제가 어려워지고, 결국 누구보다도 민초들이 어려움을 감당해야 한다는 것을 뻔히 알면서도 굴욕외교라며 비난하는 사람들도 책임 의식이 없기는 마찬가지다. 지금은 군사독재시대가 아니다. 민주 정권 하에서 무한 자유를 누리고 있으면서도, 무책임한 비판과 비난만을 해댄다면 식당에서 함께 밥 먹고, 마시고, 즐긴 뒤 계산은 남이 해주기를 바라는 얌체 행위와 뭐가 다를까.

한국에서도 더치페이 문화가 식당가를 중심으로 어느 정도 확산되고 있는 것으로 안다. 이제는 이런 의식이 사회 전반으로 확산되어야 하지 않을까 싶다. 더치페이는 체면과 관계없는 나눔과 책임 문화의 출발이다.

정이 스며들 틈이 없다는 비판이 있을지 모르지만 '냉수 마시고 이 쑤시고', 속으로는 가슴앓이를 하는 체면 옷에 비하면, 오늘을 살아가는 한국인에게는 더 없이 필요한 옷이다. 또한 더치페이가 자기가 누리는 만큼 책임도 함께 나누는 옷이라면 이 옷이야말로 진짜배기 자유와 풍요를 누리기 위해 반드시 입어야 하는 파티복과 같은 것이라고 믿는다.

조국이 있기에, 그러므로……

4

NPO의 천국, 미국

선진국일수록 정부 기능을 NPO로 이관시켜 나가고 있다.

미국을 왜 NPO(Non-Profit Organization : 비영리단체)
의 천국이라고 부를까? 미국의 NPO를 정확히 이해하기 위해서는 먼저
역사적 배경을 알 필요가 있다. 미국이라는 나라는 정부보다 NPO가 먼
저 생겼다고 해도 과언이 아니다. 영국의 식민지에서 벗어나기 전, 미국
시민들은 영국 정부에 세금만 냈지 영국 정부로부터 혜택을 거의 받지
못하는 상태였다. 그래서 사회복지 문제 등을 해결하기 위해 시민 스스
로가 나설 수밖에 없었다. 그들은 자체적으로 기금을 거둔 뒤 병원, 학
교, 소방서, 기타 사회복지 기관 등을 만들어 운영하면서 사회 공익 기
능을 스스로 수행했다. 이것이 곧 NPO의 출발이었다.

초기 NPO의 중심은 교회 단체였으며, 영국 성공회와 로마 가톨릭교
회가 대표적인 예이다. 교회 단체는 가난한 사람들에게 도움을 주어야
한다는 의무감을 갖고 있었고, 그래서 정부가 해야 할 사회 공익 서비스

를 대신 담당했던 것이다.

특히 당시 미국인은 영국과 프랑스의 강한 정부가 싫어서 떠나온 사람들이었기 때문에 사실상 강한 정부에 대해 거부감을 갖고 있었다. 그래서 정부는 정치, 외교, 군사에 치중하고, 기타 사회복지 문제에 대해서는 시민 스스로가 알아서 처리한다는 기본 정신을 갖고 있었던 것이다. 윌슨의 작은 정부, 대외 불간섭주의가 대표적인 예라고 할 수 있다.

그런데 1930년대 경제 대공황과 제2차 세계대전을 겪으면서 미국 정부는 공황을 극복하고 사회복지 분야를 확대, 발전시키기 위해 NPO를 파트너 삼아 복지 정책을 대대적으로 실시했다. 사실상 정부 – NPO 연합 형태로 사회복지 문제를 타결하기 시작한 것이다.

현재 미국의 1개 NPO당 자산은 자체 수입 54%, 정부 보조 36%, 다른 재단 보조 10%로 이뤄진다. 물론 각 분야마다 수입 비율이 다르며, 또한 정부가 분류하고 있는 NPO의 기준에 따라 정부의 보조 형태도 달라진다. 그리고 NPO는 정부로부터 세금공제 혜택도 받을 수 있다. 이는 정부가 세금을 거두어서 해야 할 일을 일반 시민들이 NPO를 통해 자체적으로 해결하도록 하는 데 큰 의미를 둔 것이다. NOP 중 NPO는 세금감면 혜택을 받는 미국 국세청 카테고리 '501 – C(3)'에 해당하는 단체이다. 이 단체는 모든 수입에 대해 면세 혜택을 받는 것은 물론, 이곳에 기부하는 사람들도 기부금에 대한 세금공제 혜택을 받을 수 있기 때문이다.

2002년 통계에 따르면, 미국의 NPO는 한 해에 2400억 달러의 기부

금을 일반 시민들에게서 받았다(개인 83%, 일반 기업 17%). 이 금액은 한국 정부 예산의 2배에 해당하는 것으로, 미국 국민총생산(GNP)의 10%를 차지하는 액수이며, NPO에 고용된 인구만 해도 총 고용인구의 8%에 이른다.

한편 NPO 관련 전공과목을 개설하고 있는 대학도 300개가 넘는다. 이는 많은 인재들이 NPO에 관심을 갖고 있다는 증거이다. 또한 NPO의 창립 목표가 '사회적 기업(Social Enterprises)'으로 인식되고 있는데, 이는 우리나라 젊은이들의 벤처기업에 대한 꿈에 비유할 수 있다. 정부 역시 이를 장려하는 이유가 NPO가 없으면 세금으로 할 수밖에 없는 일들을 NPO가 대신해주고 있기 때문이다. 따라서 국세청은 새로 창립되는 NPO마다 면밀히 검토해 세금감면 혜택을 주고 있다.

미국에서는 특히 변호사나 의사들이 이런 사회적 기업으로서 NPO를 창립하거나 기존 NPO에 참여해 자기 꿈을 펼치는 경우가 많다. 하나의 예로, 변호사나 시장 같은 공직에 있는 사람들도 NPO 활동을 위해 공직을 그만두는 경우가 허다하다. 그리고 스스로 NPO를 만들거나 기존 NPO에 참여해 흑인 동네의 슬럼화를 막는 일에 나서서 성공한 사례는 그 수를 헤아릴 수가 없다. 특히 돈을 많이 버는 연예인과 스포츠 영웅은 누구나 하나씩 NPO 재단을 만들어 운영하면서 사회에 공헌하고 있다. 이는 번 돈을 공익사업에 투자해야 사회적으로 대접받을 수 있는 문화 때문이기도 하다. 이들이 낸 돈이 암 연구를 비롯한 많은 사회 및 과학 연구 기관에 투자되어 사회복지 발전에 기여하고 있다는 점을 감안

한다면 이들을 영웅시하는 것은 어쩌면 당연하다.

또한 사회에서 주류가 되기 위해서는 최소한 NPO의 이사회(Board) 멤버 자리는 하나쯤 갖고 있어야 한다. 유명한 NPO의 멤버가 되면 사회적 신분을 보장받게 되기 때문이다. 이들은 NPO 멤버로서 인맥도 구축하고 사업적, 업무적으로 서로 밀어주고 이끌어주는 관계가 된다. 물론 어느 NPO는 정부의 그랜트(grant), 즉 국가 보조금을 끌어들이기 위한 수단으로 저명인사를 멤버로 영입하기도 하며, 이들은 사회봉사 차원에서 적극 참여한다. 이는 곧 사회봉사라는 명분은 물론, 자기 이익이나 명예라는 실리를 동시에 확보하는 미국 문화의 긍정적 측면이기도 하다.

NPO는 활동 범위가 무한대이지만, 딱 한 가지 제한되는 분야가 있는데, 바로 정치 활동에 대한 개입이다. 예를 들어, 모든 교회는 501−C(3) NPO에 해당하는데, 교회가 특정 정파의 이익을 대변하거나, 특정 정치인을 지지하는 주장을 공개적으로 펴는 경우 즉각 국세청으로부터 501−C(3) 세금감면 혜택 권한을 박탈당한다. 물론 501−C(3) 범주에 해당하지 않는 NPO도 많고, 그런 NPO는 조직 내에 있는 PAC(Political Action Committee)라는 위원회를 통해 멤버들의 권익 보호 차원에서 정치 문제에 관여할 수 있다. 하지만 순수한 사회 공익 단체로서 정부로부터 세금 혜택을 받고 있는 경우라면 정치 활동에 개입해서는 안 된다.

현재 미국 내에는 200여만 개의 NPO가 있다. NPO가 매년 지출하는 돈만 해도 줄잡아 정부 예산의 25~30%에 해당한다. 이 돈은 특히 병원이나 교육에 주로 사용되는데, 특히 이 분야에 대해서는 정부 기능의 절반가량을 NPO가 담당하고 있다 해도 과언이 아니다.

결론적으로, 미국이 NPO의 천국이 된 것은 그만큼 NPO의 역사가 길고 경험이 많다는 점, 그리고 NPO가 시민 생활의 일부로서 정부 기능을 대신하고 있다는 점 때문이다. 물론 자기 것을 아낌없이 공익 단체에 내놓는 기부 문화가 시민 사회에 정착되어 있기 때문이라는 것은 두 말할 필요가 없다.

미국에서 NPO를 전공하는 한국 학생들에 따르면, 한국은 아직도 미국 같은 NPO의 개념이 없다고 한다. 반면 정부가 주도하는 NPO 비슷한 단체들이 있긴 하지만, 어떤 단체든 정부가 개입하면 관료화되어 예산이 비효율적으로 사용되기 쉽다는 문제점을 지적했다. 이렇게 볼 때 선진국일수록 정부 기능을 NPO로 이관시켜 나가고 있다는 사실을 알 수 있다.

5

선진국? 사회적 성숙이 답이다

발전 과정이 따뜻하면 따뜻할수록 이미 따뜻한 사회일 것이다.

유로화의 탄생은 지구촌의 엄청난 사건이었다. 수세기 동안 서로 싸우고 죽인 역사를 가진 나라들이 합작품을 만들어냈으니 말이다. 이를 두고 당시 리덩후이(李登輝) 대만 총통은 "우리 동양인에게는 100년 후에나 가능한 일"이라면서 "정치적, 문화적 성숙도에 있어 동양은 아직도 후진성을 면치 못하고 있다"며 자탄했다고 한다.

'성숙(成熟)'은 영어로 'mature'인데, 인간관계로 말하면 상대방에 대한 애정 깊이의 정도를 말한다. 30여 년 가까운 미국 생활을 통해 서양인이 동양인보다 앞선 것은 경제나 기술이 아니라, 인간관계에 있어서의 성숙함이며 이는 곧 선진을 의미한다는 생각을 갖게 됐다. 공동체 안에서 구성원들이 관계를 유지하는 수준 측면에서 서양인이 우리보다 한참 앞서 있다는 사실을 눈으로 직접 확인하며 살아왔기 때문이다.

미국 사회가 수많은 인종이 서로를 포용하며 살아가는 모습은 적어도 성숙한 사회의 단면을 말해준다. 장애인들을 따뜻하게 대하는 사회적 풍토, 남의 아이를 입양해 친자식처럼 키우는 문화, 자기감정을 억제하고 상대방 의견을 경청하는 모습들, 자기가 가진 것을 아낌없이 이웃을 위해 내놓는 아름다운 기부 문화 속에서 우리는 그 사회 구성원들의 인간적인 성숙함을 엿볼 수 있다.

그렇게 보면, 성숙이란 결국 인간애의 표현이다. 상대방을 존중하면서 서로의 실수를 인정하고, 과거의 잘못을 용서하고 용서받으며, 화해를 통해 공존의 세계를 이루어 가는 것, 이것이 곧 성숙한 사회이기 때문이다. 그리스도 정신 역시 인간적 성숙함을 강조하고 있으며, 이러한 정신이 서양인의 피 속에 면면히 흐르고 있다. 그리고 그러한 피의 결합이 오늘날 서양 사회의 성숙과 번영의 밑거름이 되었다고 믿는다.

반대로, 상대방을 인정하지 않고 서로의 과거가 용서되지 않은 사회나 개인은 미숙(未熟) 그 자체이다. 미숙은 유치하다는 뜻인데, 흑이 아니면 백이어야 하고 전부가 아니면 아무것도 아닌 사회는 그야말로 유치하다. 경쟁자를 자기 발 아래 굴복시켜야 승자이고, 돈을 많이 벌어 힘을 과시하면서 남을 호령하고 살아야 출세인 줄 알고 있으며, 육두문자를 쓰면서까지 남을 무시하고 자기주장만 내세우는 사람들은 미개인이다.

그런 측면에서, 피투성이가 되도록 서로 싸웠던 과거 역사를 용서하고 유로화를 탄생시킨 유럽인의 결단을 성숙의 표현이라고 보았던 리덩후이 총통의 혜안이 놀랍다. 힘을 합하면 더 큰 일을 할 수 있다는 사실을 뻔히 알면서도 사적인 감정이나 욕심 때문에 그렇게 못하는 것은 미성숙을 증명하는 일이다. 글로벌시대를 외치면서 지금도 영남이다 호남이다, 빨갱이다 보수꼴통이다 하면서 적대시하는 역사가 계속되고 있다면, 언제 유럽 같은 성숙한 사회를 만들 수 있겠는가?

요즈음 한국의 우파 정권은 소위 좌파로 불리는 사람들을 노골적으로 모욕하고 적대시하는 듯하다. 좌파 정권 하에서 늘 '용서와 화해'를 부르짖던 사람들이, 정작 자기들이 집권하자 용서와 화해는커녕 오히려 반목의 담을 더 높이 쌓고 있다. 경제 발전이나 사회 개혁의 의미가 그 무엇보다도 사람이 사는 따뜻한 사회를 만들어 가자는 데 있다면, 방법도 따뜻해야 하지 않을까? 국가가 부강해지면 하늘에서 금방 따뜻한 사회가 떨어지는 것은 아닐 테니 말이다. 오히려 발전 과정이 따뜻하면 따뜻할수록 이미 따뜻한 사회일 것이다.

사회 리더들과 언론이 성숙한 생각을 갖고, 그런 분위기를 먼저 만들어 가기를 기대해본다. 무엇보다도 리더들이 감정을 서로 억제해 비난과 욕설을 자제해야 한다. 감정을 앞세우는 행위는 미개한 사회에서나 볼 수 있는 미성숙아들의 짓이기 때문이다.

6

사람 냄새 나는 희망의 세상을

가진 자들이 사회적 신분의 정점에 있다면, 이들이 사람 냄새를 풍겨야 한다.

미국에 이민 와서 경제적으로 성공한 한 친구는 언제 봐도 끊임없이 깡통밴(짐 싣는 중형차)을 몰고 다닌다. 돈 좀 벌었다고 벤츠나 렉서스 같은 고급 승용차를 몰고 다니면서 부(富)를 과시하는 사람들과는 아주 다르다. 그의 멋은 여기에 있다. 그리고 그의 재력이면 으리으리한 고급 저택에 살 만도 한데, 그는 그저 그런 집에서 살고 있다. 이것도 그의 멋이다.

진짜 멋쟁이는 감추는 멋을 아는 사람이다. 여성이 아름다운 부분들을 살짝 감추는 데서 매력을 풍기듯이, 멋이란 것도 살짝 감추는 데서 나오기 때문이다. 아직 시골 구석에서 살고 패스트푸드 식당에서 싸구려 점심을 먹지만, 그와 한 번 식사를 하려면 수십만 달러를 지불해야 한다는 미국 최고 부자 워런 버핏은 미국의 대표적인 멋쟁이다.

미국에 살다 보면 주위에 의외로 버핏 같은 멋쟁이들이 많다는 사실을 알게 된다. 멋쟁이들을 흉내 내려는 문화 때문인지 모르겠지만, 어느 사회에나 보이지 않는 신분 상승의 게임이란 것이 존재한다면, 멋쟁이들이 최고의 계급을 누리는 나라가 바로 미국이다. 대부분 '내 멋에 산다'고나 할까. 멋진 말을 하고, 멋진 행동으로 사람들을 놀라게 하는 등 아주 간접적인 방식으로 자기 신분을 드러낸다. 졸부의 경우도 다를 바 없다. 일단 멋진 일을 하면 아무리 하찮은 신분이었다고 해도 당장 하이 소사이어티 멤버가 될 수 있다. 물론 아무리 돈을 벌었어도 사회에 멋지게 기부하지 않고서는 신분 상승의 기회가 주어지지 않는다. 사람들은 그가 가진 돈을 존경하는 것이 아니라, 그의 멋진 행동을 우러러보기 때문이다.

보통사람이 살아가는 모습도 그렇다. 과시병, 권력병, 출세병에 찌든 우리 사회와는 사뭇 다르다. 경제적 여유를 추구하면서도 평생 교육을 통해 교양을 쌓고, 자기가 평생 즐길 수 있는 일을 찾아나서서 그 일을 하게 된 사람이야말로 성공한 경우이다.

한국 사회에서의 신분 상승 게임은 단조롭기 그지없어 보인다. 일단 게임이 많기 때문이다. 재력, 권력, 학력을 모두 갖춘 사람들이 신분 계급의 정점에 있다. 뭔가를 보여주어야 하고, 가진 것을 무기로 상대방을 압도하는 일에서 자기 위치를 확인한다. 사람들은 대부분 이를 위해 어떤 희생도 마다하지 않는다. 그런데 이런 게임은 승자의 득점이 패자의 실점으로 이어지는 '제로섬게임'이라고 할 수 있다. 많이 가진 자가 있으면, 그만큼 빼앗긴 자가 있는 것이다.

조국이 있기에, 그러므로……

물론 자본주의의 극을 달리고 있는 우리가 많이 갖고자 하는 욕심을 부린다고 해서 나무랄 수는 없다. 또한 자본주의 자체가 봉건 양반계급을 무너뜨린 진보 사상이었던 적도 있다. 다만 이제 자본주의의 천국으로서 한국 사회가 지향해야 할 점은 과거 봉건 양반계급이 타도 대상이긴 했지만, 그래도 그들은 사회적 교양과 책임 의식을 갖고 있었다는 사실이다.

가진 자들이 가진 것을 바탕으로 힘을 과시하면 할수록 못 가진 자들의 박탈감은 커지게 마련이다. 그렇게 되면 승자와 패자가 확연히 갈리고, 요즈음 한국 사회에서 큰 이슈가 되고 있는 양극화로 인해 사회적 갈등을 해소할 길이 없어진다. 이런 양극화를 해소하는 방법은 부의 분배만으로는 불가능하다고 생각한다.

새로운 자본주의 문화를 만들어내야 한다. 천민자본주의, 즉 단조로운 신분 상승 게임에서 벗어나야 하는 것이다. 그러기 위해서는 가진 자들이 새로운 사회적 문화를 만들어내는 데 앞장서야 한다. 부는 과시하기 위한 것이 아니며, 인간 사회의 희망을 만들어내는 도구로서 문화가 필요하다. 즉, 가진 자들이 사회적 신분의 정점에 있다면, 이들이 사람 냄새를 풍겨야 한다는 뜻이다. 사람만이 희망이기 때문이다.

7
권선징악이 사라지는 한국 드라마

선진국에 대한 척도는 경제가 최우선이 아니다.

나는 한국 드라마를 자주 보는 편이다. 재미있기 때문이다. 그런데 보다가 중단해버린 드라마가 한두 편이 아니다. 특히 사극의 경우가 그렇다. 대부분 아부, 음모, 배신이 난무해 짜증스럽기 때문이다.

수년 전 한국에서 인기리에 방송된 〈하얀거탑〉도 짜증스러운 드라마 가운데 하나였다. 출세를 위해 수단과 방법을 가리지 않는 장준혁과 비록 어렵더라도 양심의 길을 걷는 최도영 두 의사의 상반된 삶을 극명하게 그렸지만, 드라마 작가는 장준혁을 미화하는 것처럼 보였다. 요즈음에도 이런 종류의 드라마들이 판을 치고 있는 듯하다.

〈하얀거탑〉에 화가 난 이유는 무엇보다도 힘을 가진 자들이 인맥을 만들어 서로의 이익을 위해 못된 짓을 꾸미는 음모 장면들 때문이었다. 이 드라마의 원작이 일본 소설이라고는 하지만, 한국이 아직도 이러저

조국이 있기에, 그러므로……

러한 혈연, 지연, 학연으로 엮여 그런 엄청난 짓들을 꾸미는 아주 불공
정한 사회라는 사실을 드러내고 있는 드라마를 보면서 소름이 끼쳤다.
그리고 미국에 온 덕에 그런 꼴을 보지 않고 살아도 되는 것이 얼마나
다행인가라는 이기적인 생각까지 들었다.

정정당당한 승부가 보장되어 있지 않은 사회에서 못 가진 자들의 설
움과 절망감이 어떤 것인지 굳이 설명할 필요가 없다. 나는 이 드라마를
통해 그런 한국 사회에서 살아가는 사람들의 일상생활을 떠올리며 그
들의 고통을 느낄 수 있었다.

그런데 당시 이런 불공정한 게임 이야기를 현실이라는 잣대를 들이
대며 '인간 장준혁'이니 어쩌니 하면서, 이해할 수 있다고 주장하는 논
객들의 태도에 더 몸서리가 났다. 출세를 위해서는 어쩔 수 없이 더티
플레이를 감행할 수밖에 없다는 것이 현실이라면서 시청자도 고개를
끄덕이게 되리라는 것인데, 과연 미국인들이 이 드라마를 봤어도 그랬
을까?

인품을 돈으로 재지 않듯이, 선진국에 대한 척도는 경제가 최우선이
아니다. 요새 한국이 경제 대국에 들어섰다고 선진국이 된 것처럼 말하
는데, 만일 〈하얀거탑〉의 이야기가 현실이라면 한국은 아직도 야만국일
뿐이다. 아부, 음모, 배신이 근세, 현대 역사에까지 끊임없이 흐르는 나
라, 끼리끼리 해먹는 사회, 조직에 충성해야 자기 이익을 보장받는 사회
가 대한민국의 현실이라면 정말 서글프다.

나는 마지막까지 〈하얀거탑〉이 이런 추잡한 야만 사회에 도전하는 드

라마일 것이라고 기대했다. 그런데 장준혁 류의 인간에 돌을 던지기보다 오히려 공감하고 애정마저 느끼도록 끝을 맺었다는 사실에 한국 사회의 한계가 여기까지구나라는 생각이 들었다. 물론 일본 원작에 충실했다지만 공중파 방송에 어울리지 않는, 가치 없는 드라마였다.

언제부터인가 한국 드라마에서 권선징악이 점점 사라지고 있다. 슬픈 일이다.

8

생전 처음 즐긴 고국산천

선진국을 판단하는 기준은 하드웨어가 아니라 소프트웨어에 있다.

    결혼 30주년을 맞아 여행 계획을 세우면서, 아내와 나는 한국이 좋겠다는 데 의견을 같이했다. 대학을 졸업한 이후 해외 생활만 했기 때문에 사실상 한국의 산천을 구경할 기회가 거의 없었다. 학교 다닐 때는 집안이 가난해서 못했고, 해외에 살면서는 해마다 한두 번 한국을 방문하기는 했지만 부모님, 형제, 친구들을 만나는 시간조차 빠듯했기 때문이다. 이번에는 시간을 갖고 두루두루 산천 곳곳을 찾아다니며 구경하고, 맛있는 음식도 즐기자는 것이 우리의 계획이었다.

  한국에 도착한 우리 부부는 자동차를 렌트해 강원도 강릉을 첫 여행지로 삼아 출발했다. 내비게이션이 어찌나 잘 되어 있던지, 눈먼 장님도 찾아다닐 수 있을 정도였다. 마침 초가을, 아름다운 금수강산의 산천은 울긋불긋 아기자기하고 멋들어졌다. 시골 구석구석까지 뚫린 도로, 자세한 안내 표지판, 맛있는 음식과 특산품들을 갖춘 도로변 휴게소, 멋진 호텔, 즐비한 구경거리, 그리고 무엇보다도 시원하게 통하는 우리말. 여행지로 유럽이 아닌, 우리나라를 선택한 것은 정말 잘 한 일이라는 생각이 들었다.

속초를 지나 속리산 입구에 차를 세우고, 산길을 올랐다. 등산객, 관광객의 모습도 옛날과는 판이하게 달랐다. 멋진 등산복과 여행복에 아주 차분하면서도 질서 있는 산행, 쓰레기 한 점 보이지 않는 깨끗한 주변 등 선진국 국민의 모습과 똑같았다. 술주정, 고성방가는 물론, 여기저기 지저분하게 놀던 자국들 때문에 눈살을 찌푸리게 되던 옛날과는 아주 달랐다.

우리는 이렇게 동해 고속도로를 타고 아내의 고향 포항을 거쳐, 광양 – 곡성 – 보성 – 고흥 – 화순 – 장흥 – 여수 – 강진 – 목포 – 내 고향 광주 – 대구 – 지리산을 찍은 뒤, 서울과 제주도 관광을 즐겼다. 미국에서의 드라이브 여행에 비하면 새 발의 피, 나 혼자 운전대를 잡았지만 피곤한 줄 몰랐다. 무엇보다 가는 곳마다 특이하고 맛깔스러운 음식이 사방에 즐비했다. 그동안 먹어보지 못한 음식을 마음껏 즐겼으니, 이제 원이 없을 정도이다.

즐거운 여행이라도, 옥에 티가 없으랴. 60 평생 처음 자세히 들여다본 대한민국, 그동안 많은 일들을 했고 다들 멋지게 잘살고 있는 것 같았다. 다만, 몇 가지 티를 지적하자면, 첫째 서비스 질이 선진국에 비하면 한참 멀었다는 느낌이 들었다. 예를 들어 모텔의 경우, 최고의 시설을 갖추었는데도 손님을 맞는 접객원의 태도, 말씨, 그리고 전문성은 제로에 가까웠다. 의자에서 이불을 둘러쓴 채 졸다가 눈을 비비면서 손님을 맞는 모습을 상상해보라.

또 하나, 사람들의 얼굴 표정이 어찌 그렇게 심각하던지, 누구와 뒈지게(?) 싸우다가 나온 사람들 같았다. 모르는 사람이라도 눈이 마주치면 늘 웃음을 지어 보이는 미국인들과 25년을 살았으니, 이상해보일 수밖에 없었을 것이다.

마지막으로 교통질서와 관련한 것이었다. 고속도로 같은 곳에도 정지 신호등이 곳곳에 있는데, 빨간불을 무시한 채 지나가는 차들이 많았다. 그런 차들을 몇 대 보니, 나도 똑같이 따라하지 않을 수 없었다. 나 혼자 서 있다가는 뒤에서 빠른 속도로 달려오는 차량이 내 차를 받을 것만 같았기 때문이다.

선진국을 판단하는 기준은 하드웨어가 아니라 소프트웨어에 있다. 멋진 집에 좋은 차를 타고 다닌다고 존경의 대상이 되는 것은 아니다. 외모에 걸맞은 교양이 균형을 이루어야 한다. 기분 좋게 함께 살아가는 일등 공동체를 만드는 것이 대한민국의 꿈이라면, 누구나 자기 직업에서 자부심과 전문성을 극대화하고, 서로가 웃음으로 대하며, 누가 보든 안 보든 공동체 규칙을 잘 지켜가는 소프트웨어가 만들어져야 한다.

의리와 정의 사이

의리 사상의 궁극적인 이상은 '원리'와 '상황'의 조화에 있다.

배신한 자보다 배신당한 사람의 상처가 더 큰 법이다. 믿었던 도끼에 발등을 찍혔으니 말이다. 배신은 복수를 부르고, 그 복수는 새로운 복수를 불러일으켜 결국 사회적 혼란으로 이어진다. 그래서 공자는 신의(信義)를 모든 사회적 덕목의 으뜸으로 쳤다. 자기 동네에서 부모가 자식의 허물을 감추어주고, 자식이 부모의 허물을 감추어주는 그곳에 바로 올바름, 즉 곧음이 있다는 것이다. 아무리 잘못을 저질러도 부모를 고발해서는 안 된다는 것이 동양 윤리이며, 이는 서양 사회에서도 마찬가지다. 닉슨의 사임을 촉발한 참모의 배신을 정의로 보지 않는 데서 이런 사실을 엿볼 수 있다.

물론 조직폭력배 집단의 의리는 의리라고 할 수 없다. 학자들은 의리란 '올바름'이라는 도덕성을 기반으로, '마땅함'이라는 윤리 개념과 함께 상황적 가치판단을 통해 실천하는 인간의 당위적 규범이라고 설명한다. 그런데 이 의리가 윤리적 당위 규범으로만 이해될 때는 자칫 관념화나 보수화하기 쉽고, 상황에 맞아야 하는 것으로만 이해될 때는 보편적 원리를 떠나 독단적 합리화로 변질되기 쉽다. 따라서 의리 사상의 궁극적인 이상은 '원리'와 '상황'의 조화에 있는 것이다.

삼성 비자금 의혹 사건이 한국 사회를 뒤흔들었던 적이 있다. 삼성에서 한솥밥을 먹었던 변호사 K가 퇴사 후 한참이나 지나서 삼성의 비리를 양심고백이라는 이름하에 폭로했던 것이다. 술자리 화제의 톱이 되었음은 물론, K에 대해 '의리 없는 X'에서부터 '정의의 사나이'까지 욕설과 칭찬이 오고갔다. 심지어 대기업 입사 면접시험의 단골 질문으로까지 등장한 바 있다. "K변호사의 양심 고백을 어떻게 생각하느냐?"는 고약한 질문에 통과하려면 그를 "배신자라고 부르라"는 것이 정답이었고, 그를 조금이라도 두둔하는 듯한 대답을 했던 응시자는 모두 탈락했다고 한다..

K변호사는 배신자일까, 정의의 사나이일까? 대집단의 윤리가 소집단의 윤리에 앞선다면 K는 정의의 사나이다. 하지만 자기 보호를 우선시해야 생존할 수 있는 소집단의 윤리가 대집단의 윤리를 떠받쳐주는 하나의 기둥 구실을 한다면, K는 배신자임에 틀림없다. 그러면 정답은 무엇일까? 삼성이 조직폭력배 집단이 아니라는 것을 전제로 한다면 제3의 길을 택하는 것이 정도(正道)였다. "기업 내부에서 정의롭지 못한 문제가 발생한다면 내부에서 끊임없이 개선하는 노력을 하겠다." 이런 답이라면 의리의 원리와 상황의 균형점이 되지 않았을까?

10

일본 여행

배우며 더불어 살아가야 하는 지구촌시대, 마음이 더 커져야 한다.

　　　　　　　일본 도쿄에 큰아버님댁이 있어 몇 차례 방문할 기회가 있었지만, 본격적으로 관광을 한 것은 일본을 몇 번 방문한 이후의 일이다. 특히 경험과 지식이 풍부하고 교양을 겸비한 관광 가이드를 만난 것은 행운이었다. 책에서만 보던 일본 역사를 귀로 상세히 듣고 눈으로 직접 확인할 수 있었기 때문이다.

　여행은 모든 것이 새롭기만 한 소년 시절로 되돌아가게 해준다. 초등학생처럼 가이드 선생님의 강의를 들으면서 신기해하고, 감탄하며, 고개를 끄덕인다. 일상의 짐으로부터 해방되어 아름다운 것에 취하고, 엄청난 새로운 세계에 눈을 뜬다. 일본 여행이 그랬다. 말로만 듣던 일본을 일본인의 눈으로 보고 이해할 수 있는 귀한 시간이었던 것이다.

　일본인의 눈? 무슨 뜻인가? 사무라이(武士) 나라의 전통과 문화를 피부로 느낄 수 있었다는 말이다. 예를 들어, 왜 일본인들에게는 조상 대

조국이 있기에, 그러므로……

대로 장인정신(匠人精神)이 살아 숨 쉬는가? 사무라이 문화에서 나온 것이다. 사무라이는 칼을 의미하고 칼은 곧 죽음을 의미한다. 관광 가이드는 죽음을 각오하고 매사를 처리하는 문화, 우리말로 '열심히'는 사무라이 문화가 몸에 밴 일본인에게는 '죽을힘'을 다한다는 것을 의미한다고 설명해주었다. 사무라이 세계에서는 명령을 어기면 죽음밖에 없었기 때문에 물건 하나를 만들더라도 죽을힘을 다했다는 것이다.

사무라이 정신은 일본 문화 유적 속에, 그리고 일본인의 생활공간 속에 면면히 흐르고 있었다. 같은 선비 사(士)자이지만, 문사(文士)가 지배한 한국과는 반대로 무사(武士)가 다스린 일본의 고궁들은 안전에 치중하고 있었다. 사방에 깊은 웅덩이를 파거나 호수를 만들어 놓은 것이 하나의 예이다. 또한 오밀조밀한 정교함, 그것은 공격 기술이나 방어가 완벽하지 않으면 패할 수밖에 없는 사무라이 전통에서 나온 것이다. 그들의 문화유산에는 이렇듯 정밀함과 완벽함이 드러나 있었다.

말이 없는 일본 시민들은 묵묵히 자기 일에 몰두하며 살아가고 있었다. 길거리에서나 차 안에서 휴대전화로 수다를 떠는 사람은 구경조차 할 수 없었다. 일본 제2도시 오사카, 상업 도시인데도 일상의 업무가 끝나고 해가 지니 무척이나 고요했다. 야경을 구경하기 위해 유흥가를 둘러보았는데, 술에 취해 흐느적거리는 사람을 만나지 못했다. 재미없게 살아간다고 생각하겠지만, 이것은 어디까지나 우리 기준일 뿐이다.

관광 시즌, 수많은 관광객이 몰려오는데도 차량이나 사람의 행렬이 정체되지 않았다. 모든 것이 질서 정연하게 움직였다. 그들은 작은 것을

좋아한다. 미국인이 만든 제품들을 모두 작게 만들어 성공한 사람들이
다. 트랜지스터라디오, 워크맨, 3단 우산, 소형 자동차 등 무엇이든 작게
만들어 상업적으로 크게 성공했다. 일본인들은 먹을 것도 적게 먹는다.
일본인은 공기밥 1그릇, 단무지 3개, 김 3장 정도면 충분하다고 한다.
집도, 아파트도, 호텔 방도 작다. 그들은 사치하지 않고, 일상에서 검소
와 절약이 몸에 배어 있었다.

세계에서 이런 일본을 알아주지 않는 유일한 민족이 우리 한인이라고
한다. 이제는 그들의 눈으로 그들을 이해하고, 그들에게서 배울 것이 있
다면 배워야 한다. 무작정 미워하고 증오할 것이 아니다. 배우며 더불어
살아가야 하는 지구촌시대, 마음이 더 커져야 한다. 여행은 편견을 없애
준다. 문(文)이 무(武)보다 반드시 위에 있는 것은 아니다.

조국이 있기에, 그러므로……

11

한국 경제 성장,
고품격 코리아 브랜드부터

경제 행위를 넘어서는 고품격 사회, 고품격의 한국 브랜드를 만들어내야 한다.

원칙을 강조하는 글 자체가 사실 우습다. 결혼식의 주례사 같은 것이라고나 할까. 멋진 말을 많이 늘어놓을수록 따분해질 뿐이다. 그래서였을까. 어느 주례 선생은 "신랑 신부는 상식으로만 살아가십시오. 그러면 인생을 가장 행복하게 살 수 있습니다." 이 한마디만 하고 단상에서 내려왔다. 지금까지 기억에 남는 가장 훌륭한 주례사였다.

원칙이란 고층건물을 지을 때 벽돌을 쌓는 시멘트 모르타르와 같은 것으로, 원칙이 실종된 사회는 모르타르 없이 벽돌만 쌓아 놓은 고층건물과 마찬가지다. 그래서 구성원 모두가 자존심을 걸고 규칙을 지키면서 정정당당한 승부를 하는 사회는 선진국의 요건을 갖추었다고 할 수 있다.

미국에서 자라고 공부한 둘째딸이 나의 사업체에 들어와 가장 많이 한 말이 'Fair(공정)'이다. 특히 한국인 직원들에게는 회사 규칙을 적당히 눈감아주고, 미국인 직원들에게는 엄격하게 적용하는 나의 이중성에 대해 가장 강하게 항의했다. 부끄러웠다. 규칙을 지니고 정정당당하게 승부한다는 것, 이는 딸아이 같은 미국인들에게는 자존심과 같은 일이다. 초등학교에서부터 고등학교 졸업 때까지 가장 지독하게 배우고 연습한 것이 바로 '규칙을 지키고 정정당당하게 승부하는 것'이기 때문이다.

지난 미국 대통령 선거의 민주당 후보 경선에서 힐러리는 오바마의 리드를 뒤엎을 기회로, 미시간 주와 플로리다 주 예선을 다시 치르자고 주장할 수 있었다. 힐러리로서는 얼마든지 재선거를 주장하고 밀어붙일 수 있었지만, 가장 큰 걸림돌은 이 일로 '공정하지 않은 지도자'로 비쳐질 수도 있다는 두려움이었다. 게임 중에 규칙을 바꾸는 것은 공정하지 않다는 주장이 설득력이 있었기 때문이다.

대통령이 되기 위해 했던 모든 약속은 지키는 것이 상식이다. 똥 누고 나서 생각이 달라진다면 그런 약속은 약속도 아니다. 자기가 불리해도 지키는 것이 진짜배기 약속이다. 더구나 지도자라면 사회의 기둥이다. 기둥들끼리 약속한 규칙을 이런저런 구실을 내세워 헌신짝처럼 내던지는 배신과 기만이 반복되는 한 한국 정치는 한 걸음도 나아갈 수 없다.

지난 총선에서 우리는 똑똑히 보았다. 공천 규칙을 이해 당사자들이 합의했다면 그 규칙을 따랐어야 했다. 그럼 여여가 격하게 싸우지도 않았을 테고, 그런 어처구니없는 난장판 선거도 치러지지 않았을 것이다.

선거판이 엉망이 되니 정치판 전체가 엉망이 되어버렸고, 도무지 예측할 수 없는 국가라는 사실을 세계만방에 알렸을 뿐이다.

군이 하나마나한 이런 원칙 이야기를 강조하는 까닭은 한국 사회에서 지금 가장 중요한 문제가 바로 이것이기 때문이다. 글로벌시대, 나라 안의 하찮게 보이는 사건도 이제는 세계와 맞물려 있으며, 또한 이명박 정부가 가장 강조하는 경제 문제와는 직접적으로 연결되어 있다는 사실에 주목해야 한다. 한국에 투자하려는 외국인들은 안정된 정치가 기반을 이룬, 예측할 수 있는 사회에 돈을 투자하려 할 것이기 때문이다. 실용주의라는 것도 공정성, 합리성, 투명성 같은 사회적 가치가 뒷받침되어야 성공할 수 있는 것이다.

재벌 회장들에게 공항 귀빈실과 청와대 핫라인을 이용하도록 하는 특권 부여 아이디어만으로는 한국 경제를 살릴 수 없다. 경제 행위를 넘어서는 고품격 사회, 고품격의 한국 브랜드를 만들어내야 한다. 이를 위해서는 무엇보다도 상식, 원칙, 합의된 규칙이 지켜지는 사회, 그래서 밖에서 누구나 한국의 미래를 예측할 수 있는 사회를 만들 필요가 있다. 물론 이 모든 것은 권부와 사회 리더들의 솔선수범에서 시작된다.

12

일등 국가, 경제 대국만으로 가능할까

경제보다 원칙과 규칙이 지배하는 사회를 만드는 데 치중할 필요가 있다.

　　　　　"남을 속여서는 안 된다" "공중도덕과 규칙을 잘 지켜 야 한다"는 것은 미국 아이들에게는 사람이 옷을 입고 다녀야 하는 것처 럼 기본 상식이자, 한국 아이들이 어른을 공경하는 것처럼 당연하고 자 연스러운 일이다.

　반면, 공공생활에서 남을 배려할 줄 모르는 한국인의 태도는 예나 지 금이나 크게 변한 것이 없어 보인다. 인터넷을 돌아다녀 보면 이를 확인 할 수 있다. 사회적 이슈를 토론하면서 온갖 욕설을 해대는 네티즌들의 댓글들을 보라. 자기 의견과 다른 반대 의견에 대해서는 무조건 화내고 욕부터 해댄다. 이런 짓은 분명 어른들에게 배웠을 것이다. 박수나 칭찬 은 아예 없고 무조건 헐뜯는 데만 치중하는 정치가들이나 사회 엘리트 들, 그리고 언론의 모습이 고스란히 젊은 네티즌의 욕설 속에 묻어 있다 고 해도 과언이 아니다.

조국이 있기에, 그러므로……

엄격히 따져보면, 세계적으로 손꼽을 정도로 성장하고 발전한 한국인 데도, 영웅이 없다는 점이 아이러니하다. 누구 한 사람 칭찬 받는 지도 자가 없다. 그 이유는 본질은 보지 않은 채 곁가지 흠만 보고 욕설을 늘어놓기 때문이다. 또한 기본적으로 공중도덕 같은 사회의 기본 가치를 무시하기 때문이다.

합리보다 감정에 치우치면서 적당히 넘어가고 해치우는 버릇, 허명 (虛名)을 날리며 목에 힘주는 버릇, 냉수 먹고 이 쑤시는 허세(虛勢), 남 잘 되는 것에 박수를 쳐주기보다 헐뜯고 깎아내리는 고약한 버릇, 집단 에서의 서열의식, 실리도 없이 내세우는 명분, 기다리지 못하는 조급 증…… 얼마든지 들 수 있다.

이제는 달라져야 한다. 일등 국가나 일등 민족은 경제 대국만으로 가능한 것이 아니다. 모든 시민이 누가 보든 말든, 규칙과 원칙을 목숨처럼 소중이 여기는 그런 사회를 만들어야 한다. 더불어 공중도덕, 평화, 자유, 봉사, 나눔 같은 기본 가치들을 우선시하고, 어른이 아이들에게 모범을 보여줄 때 대한민국에 희망이 있는 것이다.

경제 대국과 세계화를 부르짖으면서 그것만이 살길이라고 주장하는 사람들이 많다. 반면, 대권에 도전하는 사람조차 사회에 필요한 기본 가 치 확립에 대해서는 전혀 언급하지 않는 것이 현실이다.

이제는 경제보다 원칙과 규칙이 지배하는 사회를 만드는 데 치중할 필요가 있다. 그런 점에서 공동체에 필요한 기본 가치를 모든 국민이 소중하게 여기는 사회를 만드는 것을 국정 최우선 과제로 삼겠다는 사람을 대통령으로 뽑아야 한다. 부연하자면, 이런 것들은 초·중·고등학교에서 시작할 수 있다. 즉, 공부 1등을 겨루는 교육이 아니라, 사회에 필요한 기본 가치를 철저히 지키고 실현하겠다는 의지가 투철한 아이에게 1등을 주는 그런 교육 대통령이 지금 한국에는 필요한 것이다.

조국이 있기에, 그러므로……

13

한국 국회의원, 미국 국회의원

국회의원은 한국 내 한 지역구를 대표하는 것이 아니라, 대한민국을 지켜야 할 인물이다.

— 한국에서 미국 자동차의 판매가 부진한 이유는 무엇인가?

"두 가지가 있다. 하나는 외국 차를 사는 사람은 당국으로부터 자금 출처 규명을 위한 명목으로 세금 조사를 당한다. 또 하나는 외국 차를 구입하면 이웃에게 손가락질을 받는다."

— 어떻게 하면 그런 부정적인 분위기를 바꿀 수 있는가?

"일본 차가 미국 시장을 개척할 당시 일본인들이 했던 방식을 따르면 된다. 그들은 미국인 소비자들을 향해 이렇게 홍보했다. 요새 미국 차가 어디에 있고, 일본 차가 어디에 있는가? 모두 여기저기 다른 나라에서 부품을 들여와 조립하고 있지 않은가? 혼다자동차도 미국에서 생산하고 있지 않나? 한국에서 우리도 이런 식의 홍보를 해야 한다. 의원님들의 도움이 필요하다."

이것은 10여 년 전 미국 의회 소속 13명의 의원단이 한국을 방문해 주한미국 상공회의소 직원들과 가진 간담회에서 있었던 대화의 일부이다. 나는 의원단 손님 중 한 사람으로 그 자리에 참석했는데, 이 이야기가 오고가는 동안 참으로 부끄러웠다.

무엇보다 이들 의원단은 15시간 이상의 긴 비행으로 피곤한 상태에서도 도착하자마자 주한미국대사를 비롯한 주한미국 상공회의소 간부들과 식사 모임을 갖고, 미국 상품 수출 및 주한미국상사들의 활동 현황에 대해 들었다. 다음 날 역시 아침부터 모임이 계속되었다. 그리고 모든 대화가 미국 상품의 판매에 초점이 맞추어져 있었다.

250여 명의 주한미국 상공희의소 직원들은 700여 개의 미국 회사를 대표해 한국 시장에 미국 상품을 판매하는 최전방 군인이었고, 미국 의회 의원들은 이들 전투요원들을 후방에서 지원하기 위해 방문한 지원부대 사령관이었다. 그들은 방한 기간 내내 미국 상품 판매 전략회의를 한국 전선에서 가졌던 것이다.

나는 지금까지 26년을 미국에 살면서 한국 국회의원들이 미국을 방문해 그와 비슷한 전략회의 같은 것을 가졌다는 뉴스를 들어본 적이 없다. 미국의 유명 정치인들과 만나 사진이나 찍고, 자신의 이름을 알리는 일에만 최선을 다하는 것 같다. 그리고 교민 사회에서 정치 후원자들을 만나 골프를 치고, 후원회를 열고, 교민 앞에서 위세를 자랑하면서 한국의 정치바람이나 불어넣는 일에 더 열심이다. 요즈음에는 해외 동포에게도 투표권을 주자는 등의 한심한 일들이 더 많이 벌어지고 있다.

조국이 있기에, 그러므로……

크게 보라. 해외 동포들은 한국 땅을 넓히는 사람이다. 국경이 사라지고 있는 시대, 내가 사는 곳이 내 땅이다. 국내 정치에 굳이 해외 동포까지 끌어들일 필요가 있을까? 재미 동포들은 미국 내에 한국을 세우는 사람이다. 내버려두어라. 그것이 국익을 위해 좋다.

세계는 보이지 않는 경제 전쟁이 갈수록 치열해지고 있다. 따라서 의원은 누구보다도 이 전쟁에서 주요 임무를 맡아야 한다. 국내에서는 개혁이다 뭐다 해서 정쟁을 벌이면서도, 국정의 우선순위는 경제 문제에 초점을 맞추어야 한다. 미국이 벌인 이라크전쟁도 따지고 보면 경제 전쟁이나 다름없다. 동물적 사고라고 비판할 사람이 있을지 모르지만, 경제 문제를 해결하지 않고는 아무것도 할 수 없는 것이 우리 삶의 현실이다. 그리고 경제 발전 없이 강국이 될 수 없음은 말할 나위도 없다. 파병 같은 외교 문제도 이런 관점에서 풀어가야 한다.

한국 국회의원들이 미국 국회의원들에게서 지구촌 경제 전쟁의 첨병 구실에 대해 배우길 진심으로 바란다. 국회의원들이 국내에서 도토리 키 재기 정쟁을 벌이는 동안 선진국 국회의원들은 한국을 경제적으로 삼킬 칼을 갈고 있다. 국회의원은 이제 한국 내 한 지역구를 대표하는 것이 아니라, 대한민국을 지켜야 할 인물이다. 즉, 국제화 시대, 국제화된 국회의원이 되어야 하는 것이다. 해외 동포들을 국내 정치에 끌어들이려 하지 말고, 각자가 사는 나라에서 더욱 더 뿌리박고 대한민국의 땅을 넓혀가는 첨병이 되도록 제발 내버려두길 바란다.

한국 국회의원, 미국 국회의원

14

노무현

노무현은 진정 바보였기에 우리 국민은 그를 기억할 필요가 있다.

　　　　　　겨우 별 두 개짜리 박정희가 정권을 장악했을 당시 정
치, 사회, 언론의 기득권을 쥐고 막강한 힘을 휘두르던 엘리트들은 "아
무것도 모르는 군발이가……"라면서 조소했다. 별 볼일 없는 집안의 농
군 아들인 데다, 작달막한 키의 촌놈이 정권을 잡았으니 그들 눈에는 그
렇게 보였을 것이다.

　생각해보면 노무현은 박정희의 닮은꼴이었다. 학벌도, 가문도 내세
울 것이 없는 평범한 사람이 대통령이 되었으니, 당시 한국 사회가 시끄
러울 수밖에 없었다. 해를 거듭할수록 사회·정치적 힘이 막강해지는
학벌, 재벌, 문벌 기득권층의 거부감은 말할 것도 없고, 카리스마로 나
라를 다스리던 시대에 익숙해진 보통사람들조차도 계속해서 말실수를
해대는 노무현을 볼 때마다 과연 이 사람이 대통령 자격을 갖춘 사람인
지 의문을 던지지 않을 수 없었을 것이다.

조국이 있기에, 그러므로……

노무현, 그는 고등학교 졸업 학력의 '촌놈'에다 역대 대통령들과 달리 가진 것이라고는 고시 합격증밖에 없었으며 학벌, 문벌, 돈과 동떨어져 살아온 지극히 평범한 사람이었다. 당시 국민은 대한민국 역사상 처음으로 자기들 눈높이에 맞는 사람에게 나라 경영을 맡겼던 것이다.

어느 시대에든 정치 지도자를 선택하는 데 있어 모든 국민의 몸에 딱 맞는 세종대왕 같은 맞춤복을 찾기란 불가능에 가깝다. 그래서 시중에 나와 있는 기성복 가운데 선택하는 것이다. 특히 그동안 억지로 군복도 입어보고 비단옷도, 신사복도 입어봤지만 어딘지 불편하더라, 이제는 촌놈 핫바지 한 번 입어보자, 그리고 규격품 기성복보다 비규격품 기성복을 한 번 입어보자고 한 것이다.

이렇게 국민은 지난 시대와 다른 새로운 변화를 시도했던 만큼 모두가 그것을 천심으로 받아들였어야 했다. 나는 당시 이런 이유에서 한국에는 새로운 시대가 오고 있다고 감히 주장한 바 있다. 선생님은 똥을 누는 사람이 아닐 줄 알았는데, 변소에서 똥을 누는 선생님을 보고 실망하던 어린 시절을 떠올려보라. 대통령은 가능한 한 침묵을 지키면서 목에 힘을 주고 있어야 할 사람인데, 이런 일 저런 일에 나서서 자기 의사 표현을 해대고 논쟁에 끼어드는 가벼운 대통령. 하지만 이는 국민의 선택이었다.

노무현 그는 스스로 목에 힘줄 만한 것이 없었기에 대통령이 된 사람이고, 그래서 이런저런 말실수도 자연스럽게 저지를 수밖에 없지 않았겠는가. 대통령이 혼자 콩 치고 팥 치며 나라를 다스리던 시대의 허깨비 권위가 무너지고, 온 국민이 대통령과 어깨를 나란히 한 채 실수를 저지르는 그를 보면서 깔깔 웃고 나라를 함께 운영해나갔더라면, 우리는 또 한 번 발전된 민주 사회를 만들었을 것이다.

당시 나는 언론에 많은 기대를 걸었다. 국정 운영상의 중대한 실수가 아니라면 대통령의 이런저런 소소한 허물쯤은 덮고 지나가는 대범한 언론을 기대했던 것이다. 언론이 서울대 출신인 김영삼 대통령의 말실수는 가능하면 감추어주려 하던 시절이 기억난다. 나는 그렇게 가면 5년 후 분명히 높낮이가 없는 새로운 민주 국가가 건설되리라고 믿었다.

그러나 한국 언론은 정반대로 나갔다. 껍데기 권위론을 내세우면서 대통령의 말실수를 물어뜯고, 흠집 내고, 창피 주고……. 아마도 박정희 시대 같았으면 글을 쓴 기자들은 안기부에 끌려가 병신이 되었을 테고, 몇 개 언론사는 문을 닫았을지도 모른다. 그러나 노무현은 끝까지 놀림감이 되어주었다.

오죽했으면 "대통령 못해먹겠다"고 했을까. 그에게 만일 학벌, 재벌, 문벌의 비호가 있었다면 어땠을까? 박정희도 그와 비슷한 사람이었지만 총칼로 권위를 유지했다는 사실을 기억할 필요가 있다. 반면, 노무현은 대통령에게는 총칼 같은 검찰, 세무, 감사, 보안이라는 4대 권력까지 국민에게 돌려준 바보(?)였다.

노무현은 그런 바보였기에 우리 국민은 그를 기억할 필요가 있다.

15

이명박 정권, 좌우 편 가르기 넘어서야 성공

숫자로 밀어붙이는 정치로는 더불어 사는 선진국을 절대 만들 수 없다.

　　　　　정조는 왕위에 등극하면서 영의정에 반대파(노론벽파)의 거두 장태우를 임명했고, 깜짝 놀란 장태우는 왜 하필 자신이냐고 묻는다. 정조의 답이 멋있다. "당신이 나의 개혁정책을 필사적으로 반대하니 그 논리를 들어보고, 당신들을 설득하기 위해서"라고 대답했다 (드라마 〈이산〉의 한 장면).

　이명박 정부가 들어서면서 노무현 정부의 코드인사로 분류되던 공직자들을 몰아내더니, 임기가 보장된 KBS 사장까지 손목을 비틀어 끌어내렸다. 물론 정권을 잡은 사람의 처지에서는 자기 색깔대로 일을 추진하기 위해 어쩔 수 없다는 변명이 가능하다. 하지만 정치를 잘 모르는 나 같은 사람도 그 같은 방법은 바둑으로 치면 7급 정도의 하수가 아닐 수 없다. 무엇보다도 자기 코드에 맞는 사람만 골라 정치를 하다가 쪽박을 찬 노무현 정부의 사례를 이명박 정부가 되풀이했으니 말이다.

다 아는 이야기지만, 좌와 우는 적대적 관계가 아니다. 왼팔과 오른 팔, 새의 양 날개처럼 서로 보완 관계다. 아직도 좌파와 우파가 서로 마 주보며 손가락질을 하고 핏대를 올리는 사회는 갈 길이 멀다. 정권을 다 시 잡은 우파가 정치 선진화를 외치면서도 좌파를 척결 대상으로 여기 며 이를 갈고 있다면 역사의 시계를 거꾸로 돌리는 것과 같다.

'잃어버린 10년' 이라며 좌파가 나라를 거덜냈다는 주장은 근거도 모 호할 뿐 아니라, 정치 구호로서도 미숙하다. 나라 밖에서 보는 한국은 그동안 유래를 찾아보기 힘들 정도로 경제화, 민주화에서 성공했다. 그 런데도 자기 비하가 너무 심하다. 오죽했으면 외국인들이 한국 사람은 두 가지 면에서 이상한 사람이라고 했을까. 자기 잘한 것을 인정하지 않 는 점이 그 하나요, 세계가 극찬하는 일본을 한국인들만 우습게 여긴다 는 점이 또 하나이다.

대한민국 60년 역사에서 소위 좌파 정권은 지난 10년에 불과하다. 물 론 과(過)도 있었지만, 그 짧은 시간에 절차적 민주주의 진전, 권위주의 청산, 남북관계의 유연화는 물론, 평균 경제 성장률도 경제협력개발기 구(OECD) 30개국 중 3위를 유지할 정도로 잘해냈다. 언론의 자유가 크 게 신장되었으며, 국민에 대한 인권 폭력도 줄었다.

이명박 정부는 이런 좌파 정권의 공과를 인정하는 데서 출발해야 하 는 시대적 사명을 안고 있었다. 이것이 바로 성숙한 우파, 요샛말로 말 하는 '건전 보수' 의 새로운 출발을 의미하는 것이다. 건전 보수란 상대 인 진보(혹은 좌파)를 인정하고, 선의의 경쟁을 통해 국민의 표심을 얻는다는 점에서 '꼴통 보수'와 다르다. 다시 말하면, 노무현 정부가 코드인사를 중심으로 벌였던 보수 대 진보의 편 가르기식 정치는 이제 끝내야 한다. 미국의 공화, 민주 양당을 보라. 한국의 여야도 코드가 다른 상대의 비판을 경청하면서 정책을 통해 상대방의 표를 자기 것으로 만드는 경쟁 관계쯤은 되어야 한다.

이명박 정부가 초기에 내걸었던 '경제 살리기'라는 것도 그렇다. 어떻게 해서든 국민을 잘살게 해주기만 하면 된다는 뜻인데, 그것만으로는 국민을 절대 만족시킬 수 없다. 물질적 희망은 끝이 없기 때문이다. 다시 말하면, 원칙과 규칙이 지배하는 민주 사회, 좌와 우가 경쟁하면서도 상대를 인정하고 논리와 명분을 통해 통치되는 그런 성숙한 사회를 만드는 것이 먼저요, 이것이 곧 이명박 정권이 성공하는 길이다. 좌와 우를 가르고 자기편끼리 승리의 축배를 들면서, 숫자로 밀어붙이는 그런 정치로는 더불어 사는 선진국을 절대 만들 수 없다. 정조의 지혜가 아쉬운 때이다.

16

이명박 정부,
빌 게이츠에게 배워라

김구 선생은 '부강한 나라' 보다 '아름다운 나라'를 꿈꾸었다.

　　　　　　　"보기 싫은 꼴, 안 보고 사니 마음은 참으로 편하다."
이민 온 동포들이 흔히 하는 말이다. 무슨 뜻일까? 보기 싫은 꼴이란 한
국 사회에서 '가진 자들이 거들먹거리는 추한 꼴'을 말하는 것이다. 사
회, 권력, 돈, 명예 등 모든 것으로 서열을 매기고, 남에 비해 더 가진 것
으로 행복해하며, 덜 가진 자들 앞에서 자기 것을 과시하면서 목에 힘
주는 일을 만끽하고, 그로 인해 덜 가진 자는 가진 자들 앞에서 기 죽어
사는 사회. 재미 동포들은 그 꼴을 안 보고 살 수 있다는 것만으로도 행
복해한다.

　　그런데 요즈음에는 그런 꼴불견이 미국까지 넘어와 동포들을 괴롭히
고 있다. 재력 과시 여행, 자녀들의 호화스러운 미국 유학, 거기에다가
미국 학교 선생님들에게 뇌물 공세까지 펼치는 한국 유학생 학부모들
의 치맛바람을 보면 대한민국 부자들은 정말 대단하다는 생각이 든다.

자본주의 사회는 자유 경쟁을 통해 능력대로 갖는 사회이니, 못 가진 자가 가진 자를 향해 배 아파하는 것이 오히려 이상한 일이요, 못난이들의 콤플렉스일 수 있다. 하지만 세상은 가진 자들만의 것이 아니므로, 가진 자들의 겸양지덕이 요구되는 것이고, 그래서 조정자로서의 정부 구실이 점점 더 커질 필요가 있다.

지구촌 최고의 부자 빌 게이츠가 다보스 세계경제포럼에서 '창조적 자본주의'라는 말을 꺼냈다. 현재의 자본주의는 '절반의 완성' 밖에 안 된다. 치열하게 경쟁하되, 낙오자들도 구조해줄 수 있는 새로운 자본주의 게임의 규칙을 만들어보자는 것이다. 다시 말해, 부자들이 가난한 사람을 의무적으로 돕도록 하는 새로운 자본주의 시스템을 만들어야 한다는 것이다.

아주 이상적인 이야기로 들릴 수 있지만, 은행을 만들어 소액 융자를 통해 가난 구제 사업을 펼친 공으로 노벨 평화상을 받은 방글라데시의 무하마드 유누스의 아이디어가 바로 그것이다. 그는 지금도 미국을 돌면서 "자본주의는 남을 도움으로써 얻는 만족감이 아니라, 오직 이익을 지향하는 측면에만 중점을 두기 때문에 아직 절반의 미완"이라고 주장하고 있다.

한마디로 빌 게이츠 플랜의 핵심은 기업의 최고경영자로 하여금 가난 문제에 헌신하게 하자는 것인데, 이는 기부금이나 자원봉사보다 훨씬 더 강력한 방법이다. 예를 들어, 가난한 사람들의 생활을 증진시키는 기업에게는 정부가 재정적 인센티브를 주는 방법 같은 것이다.

이명박 정부는 정권 초기에 국민 모두가 잘사는 나라를 만들겠다는 계획을 내놓았다. '잘사는 나라'란 어떤 나라일까? 소득 수준이 높아도 꼴불견들 때문에 이민 가고 싶은 사람들이 많다면 잘사는 나라가 아니다. 형편이 좀 어려워도 평화로운 가정이 좋은 것처럼, 나라도 사회 구성원 간 갈등이 적은 사회가 먼저이다. 김구 선생은 '부강한 나라'보다 '아름다운 나라'를 꿈꾸었다. 새 정부가 재벌들에게 기업하기 좋은 나라를 만들어주고 부자들이 돈을 더 잘 벌 수 있도록 정부의 온갖 규제를 풀겠다면, 반대로 이들에게 '노블리스 오블리제'를 의무화하는 정책을 강화할 필요가 있다.

이런 대통령이 나왔으면

대통령은 실패한 사람에게 끊임없이 새로운 기회를 주는 사회를 만드는 데 앞장서야 한다.

8 · 15, 6 · 25, 5 · 16, 12 · 12, 6 · 29, 6 · 15 등 한국은 그동안 격동의 세월을 보내오면서 산업화와 민주화를 이룩하고 남북 평화통일의 기반을 조성해 국제적 위상이 날로 높아지고 있다. 이제 북쪽도 역사의 큰 흐름에 따라 개방의 물결을 타고 있다. 이대로 나아가면 민족 화해는 시간문제이다. 아직 걱정스러운 문제들이 남아 있지만, 이렇게 밝은 미래를 내다볼 수 있었던 때가 일찍이 존재했던가. 하지만 이러한 역사의 큰 물결을 이루어낸 민초들의 삶은 극명한 대조를 보여 오히려 초라하게 느껴질 정도이다.

지난 수세기 동안 우리 민초들은 생존을 위한 투쟁이 삶의 일과였기에 자기 모습을 비춰볼 수 있는 여유조차 없었다. 늘 가진 자들에게 짓밟히고, 착취당하고, 이용당하며 사회의 중심에서 소외된 삶을 살았다. 사실 그것은 삶이라고 할 것도 없었다. 해방 후 삶도 마찬가지였다.

그렇다고 누구를 탓하려는 것은 아니다. 그러한 삶은 대부분 사회 지도층의 무책임에서 비롯한 것이지만, 민초 스스로 자초한 측면도 있기 때문이다. 사회 구성원 모두가 함께 살아가는 공동체적 의식보다 서로가 서로를 짓밟고, 이웃의 삶을 희생시켜서라도 자기 야망을 채우려는 출세주의 및 이기주의 사회를 만든 탓이다.

한 가지 대표적인 예가 부모 세대의 자식 교육관이다. 자식을 일류 대학에 보내 남들이 부러워하는 관직이나 직업을 갖고 살도록 부추겼고, 자식이 그런 자리에 오르면 부모는 그것을 자기 인생의 성공이자 자랑으로 여겼다.

그렇게 자란 우리가 지금 부모 세대가 됐다. 그러한 교육의 결과로 우리는 남보다 앞서기 위해서는 수단과 방법을 가리지 않고 피투성이가 되도록 싸우는 사회를 만들어냈으며, 남을 딛고 올라서면 성공하고 출세할 수 있다고 믿는 사람들을 수없이 배출했다.

이런 현상을 이름 하여 한국병이라고 하자. 한국병의 보편적 특징은 환자들이 오직 출세와 명예에만 관심을 갖는다는 것이다. 대표적인 예가 정계 진출이고, 이는 한국 엘리트들의 야망이 되어버렸다. 한국병에 걸린 엘리트들은 오로지 위만 바라보면서 사회적 신분 상승을 노린다. 자기의 신분을 상승시키기 위해서는 가족도, 친구도, 사회도 돌아볼 여유가 없다. 자신의 출세야말로 가족의 행복과 가문의 명예를 위한 최선의 길이라고 생각하기 때문이다.

그렇게 출세한 사람, 권력과 금력을 가진 사람은 각종 미디어의 화려한 조명을 받으면서 어디든 거리낄 것 없이 활보하고, 다수의 민초들은 이런 자들의 들러리로 평생을 살아가는 사회, 이것이 한국 사회의 단면 이라고 해도 틀리지 않을 터이다.

이제는 바뀌어야 한다. 민초가 더 이상 들러리가 되어서는 안 된다는 데 모든 사회 개혁의 초점이 맞춰져야 한다. 이는 민초의 작은 삶들이 가장 크게 조명 받는 사회로의 전환을 뜻한다. 자기 가족은 물론, 작은 이웃의 행복이 곧 자신의 행복과 직결된다는 사회적 의식이 사회 구성 원 사이에 보편화된 사회가 그 예이다. 즉, 병에 걸린 아내를 간병하기 위해 국방부장관직을 스스럼없이 버렸던 어느 미국인의 모습에서, 암 에 걸린 학우가 치료 때문에 대머리가 되자 같은 반 급우들이 모두 머리 를 빡빡 깎아버린 인간미 넘치는 행위 속에서 그런 사회를 엿볼 수 있는 것이다.

다시 말하면 '아래에서 위로만 쳐다보는 사회'에서 '위에서 아래를 보는 사회'로, '큰 것만을 중하게 여기는 사회'에서 '작은 것들을 소중 히 여기는 사회'로 변화할 때 우리 민족은 비로소 선진 민족의 대열에 낄 수 있다. 이는 신분의 고하가 없고, 모든 사람이 법 앞에 평등하며, 자 신의 직업은 공동선을 위한 수평적 직분이라는 의식이 정착된 사회로 의 전환을 뜻한다. 또한 '출세한 사람'이란 '가진 자로서 사회적 책임을 다하는 사람'이라는 개념으로 바뀌어야 한다는 것을 의미한다.

이제는 이런 일에 신명을 바칠 수 있는 지도자가 나와야 한다. 노무현 대통령이 그런 일을 해주기를 바랐다. 평범하고 작은 것들을 무엇보다 소중히 여기고, 민초 삶의 작은 결들을 어루만지는 일을 해주기를 바랐다. 그런데 정치 개혁이다, 과거사 정리다, 언론 개혁이다 해서 정치 대통령으로 막을 내리고 말았다.

이제 대통령은 정치는 하되, 정치 문제와는 거리를 두거나 아예 손을 뗐으면 좋겠다. 역대 대통령들이 정치 문제에 너무 집착하다 보니 나라가 온통 정치와 정치꾼 이야기로 가득 찼다. 언론의 주요 보도 역시 정치꾼들의 이야기로 뒤덮였고, 정치판이 나랏일의 모든 것인 양 간주되고 있으며, 언론의 조명을 받기 위해 난다 긴다 하는 사람들이 죄다 정치판에 뛰어드는 가관을 만들어냈다. 그리고 최고의 출세는 장관이 되고, 국회의원이 되고, 대통령이 되는 것이었다.

언제까지 그럴 것인가? 이제는 전혀 다른 판을 만들어야 한다. 대통령의 관심에 따라 나라 전체가 흔들리는 나라가 한국이라면, 이제 대통령은 지금까지 조명을 못 받고 소외되어 온 민초들의 삶에 초점을 맞추고 판세를 흔들어야 한다는 것이다. 다시 말해, 대통령의 최우선 업무가 민초들의 삶 하나하나를 챙기는 일이어야 한다.

사회 계층 간에 불평등과 빈부의 격차를 줄일 방법은 없는가? 집이 없는 사람들을 위해 어떻게 집을 마련해줄 것인가? 노인이나 장애인을 위한 편의시설을 보완할 방법은 없는가? 기지촌 주위에 살아가는 힘없는 민초에게 억울한 일은 없는가? 제 나이에 자기 할 일을 못하고 실패한 사람들에게 재기의 기회를 만들어줄 수는 없는가? 나이와 성 차별이 없는 사회를 어떻게 만들 것인가? 나라가 가난해 해외로 떠난 동포들이 어떻게 살고 있는지, 도와줄 길은 없는가? 어린 학생들이 입시 지옥에서 벗어날 방법은 없는가? 대통령이 챙길 일은 얼마든지 많다.

언론도 마찬가지다. 지금까지 정치판과 정치인들에게만 비추던 화려한 스포트라이트를 민초들의 삶의 현장으로 돌려야 한다. 왜 정치인만이, 출세한 사람만이, 재벌만이 국민적 관심의 대상이 되어야 하고, 영욕의 화신이 되어야 하는가? 민초들은 그들의 광대 짓에 울고 웃고 박수만 쳐야 한다는 뜻인가? 아니다. 이제 민초들이 그 자리에 서야 한다.

언론 이야기가 나왔으니 덧붙이자면, 선진국 언론은 전국화가 아니라 지역화되어 가고 있다. 전국 신문이 아니라, 동네 신문이 더 중요한 구실을 하고 있는 것이다. 이웃집 개가 새끼를 낳았는데 그 개의 이름이 무엇이라는 기사가 더 중요하게 다루어지고 있다. 이웃 사람들이나 돈 있는 자들의 선행 등 민초들의 삶에 조명을 맞추고, 격려하고, 알아주고, 영웅을 만듦으로써 지극히 인간적인 일들에 관심을 보이고 사회도 변화시켜 나가고 있다. 그 밖에 국가적으로 큰 문제는 전문가 집단과 전문 언론에 맡긴다. 아직도 조선, 중앙, 동아일보가 언론을 장악한 채 소수 정치인, 재벌, 정치 지향적 학자들에게만 초점을 맞추고 있는 한국 언론과는 완전히 다른 분위기다.

교육 부문을 살펴보면, 미국에는 커뮤니티 칼리지(Community College)라는 것이 있다. 돈이 없어 대학에 진학하지 못하는 학생, 혹은 고등학생 때 공부를 게을리해 정규 대학에 진학하지 못하는 학생을 위한 2년제 동네 대학으로, 누구나 들어갈 수 있으며 학비도 아주 저렴하다. 또한 나이에 상관없이 언제든지 원하는 공부를 할 수 있다. 이 학교에서 열심히 공부하면 정규 대학 3학년에 편입할 수 있는 우선권도 주어진다. 이 우선권이란 다른 정규 대학 2년을 마친 학생보다 우선적으로 입학을 시킨다는 뜻인데, 정규 대학 2년을 마친 학생은 자기가 다니는 대학에서 계속 공부할 수 있기 때문에 이러한 차별을 두는 것이다.

대통령은 실패한 사람에게 끊임없이 새로운 기회를 주는 사회를 만드는 데 앞장서야 한다. 사람이 살다 보면 실패할 수도 있고, 엄청난 재앙을 만날 수도 있다. 제 나이에 상급 학교에 진학하지 못할 수도 있고, 나이가 들어 다른 일을 해보고 싶은 마음이 생길 수도 있다. 그렇다면 나이에 상관없이 기회가 항상 열려 있는 사회, 성별에 관계없이 기회를 주는 사회가 살맛나는 사회가 아닐까? 대통령은 이런 데 관심을 갖고, 언론도 이런 데 초점을 맞추어야 한다.

지금의 한국 사회는 밖에서는 그럴 듯해 보이는 정원이나 숲에 비유할 수 있다. 하지만 막상 그 안에 들어가 거닐어보면 온갖 냄새가 진동하고, 썩은 가지들과 추한 것들이 감추어져 있음을 알 수 있다. 이제 대통령은 전체 정원의 모습보다 그 속에 감추어진 온갖 것들에 초점을 맞추어야 한다. 그 속에 민초의 삶이 있고, 그 삶을 어루만지는 일이 대통령의 최우선 업무여야 한다. 개혁, 개혁을 외치지만 그 개혁은 법을 만드는 사람에게, 전문가 집단에게, 또한 법을 집행하는 사람에게 맡기고, 민초들의 소리에 귀를 기울이면서 민초들과 함께 사람 사는, 살맛나는, 따뜻한 세상을 만들어 나가야 한다.

18

교통 규칙에 대해서

이제 시민 모두가 성숙한 민주 국가를 만드는 데 힘을 쏟아야 한다.

　　　　지금부터 80여 년 전 영국 칼럼리스트 아서 랜섬은 〈교통 규칙에 대해서〉라는 칼럼에서 "교통 규칙은 만인의 자유를 보장하기 위해서는 모든 사람의 자유가 제약받아야 한다는 것을 뜻한다"면서 당시 영국 사회가 '자유'라는 이름하에 모든 국민이 자기주장만을 펴는, 얼마나 혼란스러운 사회였는지를 묘사하고 있다.

　그의 표현을 빌리자면, 교통경찰이 광화문 한복판으로 걸어가 손을 번쩍 들면 '그는 횡포의 상징이 아니라 자유의 상징이 된다'. 왜 그런가? 만일 자기가 급히 차를 몰고 가는 상황에서 교통경찰의 손짓 하나 때문에 차를 멈추어야 한다면, 자유가 무참히 침해당했다고 생각할지도 모르지만, 교통경찰이 차를 멈추게 하지 않았다면 모든 차들이 멈추지 않았을 테고, 그럼 광화문 한복판은 혼란의 도가니가 되었을 것이며, 결국 자기는 광화문을 통과하지 못했을 것이기 때문이다. 민주 국가에서 진정한 자유를 향유하려면 법에 따라 자기 자유가 어느 정도 제약받는 것을 감수해야 한다는 논리다.

요즈음 한국 사회를 보면 거리에 엄청나게 늘어난 차량의 숫자만큼이나 수많은 이익단체와 개인들이 자기주장만을 펴는 데 정신없는 것 같다. 교통경찰이 손을 들든 말든 내 갈 길을 가야겠다는 차량들이 혼잡을 이루면서 서로가 발목을 잡고 있어 아무도 자기 갈 길을 가지 못하는 상황에 비유한다면 과장일까.

한국의 주류 신문이나 야당은 특히 이러한 상황이 국정 혼란이며, 대통령에게 모든 책임이 있다는 식으로 말한다. 그런 시각은 마치 광화문 한복판에 몰려든 차량들이 교통경찰의 신호에는 아랑곳없이 서로 자기 갈 길만 가려고 하는데도 교통경찰이 잘못하고 있다며 삿대질을 하는 것과 같아 보인다.

밖에서 보는 한국은 지난 반세기에 걸쳐 이룩한 민주화, 자유화가 이제 그 절정을 이루어 봇물처럼 쏟아져 나온 상황이다. 이제 시민 스스로가 교통 규칙을 지키는 법을 배우면서 민주주의를 익히는 과정에 놓여 있다. 그리고 그런 체험을 통해 광화문을 무사히 빠져나갔을 때 비로소 "아~" 교통경찰의 손짓에 나도 따라야 한다는 사실, 진정한 자유란 타협과 양보를 통해 누릴 수 있다는 사실을 배우게 될 것이다.

'역사의 발전 어쩌고' 하는 역사학자들의 말을 굳이 빌리지 않더라도 한 사회의 발전이 한꺼번에 몇 단계를 뛰어넘을 수 없다면, 한국 국민은 지금의 상황을 있는 그대로 받아들여야 한다. 다만, 자기주장을 펴면서도 서로 때려죽일 대상이 아니라 서로 살려야 할 대상으로, 흑백 논리가 아니라 서로 의견을 받아들이면서 공존하는 자세, 새도 양 날개가 있어야 날 수 있듯이 우리 사회도 좌와 우가 있어야 균형을 잃지 않고 발전할 수 있다는 균형감각을 가질 필요가 있다.

밖에서 보기에는 지구촌에서 가장 잘나가고 있는 나라가 한국이다. 이제 시민 모두가 성숙한 민주 국가를 만드는 데 힘을 쏟아야 한다. 위대한(?) 지도자가 나와서 초법적으로 지배하는 국가를 아직도 망상하는 사람이 있다면, 민주주의는 요원하다. 민주주의는 원래 시끄러운 것이기 때문이다. 혼란스럽게 보이지만 인내하면서, 국민 다수가 선택한 대통령인 만큼 대통령이 법치를 하고 있다면 대통령의 손짓에 일단 따르면서 민주 시민으로서의 자기 임무에 충실할 필요가 있다. 그럼 한국은 더욱 성숙한 민주 국가로 발전할 것이다. 특히 미국처럼 고관대작들도 교통 규칙(법)을 정확히 지키면서 살아가는 나라가 될 때 한국은 정말 조용한 나라가 될 것이다.

19

약자의 자존심

힘없고 가난한 민족이라고 해서 자존심마저 없는 것은 아니다.

"제(薺)나라 사람 검오(黔敖)는 흉년에 밥을 지어 길을
왕래하는 굶주린 사람들을 먹이는데, 한 사람이 굶어서 기운이 없는 것
을 보고 '아 불쌍하다. 와서 먹어라' 하니, 그 사람은 '나는 불쌍하다.
먹으라는 밥을 먹지 않았기 때문에 이 지경에 이르렀다' 하면서 밥을 먹
지 않았다." 중국 고사에 나오는 이야기다.

자존심이란 이처럼 목숨을 걸고서라도 지키고 싶은 것이다. 우리말
속담에 '남산골 샌님'은 가난하면서 자존심만 센 선비를 일컫는다. "양
반은 물에 빠져 죽을지언정 개헤엄은 치지 않는다"는 우스개 속담도 있
다. 이탈리아에도 "말에서 떨어진 사람이 말에게 '내리려고 하던 참이
야' 라고 말한다"라는 속담이 내려온다.

어느 문인의 말을 빌리자면, "자존심이란 결코 배타(排他)가 아니다.
또한 교만도 아니다. 다만 자기 확립이다. 자기 강조이다. 자존심이 없

조국이 있기에, 그러므로……

는 곳에 비로소 얄미운 아첨이 있다. 천지간에 '나' 라는 것이 생겨난 이상, 나 자신의 힘으로 살아간다는 강력한 신념, 그것이 곧 자존심이다. 위대한 개인, 위대한 민족이 필경 다른 것이 아니다. 오직 자존심 하나로 결정되는 것이다."

사실 자존심 없는 사람처럼 비굴하고 가엾은 사람도 없다. 출세와 안위를 위해 온갖 아첨을 떨며 살아가는 사람들이 손가락질을 받는 것은 당연하다. 사람이 이럴진대, 국가나 민족은 어떨까? 자존심 하나로 온 민족이 희생하면서 버티는 나라가 이 지구상에 없을까? 분명히 있다.

부시 전 미국 대통령의 '악의 축' 발언으로 전 세계가 떠들썩했던 적이 있다. 악의 대상으로 지목한 이라크와 북한은 한마디로 지구상의 문제라는 것인데, 한 나라 대통령의 발언치고는 너무 경솔했다. 지구상에서 미국에 고분고분하지 않는 나라는 모두 '악' 일까? 그들이 왜 미국에 무릎을 꿇지 않는지, 미국은 이 간단 명료한 사실을 알아야 한다.

북한이 '호랑이는 굶어 죽어도 풀을 먹지 않는다' 는 체면 때문에 망가진 나라이긴 하지만, '주체' 라는 자존심 하나로 버티고 있는 사람들이다. 그들은 '햇볕정책' 이니 '포용정책' 이니 하는 말조차도 좋아하지 않는다. 이런 그들에게 누군가 시혜를 베푸는 식으로 접근한다면 그들의 체면과 자존심이 과연 그것을 받아들일 수 있겠는가? 이처럼 체면과 자존심을 중히 여기는 민족에게 '악' 운운하며 자기중심적으로만 생각하는 사람들이 미국인이라면 그들은 더 이상 지구촌의 리더가 아니다. 더구나 혈맹과 우방으로 관계를 맺어온 남한 정부가 '햇볕정책' 하에서 민족적 화해를 위해 온갖 힘을 쏟고 있는 시점에 그런 식으로 찬물을 끼얹는 것은 대국(大國)다운 자세가 아니었다. 미국은 북한뿐 아니라, 남한의 자존심도 짓밟은 것이다.

'악'이라는 것도 그렇다. 악이 선에서 나올 리 없다. 악은 악에서 탄생한다. 루소의 말을 빌려보자. "인간이여, 악의 장본인을 찾으려 하지 마라. 그 장본인이야말로 너 자신이다. 네가 행하는 악이나, 그렇지 않으면 네가 인내하고 있는 악 이외에는 악이란 없는 것이다. 그리고 그 어느 것이라도 너 자신에게서 나온다." 그렇다. 소위 '악의 축'이라는 나라가 저절로 생겨났을까를 생각해보면 이해할 수 있다. 분명히 원인과 상대가 있을 것이다. 이 지구상에서 미국이 저지른 악은 없을까? 그 악에 대항하기 위해 죽기를 각오하고 자존심을 지키는 나라가 이 지구상에 없을까? 분명히 있을 것이다. 강자와 약자 간 다툼으로 생기는 악은 강자에게서 나오는 것이기 때문이다. 약자의 자존심은 아랑곳없이 강자 자신의 자존심만 챙기려는 데서 악이 발생하는 것이기 때문이다.

"한편에 치우쳐 있는 악은 반드시 다른 편 상대방의 악을 낳게 되며, 불의는 폭력으로 나아가고 모욕은 복수를 부르게 된다." 간디의 이 말을 곰곰이 생각해보면 지구촌의 최강국 미국이 취해야 할 입장이 분명해진다. 나와 상대를 대등하고 공정한 입장에서 보라. 그리고 상대의 체면과 자존심도 생각하라. 주먹으로 해결하려 들지 마라. 힘없고 가난한 민족이라고 해서 자존심마저 없는 것은 아니다. 인간끼리의 모욕은 복수를 부르는 것이니……

20

햇볕정책은 옳았다, 하지만……

결국은 잘사는 남한이 좀 더 어른스럽게 북한 정권에 대적할 필요가 있다.

　　　　　　남북문제를 해결하는 방안으로서 김대중, 노무현 정부의 햇볕정책은 옳았다. 어떤 사람들은 미국의 눈치를 보면서 북핵 문제에 대한 확신 없이 햇볕정책, 정상회담 같은 방법으로 남북관계를 일방적으로 밀어붙였다고 비난한다. 하지만 그런 비난은 편견일 뿐이다. 미국의 눈치를 봐야 할 정도로 우리는 한가하지 않다. 북핵 문제는 북핵 문제대로 해결하면서, 민족 문제만큼은 우리 스스로 서둘러 풀어 나가는 것이 옳다.

　햇볕정책의 결과가 낳은 지난 1차, 2차 남북정상회담의 합의 내용은 북한이 20년 허송세월 끝에 내린 결단이었다. 이런 정상 간의 약속이 앞으로도 더 다듬어지고, 발전되는 것이야말로 민족 화해의 길이다. 필요하다면 3차, 4차…… 정상회담은 계속 이어져야 한다.

　1979년 마오쩌둥이 사망한 뒤 등장한 덩샤오핑의 길을 북한도 함께 갔어야 했다. 그랬더라면 북한은 중국보다 훨씬 더 앞선 나라가 됐을 것이다. 클린턴 미국 대통령 재임 기간에도 기회가 있었다. 그러나 겨우 핵폭탄 몇 개 만드는 것으로 그 아까운 시간을 허비해버렸다.

그러나 북한에게는 다행히 남한이라는 형제가 있다. 또한 남한으로서는 북한을 통해 더 잘사는 길이 있음을 알고 있다. 앞으로도 다소간 우여곡절이 있을지 모르지만, 크게 볼 때 김대중과 노무현에 이은 이명박 정부, 그리고 그 후에도 남한 정부는 남북 화해라는 대전제 하에 북한을 품에 안고 가는 길밖에는 없을 것이다.

민족 화해와 통일로 가는 길을 여는 데 비용이 들지 않을 수 없다. 더구나 북한은 땡전 한 푼 없는 나라이다. 그동안 남한이 수십억 원을 조건 없이 북한에 퍼주었다는 비난도 있지만, 그 정도의 액수는 남한 정부의 살림으로 볼 때 조족지혈이다. 엄격히 따져보면 남한의 경제 성장은 부분적으로 햇볕정책의 덕을 톡톡히 본 것도 사실이지 않은가.

하지만 돌이켜 보면 북한 정권의 바보스러움을 개탄하지 않을 수 없다. 김정일 국방위원장이 지난 두 남한 정부의 화해 노력에 절반이라도 부응했다면 남북문제는 물론, 북한의 사회와 경제 사정이 이 지경까지는 되지 않았을 것이다. 게다가 그동안 수없이 욕을 먹으면서도 햇볕정책을 지지하며 북한에 도움을 주려 했던 남한의 진보 세력이 약화되고 있다. 이렇듯 남북이 윈윈(win – win)할 수 있는 급행열차를 두 개나 놓친 김정일 정권은 큰 과오를 범한 것이다.

햇볕정책을 반대했던 보수 세력의 지지로 정권을 잡은 이명박 정권의 반햇볕정책을 비난할 의도는 없다. 하지만 결국은 잘사는 남한이 좀 더 어른스럽게 북한 정권에 대적할 필요가 있지 않을까? 강공만이 능사가 아니라는 뜻이다. 특히 지난 정부의 햇볕정책을 과오라고 악선전하면서 정치적으로 이용할 생각을 해서는 안 된다. 그렇게 되면 먼 길을 가야 할 사람이 스스로 자기 발목을 묶는 꼴밖에 되지 않는다. 물론 남북 화해에 이은 남북 경제협력시대를 여는 것은 이제 북한 정권의 선택에 달려 있는 듯하지만, 남한 정부도 그러한 선택의 여지를 남겨 두어야 한다는 뜻이다. 그것은 적어도 북한 정권의 체면을 살려주면서 그들을 남북 화해의 장으로 끌어들이는 고도의 외교술에 달려 있지 않을까? 이는 남한 정부 통일부의 존재 이유이기도 하다.

사족을 덧붙이자면, 남한의 진보 세력도 이제는 북한 정권의 변화를 촉구해야 한다. 북한 정권이 생떼를 써도 무조건 감싸주는 행위는 오히려 문제를 꼬이게 할 뿐이다. 다수의 국민이 햇볕정책에 찬성하고, 이를 유지하는 길이 무엇인지를 생각해볼 필요가 있다. 여기서 북한의 인권 문제 같은 민감한 분야도 더 이상 성역이 되어서는 안 된다.

21

평양 방문 이야기

국내외 동포 경제인이 서로 협력을 강화해간다면 통일이 멀지 않을 것 같다.

1996년 가을, 평양의 하늘은 높고 맑았다. 남쪽 하늘과 똑같았다. 공항에 내려 평양 시내로 들어가는 풍경의 모습도 남쪽 그대로였다. 도로 양옆으로 물결처럼 펼쳐진 누런 가을 벌판, 논두렁을 걸어 다니며 가을 추수 준비를 서두르는 농부들, 그리고 가로수 길, 그 길을 따라 머리에 무언가를 인 채 걸어가는 아낙네들, 바람물결을 타고 날아다니는 잠자리와 나비들……, 눈에 들어오는 풍경이 모두 남쪽 그대로였다.

나를 반갑게 맞아준 안내 여인의 수다도 그랬다. "내레 얼마나 애가 탔는지 모르디요. 오시갔다는 날짜는 지나고……. 리 선생님 미남이시구만, 남쪽 여자들이 꽤나 좋아하겠수." 그 여인은 자신을 정영희라고 소개했는데, 나이는 나보다 한 살 아래였다. 나를 오라버니라고 부르겠다기에 "한 살 차이로 늙어가는 처지에 서로 친구하지요"라고 말했고,

조국이 있기에, 그러므로……

결국 '정동무' '이동무' 라고 부르기로 했다.

정동무는 무용을 전공한 사람으로 남편은 연구원이었고, 그들은 연애결혼을 했다고 한다. "지금은 내래 이렇게 절구통같디만, 나도 날씬했디요. 우리 집 세대주(남편)가 이웃집에 살았는데, 나를 꽤 좋아했디요." 그들은 부모님의 눈치를 봐가며 '사랑놀이를 했고' 결국 성공했다고 한다. 정동무는 시집살이 설움이 많았다는 이야기도 덧붙였다. "시아마니가 강해디니 내래 더 강해디두만. 두 방에서 여덟 식구가 살았는데, 남편은 돈 몇 푼 던져주고 살으라고 기리두만요. 배는 불러오디……. 남자들은 다 기리두만. 기린데, 시아마니 돌아가신 후에는 싹 달라디두만요."

모란봉 산책길 옆에서 음식을 늘어놓고 '쐬주병'을 까고 있는 젊은이들, 공원나무 그늘 아래에서 한가로이 이야기하고 있는 나들이 가족들, 날이 어두워지면서 대동강변 부벽루를 산보하는 젊은 연인들, 무엇인가 열심히 지껄이고 낄낄대며 학교에 가는 여학생들, 무슨 일인지 고래고래 소리 지르며 싸우는 사람들……. 그들이 살아가는 모습도 우리네와 똑같았다.

남한에서 괴로군으로 불리는 젊은 군인들도 모란봉에서 만났다. 대학에 다니다 왔다는 그는 좋은 아내감을 고르려면 군대부터 다녀와야 한다는 사회통념 때문에 군에 입대했다고 말했다. 같은 (남쪽) 동포에게 총부리를 겨누는 심정이 안타깝다는 말도 덧붙였다. 그들은 여학생 한 명이 낀 재학생 친구들과 점심을 먹고 있었다.

뭐니 뭐니 해도 평양의 음식 맛은 일품이었다. 냉면 한 그릇을 순식간에 해치우고, 남쪽의 소주와 비슷한 백로주 한 잔을 곁들이는 맛은 기똥맥혔다('기똥차다'의 북한말). 달고 맛있다고 해서 보신탕을 '단고기'라고 부르는데, 통일로에 자리 잡은 한 단고기집은 1000석의 좌석을 갖추고 하루에도 100마리씩 요리한다고 했다. 자리를 함께 한 정동무는 단고기를 먹을 줄 몰랐지만 "부인한테 돌아갈 날이 멀었는데, 이렇게 단고기를 드시고 어떻칼라구 기래요"라고 농담을 던졌다. "동무가 책임져야지요"라고 농담을 받아치면서 우리는 한참이나 즐거운 시간을 가졌다.

음식을 먹은 뒤 으레 2차를 가는 것도 우리와 비슷했다. 식당 옆에 자리 잡은 '화면 음악 반주장'(노래방의 북한말)에 갔다. 나는 목청껏 노래를 불렀다. 〈노들강변〉, 〈고향의 봄〉, 〈아침이슬〉, 〈봉선화〉, 〈동무생각〉……. 우리 일행은 노래를 부르면서 서로의 가슴을 데웠다(해방 전에 작곡된 노래만 있었다. 해방 이후의 남한 노래들은 금지곡이기 때문이다. 다만 남한 젊은이들이 데모할 때 흔히 불렀던 〈아침이슬〉은 예외였다).

비록 짧은 일주일간의 평양 방문이었지만, 나는 북녘 땅도 '머리에 뿔난 사람들'이 아니라 우리처럼 '보통사람이 살고 있는 곳'이라는 사실을 확인했다. 평양의 한 간부 공무원이 나의 방북 소감을 물었다. "북쪽이 이미 개방의 길로 들어섰음을 알게 되었다. 앞으로 국내외 동포 경제인이 서로 협력을 강화해간다면 통일이 멀지 않을 것 같다"고 말했다. 나와 만난 북한의 ○○무역상사 J사장은 김일성대학 출신의 총명한 40대 젊은 무역인이었는데, 우리는 의기투합해 북쪽의 경제 발전을 위해 함께 노력하자고 다짐했다.

방북을 마치고 돌아오면서 중국 연변에 거주하는 친구에게 밀가루 10톤을 구입해 북한에 보내도록 주선했다. 당시 북한은 식량 사정이 좋지 않아 평양의 공산당원들조차 힘든 나날을 보내고 있었다.

22

카르사이의 교회와
그리스도의 교회

그리스도 교회의 신자라면 이웃과 세상을 바라보는 시각부터 욕심쟁이들과 달라야 한다.

　　　　　1996년 9월 평양을 방문 중이던 어느 일요일, 가톨릭 신자로서 '장충성당'을 찾은 적이 있다(평양에 개신교회당으로는 '봉수교회'가 있다). 사제가 없기 때문에 평신도끼리 모여서 '공소예절'(신부가 없는 교회에서 로마 교황청이 구체적으로 명시한 절차에 따라 평신도들 스스로가 하느님께 드리는 일요 예절)을 바치고 있었다. 크지도 작지도 않은 아담한 성당 건물에 100여 명의 신자들이 바치는 성가와 기도는 참으로 진지했다.

　'제1독서'에 이어 '제2독서', 그리고 '복음말씀'을 낭독하는 순간, 나는 하느님이 이분들과 함께 계시다는 생각이 들었다. 가짜 교회면 어떻고, 가짜 신자들이면 어떠냐는 생각도 들었다. 그들은 분명히 하느님의 거룩한 말씀을 하나도 빼놓지 않고 경청하는 듯 보였다. 그리고 그분들과 함께 '사도신경'을 큰 소리로 바쳤다. "전능하신 천주 성부, 천지의 창조주를 믿으며, (중략) 죄의 사함과 육신의 부활을 믿으며, 영원히 삶을 믿나이다." 다 함께 '당신을 믿는다'는 것을 기도로 바쳤을 때 나도 모르게 눈물이 핑 돌았다.

예배를 마친 뒤 모든 신자들과 함께 성당 앞에서 기념사진을 찍었다. 비록 깡마른 얼굴들이었지만, 눈빛만은 빛났다. 그것은 희망을 꿈꾸는 청년의 눈빛이었다. 당시 57세가 되도록 신부의 꿈을 버리지 않고 독신으로 살면서 신앙을 지켜온 차성근 평신도 회장과 인터뷰도 가졌다. 성당 옆에는 '천주교중앙위원회' 건물이 자리 잡고 있었으며, 신자들의 힘으로 2층짜리 '사제관'까지 지어 놓고 미래에 대비하고 있었다.

7명의 전문위원들이 풀타임으로 성당을 위해 일하고 있었으며, 당시까지 구신자(해방 전 세례자들) 800여 명의 신원을 확보했다는 이야기도 전해 들었다. 그리고 밭과 비닐하우스에서 사철 내내 채소나 꽃을 재배하고 판매해, 그 수익금으로 신앙 활동을 이어간다는 계획도 추진 중이었다.

나는 차 회장이 공산주의 체제하에서도 50년간 굳건히 신앙을 지켜왔다는 사실에 감동했다. 동시에, 일반 시민도 마찬가지일 것이라는 생각을 했다. 어떠한 어려움 속에서도 그들이 갖고 있는 아름다운 인간성만은 지켜왔을 것이라고 믿었다. 평양에 사는 일반 시민들의 마음도 확인할 수 있었다. 정치적 측면을 접고 말한다면, 그들은 인간적인 따뜻한 마음을 간직하고 있었다. '머리에 뿔이 달린 사람들'이 아니라 우리와 똑같이 이웃의 딱한 처지를 보고 지나치지 않으려는 동정심을 갖고 있었다. 그리고 하느님께서 주신 아름다운 인간성을 잃지 않으려는 '사람들이 살고 있었다'.

이런 북한의 평범하고 착한 시민 동포들을 두고, 당시 남한에서는 성직자들이나 신앙인조차도 그들을 카이사르의 눈으로 노려보고 있었다. 예수를 십자가에 못 박아 처형한 그 무서운 정치적인 눈 말이다. 평양을 방문하고 돌아오는 길에 서울에 들른 나는 이를 확인할 수 있었다. 마침 일요일이어서 어느 성당에서 미사참례를 한 뒤 신부와 자연스럽게 평양 성당 이야기를 나누었다. 그 신부는 "나는 북한 동포를 도와주는 것에 반대입니다"라고 단호하게 말했다. 그래서 더 이상 대화를 나누지 못했다. 그런 사람과 무슨 이야기를 나눌 수 있겠는가. 그리고 참으로 슬픈 마음을 안고 미국으로 돌아왔다. 다음의 글은 그때의 속마음을 비행기 안에서 시 형식을 빌려 적어본 것이다.

"사형수의 어머니 마음으로 / 세상을 바라볼 수 있으면 좋으련만 / 서울서 만난 어느 성직자는 북녘 동포에 밀가루 좀 도와주자는 것도 / 반대라는 것 / 세속 정치에 물들고 / 자기 치장에 바쁜 / 성직자들은 정치꾼들을 닮아가고 / 끼리끼리 사교하며 / 자기 몫 찾기에 바쁜 / 신자들은 / 십자가를 몸치장 액세서리로 달고 다니고 / 자기 살점 떼어주며 / 조건 없는 사랑을 나누어야 할 / 오늘의 교회는 / 수많은 사람들이 굶어 죽고 있다는 / 겨레의 반쪽을 바라보면서도 / 오로지 제 몸 살찌기에 바쁘다."

써놓고 보니 직설적이라는 느낌이 들었지만, 교회 단체가 세속 정치

집단이나 이권 단체와 다른 점은 세상을 정치적 눈이 아닌, 그리스도적인 사랑의 눈으로 바라본다는 것이다. 이 세상에는 전혀 다른 두 개의 교회가 있다는 페니 러녹스 기자의 말은 틀리지 않다. "권력이 있고 부유한 카이사르의 교회와 사랑이 넘치고 가난하며 영적으로 부유한 그리스도의 교회"가 바로 그것이다. 우리는 과연 어느 교회에 속하는지 각자 한 번씩 생각해봤으면 좋겠다.

자기가 카이사르 교회의 신자가 아니고 그리스도 교회의 신자라면 이웃과 세상을 바라보는 시각부터 속세의 욕심쟁이들과 달라야 한다. 자식이 아무리 미워도 맛있는 음식을 만들어주고 싶고, 죄 많은 자식을 따뜻한 모정으로 껴안아주려는 사형수 어머니의 마음을 교회와 신앙인들이 닮았으면 좋겠다. 물론 북한 동포들에게 그리스도의 빛과 희망을 보여주는 일에 참여하는 것도 당연히 포함된다

23

나의 조국은 어디인가

미국 시민권을 갖고 살아가지만 적어도 나의 조국은 대한민국이다.

독일에 거주하는 송두율 교수 문제로 국내 정치권이 떠들썩해지면서 국민의 이목이 집중된 바 있다. 당시 나는 지나치게 정치적이고 정략적인 일부 한국 주류 신문들이 호기를 만난 듯 매카시즘의 기름을 붓고, 이념과 색깔 논쟁으로 국민적 감정을 부추긴 상황을 비판하기도 했다.

"김일성에 충성맹서를 했다" "북한 정권으로부터 돈을 받았다" "노동당에 가입했다"는 국정원의 표면적 수사 결과만 놓고 기사를 써대는 신문기자들이 한심스러웠다. 이런 일은 무엇보다도 그 이면을 심도 있게 꿰뚫어 보아야 하는데, 언론의 경망스러운 태도도 문제였지만, 북한에 대한 이해와 무지가 더 큰 문제로 보였다.

북한 땅을 한 번이라도 밟아본 사람이라면 북한 공무원들은 물론, 일반 인민들의 행태를 금방 알 수 있다. 틈만 있으면 '미국놈들 앞에 굴복하지 않는 조국(북한)'에 대한 자랑과 자부심, 주체사상의 핵심을 늘어 놓는다. 그리고 이는 그들에게 아주 자연스러운 일상의 모습이며, 가식 이나 정치적 선전 목적만이 아닌 진심이라는 것을 알 수 있다.

예를 들어, 대구 하계 유니버시아드 대회에서 "장군님의 품으로 빨리 돌아가고 싶다"고 말한 북한 선수단의 모습을 한국 신문들이 빈정거리 는 것을 보았는데, 북한을 좀 더 깊이 아는 사람이라면 그렇게 쓰지 않 았을 것이다. 북한 주민 가운데 최소 60세 이하는 공산주의 치하에서 태 어나서 자란 사람들이며, 유치원 때부터 먹여주고 재워주고 공부시켜 준 주석님과 장군님은 어버이와 마찬가지인 셈이다.

1996년 평양을 방문했을 때 일주일간 필자를 안내한 40대 초반의 여 성 동무에게서 이런 점을 확실히 느낄 수 있었다. "우리 수령님께서 살 아계셨으면……"이라고 말문을 열며 눈물을 글썽이는 모습을 봤는데, 이런 모습이 그녀의 진심이라고 믿지 않을 수 없었다. 마치 우리가 맛있 는 음식을 먹을 때 돌아가신 부모님을 생각하면서 "부친께서 살아계셨 으면……"이라며 눈물을 흘리는 경우와 같았다.

북한을 방문한 사람은 이런 분위기에서 누구나 북한 주민의 진심을 외면할 수 없다. 그래서 아무리 어색하게 보여도 방문객으로서 최대한 예의를 지키게 된다. 더구나 '조국(북한)을 방문한 손님'을 대하는 그들 의 몸가짐은 참으로 진지하기만 하다. 따라서 방문객 처지에서는 손님 을 극진히 접대하는 그들에게 그들이 원하는 대로 해줄 수밖에 없는 것 이다.

예를 들면 이렇다. 방북자는 먼저 김일성 주석의 동상 앞에 꽃을 바쳐야 하고, 김 주석의 시신이 모셔져 있는 주석궁 사지를 한 바퀴 돌면서 묵례를 4번 올려야 한다. 이런 절차는 손님으로서 갖춰야 할 예의이며 통과 의례일 뿐이다. 그것은 결코 '충성맹서'가 아니다.

송 교수가 북한으로부터 돈을 받은 것과 노동당에 가입한 것도 따지고 보면, 학자로서 북한 사회에 대한 호기심 때문에 다음 방북을 위해 어쩔 수 없이 거쳐야 하는 통과 절차였을지도 모른다. 혹은 북한 정부가 해외에 거주하는 유명 학자인 그를 이용하기 위해 교묘한 방법으로 연구비를 주었을 수도 있다.

그렇다면 당시 '빨갱이'로 알려졌던 소위 '해외민주인사' 60여 명을 면죄해주고 조국을 방문하도록 허락했던 상황에서 송 교수에게만 용공의 덫을 씌웠다는 것은 어불성설이다. 모르긴 몰라도 그 60여 명도 송 교수처럼 북한을 방문하는 동안 그런 통과 절차를 밟았을 테고, 때로는 북한 정권이 부탁한 일을 처리하기 위해 돈도 받았을 것이다. 그렇다면 그들도 송 교수처럼 조사하고 난리 법석을 떨었어야 하지 않는가.

당시 나는 송 교수 사건의 핵심은 다른 데 있다고 생각했다. 그것은 조국에 대한 정체성(Identity)의 문제이다. 송 교수가 "경계인으로 살았다"고 했는데 그의 조국은 과연 어디였을까?

나로 말하면, 미국 시민권을 갖고 살아가지만 적어도 나의 조국은 대한민국이며, 나를 지금까지 키워주고 공부시켜준 아버지의 나라라는 사실, 그래서 대한민국에 해가 되는 일은 결코 할 수 없는 처지다.

조국이 있기에, 그러므로……

송 교수가 분명히 밝혀야 할 점은 바로 그것이다. 당신의 조국은 어디인가? 당신은 조국을 배반한 적이 있는가? 있다면 솔직히 반성하고 다시 조국의 품으로 돌아오라는 것이다.

송 교수는 통일 독일 이전부터 독일에서 살았으니 그 누구보다 자신이 더 잘 알 것이다. 당시 서독 정부는 조국 서독에 대한 정체성이 확실하지 않은 사람에게는 국가 말단 공무원 자리도 주지 않았다. 그런 기준으로 보면, 송 교수가 독일에서 남한의 군사 독재체제에 정치적으로 반대한 것은 용납할 수 있을지 몰라도, 혹시 남한 안보는 물론 경제나 사회 발전에 방해되는 일을 했거나 조국을 배반한 일을 했다면 지금이라도 조국 앞에 용서를 빌어야 한다고 생각한다.

현 시대도 마찬가지다. 남북이 화해하자고 한 마당이지만, 남한 땅에서 태어나 자라고 공부한 사람에게는 남한, 대한민국이 조국이다. 지금의 북한 체제는 통일 당사자로서 심정적인 포용의 대상일 뿐이다. 만약 전쟁이 일어난다고 가정해보라. 어느 편에든 서야 할 것이 아니겠는가.

24

옌지 땅을 밟다

언어가 곧 문화라면 언어를 잃은 사람은 자기 정체성을 잃은 유랑민과도 같다.

　　몇 년 전 중국 연변자치주 옌지(延吉)시를 방문한 적이 있다. 중국 속의 한국으로 알려진 옌지, 공항에서 내려 호텔까지 가는 도로변의 풍경이 이국 같지 않았다. 모든 간판이 한글과 한자 병기로 되어 있었기 때문이다. 그것도 한글이 먼저이고 한자가 뒤로, 자치주 조례에 따른 것이라고 한다. 또한 한족과 조선족이 함께 사는 도시지만, 대부분 한국말이 통해 불편함이 전혀 없었다. 그리고 오래전부터 형님 동생하며 지내온 K가 옌지에 오면 3대 명물인 보신탕, 국수, 찰떡은 맛보아야 한다면서 보신탕집에 먼저 데려갔는데, 서울 어느 뒷골목 식당에 온 기분이었다.

　　당시 방문 목적은 옌지시가 주최하는 산업박람회를 참관하는 것이었다. 하지만 박람회 자체보다 박람회를 위한 부대행사가 훨씬 더 돋보였다. 박람회 전날, 한국과 미국에서 온 동포 사업가들을 비롯해 현지 사업가들이 함께 한 디너파티는 귀한 중국 술과 한식으로 차려졌고, 옌지 시장은 한국말로 환영 인사를 했다. 이국에서 우리 음식, 우리말로 가진 행사에 참여하면서 '핏줄' '문화' 라는 단어들이 떠올라 가슴이 뭉클했다.

그런데 다음 날 아침 박람회 개막식 행사가 나를 흥분시켰다. 박람회장 앞 대광장에서 펼쳐진 민속공연, 그리고 옌지시 문화회관이 창작하고 편성했다는 우리 전통 음악이 스피커를 통해 울려 퍼지면서 화려한 한복을 입은 1000여 명의 조선족 어린이들이 벌인 아름다운 매스게임, 수백 명의 아주머니와 할머니들이 공연한 풍물놀이와 탈춤, 건장한 조선족 청년들의 북놀이, 아름다운 조선족 젊은 여인들이 벌인 장구춤…… 참으로 장관(壯觀), 또 장관이었다.

이국땅에 살면서도 우리 것을 부단히 지켜온 그들의 모습에서 민족의 끈질긴 생명력을 엿볼 수 있었다. 그리고 미국에 살고 있는 우리 동포들의 모습이 떠올랐다. 연변 동포들이 수대(代)를 거쳐 오면서도 우리 것에 대한 애착심을 갖고 굳건히 지키고 있는 반면, 미국 동포들은 어떤가? 한국 문화에 대한 애착심은 그렇다 치고 아이들에게 한국말이나 제대로 가르치고 있는가?

물론 이런 것을 두고 '부끄럽다' '창피하다' 고까지는 말할 수 없다. 하지만 겉은 한국인이면서 미국인으로만 살아가는 우리 2세들을 떠올리니 갑자기 측은한 마음이 들었다. 언어가 곧 문화라면 언어를 잃은 사람은 자기 정체성을 잃은 유랑민처럼 어디에도 끼지 못한 채 어정쩡하게 살아갈 수밖에 없지 않을까 하는 생각이 들었기 때문이다.

한국으로 돌아오던 날 아침 연변일보 편집국장을 지낸 바 있는 조선족 S기자와 두어 시간 이야기를 나누었다. 동포 간의 연대, 그리고 연대를 통한 인류 사회 문화와 복지에 대한 민족적 기여, 그리고 이러한 기여가 같은 민족이라는 정체성에서 나온다는 사실……. 나 같은 사람에게는 격에 어울리지 않는 좀 거창한 주제들이 오고갔다.

하지만 할아버지가 중국에 이민 와 이곳에서 태어났다는 S기자와 나는 같은 말로 대화하면서 그 자리에서 형제처럼 친숙해질 수 있었다. 그것은 말과 그 속에 흐르는 문화가 우리 사이에 전류처럼 흘러 자연스럽게 일체감이라는 스파크가 일어났기 때문일 것이다. 말과 문화, 이 얼마나 놀라운 연대 도구인가.

조국이 있기에, 그러므로……

25

밖에서 보는 조국

대담 : 김상기 박사, "문화적 성숙으로 현실 받아들여야"

밖에서 보는 한국은 경제 측면에서 보면 잘나가고 있는 듯하다. 하지만 고국을 방문할 때마다 느끼는 것이지만, 사람들의 표정은 여전히 어둡고 무겁다. 만족감과 행복감보다는 무엇인가에 쫓기듯 자신의 신분 상승을 위해 이미 순위가 매겨진 계단을 밟아 올라가면서 고통스러워하는 것 같다.

국민 모두가 부자는 아니라도 행복하게 살 수 있는 나라가 좋은 나라임에 틀림없다. 그런 나라를 만들려면 어떻게 해야 할까?

재미 철학자 김상기 박사와 밖에서 보는 고국의 모습에 대해 이야기를 나누어 보았다. 김 박사를 중심으로 몇몇 친구들이 주기적으로 만나, 들려오는 고국 소식에 희로애락을 함께 하면서 친정이 잘살기를 진심으로 응원하고 있다.

한국은 이제 살 만한 나라가 되었습니다. 산업화와 민주화를 초특급으로 이루고, 아직 미흡하긴 하지만 남북한 공존 체제도 웬만큼 가닥을 잡아가고 있는 듯합니다. 이만하면 한겨레의 성공을 자축하는 건배를 올려도 좋을 것 같은데요.

"우리는 복 많은 나라입니다. 우리 조상이 진작부터 피를 잘 섞어놓아 인종이나 부족의 갈등이 생길 여지를 없앴지요. 언어를 잘 순화시켜 훌륭한 나랏말을 함께 쓰게 됐고요. 막강한 외래 종교들을 받아들여 우리 것으로 만드는 과정에서 종교전쟁 같은 것도 치른 적이 없습니다. 천주교 박해가 있었지만, 이는 외세에 대한 배척이었지 종교전쟁과는 거리가 멀었습니다. 요즈음 과격 이슬람의 확산을 보면서 활화산에서 멀리 떨어져 있는 한반도가 오아시스처럼 느껴지더군요."

강대국 틈에 끼어 비극의 역사를 살았다는 통념과는 정반대인 관점이 재미있습니다. 남북문제가 공존의 길로 들어선 것은 사실이고, 지방색도 옅어져 가고 있습니다. 그럼에도 한국 사회 내에서 좌와 우로 갈리는 내부 갈등이 오히려 증폭되고 첨예화되는 현실을 어떻게 봐야 할까요?

"어느 사회든 기득권 세력은 권력, 돈, 사회적 지위를 세습화하려고 전력을 다하는 법입니다. 이 그룹에 들어가지 못하는 사람들은 화가 머리끝까지 나는 것이 인지상정 아닐까요?"

조국이 있기에, 그러므로……

한국 사회의 갈등구조를 좌우익 이념 대결이나 보수 혁신 문제로 보기보다 사회계층 간 알력, 즉 엘리트주의 대 포퓰리즘의 갈등으로 본다는 말씀이군요.

"깨끗하게 개념적으로 처리하기에는 현실이 더 복잡한 법이지요. 그러나 권력과 부의 골품화(骨品化) 현상에 주목하고 있습니다."

좀 더 구체적으로 말씀해주시지요.

"구체적인 진단은 사회과학의 분석을 필요로 하는 만큼 간단히 말할 수 있는 부분이 아닙니다. 다만 한국 현실을 인상적으로 단순화해 만화로 그린다면 해방 후 양반의 후예, 대지주가 주축을 이룬 한민당 세력과 일제강점기에 행정 기술을 배운 관료들이 한국의 지배층이 되었습니다."

6·25전쟁과 토지개혁으로 지주 계급이 몰락하지 않았습니까?

"그래서 관료, 그중에서도 가장 전문화된 특수 관료인 군의 힘이 커지게 된 것이지요. 주로 미군의 조직 관리 기술을 익힌 군이 국가 행정을 장악했고, 이들의 집중 지원에 힘입어 자본가 계급이 최고의 엘리트로 급부상했습니다. 정치에서 군의 힘이 썰물처럼 빠져나가 민주화를 이룩하고 나니, 대자본가가 성골이 됐고 관료조직, 언론, 학계를 주름잡는 지식인 리더가 진골이 된 것이 우리 사회의 현주소입니다."

권력과 부의 세습화 문제를 거론하셨는데, 빈익빈 부익부 문제를 어떻게 해야 할까요?

　"어느 사회든지 일정 수준 이상 발전해 안정기에 접어들면 으레 겪는 문제입니다. 그래서 어떻게 하면 박탈감을 느끼고 분노하는 소외 계층을 다시 생산적인 파워로 만들어 앞으로 나아가게 할 수 있을까라는 점이 모든 사회가 안고 있는 가장 큰 과제이지요."

　결국 교육 문제로 돌아오는군요. 고국에 있는 동포들을 만나보면 무엇보다도 자녀 교육 문제에 절망하고, 정치권의 무능과 무책에 분노하고 있습니다. 이 문제를 어떻게 풀어나가야 할까요?

　"해방 직후 통계가 어느 정도 정확했는지는 모르지만, 구제중학교를 졸업하고, 전문 학교 이상의 학력을 가진 사람이 전국에 2000명 정도 됐다고 합니다. 인구 3000만 명에 고학력자가 2000명이면, 1만 5000여 명에 1명꼴이니 희소가치가 대단했지요. 따라서 교육이 신분 상승으로 바로 이어지는 상태에서 고학력자의 수가 폭발적으로 늘어나는 것은 당연한 현상입니다."

　그렇게 잘나가는 나라에서 많은 국민이 박탈감에 빠져 있고, 많은 젊은 이들 사이에 앞날에 대한 절망감이 팽배해 있습니다. 이들을 위해 정부와 사회가 무엇을 해야 할까요?

　"고속성장 사회에서는 피할 수 없는 일입니다. 정부가 할 일은 소외

계층의 자녀들이 교육 과정에서 탈락되는 것을 막고, 사회의 주류에 언제든 도전할 수 있도록 길을 열어주는 데서 끝나야 합니다."

고학력 포화 상태에서 이를 정책적으로 더 지원한다면 어떻게 될까요?

"한국에 고학력자가 넘쳐난다고 하지만, 적령기 인구의 80%가 대학 교육을 받고 있는 핀란드에 비하면 아직 멀었습니다. 더욱 힘을 쏟아 뜻 있는 사람 모두가 대학 교육을 받을 수 있도록 해야 합니다."

그것은 원칙론이고, 자녀 교육 문제가 사회 전체에 미치는 부정적 영향이 일파만파인 것이 현실입니다. 기러기 아빠, 강남 학군과 부동산, 출산율 저하, 심지어 자녀들의 학원비 마련을 위한 성매매와 탈선행위까지 벌어지고 있습니다. 이것이 교육망국이 아니고 무엇입니까?

"우리가 극단으로 치닫는 경향이 좀 있지요. 그러나 고학력자 수가 너무 늘어나, 그들의 기대치와 고학력 수요 사이에 괴리가 점점 커지는 것은 모든 선진국이 겪고 있는 문제입니다. 그러니 우리만의 비극이라고 하면 엄살이 될 뿐이지요. 현실적으로 접근해야 합니다."

다른 나라에서는 어떻게 대처해왔습니까?

"옛날에는 해외 식민지를 만들어 관료와 지식인을 내보낼 수 있었습니다. 영국, 프랑스, 일본 등이 그랬지요. 우리는 중동, 동남아에 진출했고, 요즈음에는 북미주와 호주에 고학력자들이 많이 이주하고 있습니다. 국내에서 고학력자가 실력에 걸맞은 일을 찾지 못해 사회적 지위가 내려가는 것을 견딜 수 없게 되면 해외 취업 및 사업 확장, 이민에서 돌파구를 찾는 수밖에 없습니다."

조기유학 때문에 생기는 기러기 아빠 문제는 어떻게 보시나요?

"조기유학은 해외 진출의 첨병을 키우는 것이므로 개인적으로 좋게 봅니다. 기러기 아빠의 고달픈 삶에 동정은 가지만, 보람 있는 일이지요. 조선시대에도 양반 수는 늘어나는데 벼슬자리는 한정되어 있어 치열한 당쟁의 원인이 되었습니다. 앞이 안 보이는 나라를 박차고 나와 세계로 진출하려고 몸부림치는 요즈음의 동포는 훌륭합니다."

하지만 그것이 문제 해결 방법이 될 수 있을까요?

"해외 진출에는 물론 한계가 있습니다. 고학력자가 특권과 지위를 계속 누리는 것이 불가능하다는 현실을 직시해야 하지요. 국가와 사회를 아무리 탓해봐야 공급과 수요의 법칙이 바뀔 수는 없으니까요. 무슨 수를 써서라도 나만은, 내 자식만은 예외가 되어야 한다며 모두들 기를 쓴다면 나라가 어떻게 되겠습니까? 미국의 젊은이들은 부모 세대만큼 사회적 지위와 부를 누릴 수 없게 된 현실을 냉정하게 받아들이는 태도를 보이고 있습니다. 우리도 고통스럽지만 좌절감에 빠지지 말고 분을 삭이면서 내면적으로 성숙해지는 노력을 하는 수밖에 없지요. 삶의 뜻과 기쁨이 부귀영화 속에 있다는 유치한 발상을 넘어서야 합니다."

조국이 있기에, 그러므로……

중앙집권적 관료 국가에서 수백 년 동안 살아온 사람들에게 자식이 남에게 존경받는 출세의 길, 용꿈을 버리라는 이야기인데, 차라리 머리 깎고 불가에 입문하라는 말처럼 들립니다.

(웃음) "그러나 어쩌겠습니까. 먼저 부모가 꿈에서 깨어나야 합니다. 실용적이고 현실에 맞는 교육으로 바꿔 나가면서 우리 각자의 인생관을 변화시키는 수밖에 없지요. 뉴욕 맨해튼에 가면 많은 여비서들은 음악가이고, 웨이터들은 화가이거나 배우 지망생입니다. 당장의 신분이나 수입에 연연하지 않고 평생 이상을 추구하는 이들이 아름답다고 생각합니다. 그중 몇 명은 대성해 세계의 은막과 무대를 정복하겠지요."

어둡고 절망적인 여건을 미화하면 젊은이들에게 돈키호테라고 욕먹습니다.

"한국식 절망은 다이내믹한 절망이기 때문에 달리 봐야 합니다. 열 살 먹은 철부지를 수만 리 타향에 유학 보내는 것은 교육성과를 별도로 치고라도, 엄청난 용기요 결단이 아닐까요?"

사무엘 헌팅턴은 최근 "한반도는 이데올로기가 쇠퇴하고 문화 영향력이 커지는 대표적인 사례"라고 주장한 바 있습니다. 하지만 분단과 이념 대립이 아직도 사회의 큰 문제로 지적되고 있지 않습니까?

"공산주의가 망가지면서 이념 대립은 희석되었습니다. 나는 바둑을

둘 줄 모르지만, 대세는 정해졌고 노병들이 끝내기에 열중하고 있다고 하면 비유가 적절할지 모르겠군요. 현재의 불편한 남북 공존이 진정한 평화 공존, 그리고 민족 화해의 큰길로 나아가는 것이 대세입니다."

동감입니다. 남북문제는 시간이 가면서 점차 해결될 것으로 보입니다. 그러나 강대국들과의 관계는 앞으로 간단하지 않을 듯한데요. 대륙 세력과 해양 세력이 부딪치는 한반도의 지정학적 위치에서 우리가 가야 할 길은 무엇입니까?

"중국이 무서운지 모르는 인사들을 나는 모두 정박아들로 보고 있습니다. 앞으로 매국노들이 중국을 짝사랑하는 모화주의자 중에서 나올 테니 두고 보세요. 중국은 고구려가 옛날 중국의 일부였다는 주장으로 본색을 슬슬 드러내기 시작했습니다. 살수, 즉 대동강 이북은 모두 자기 땅이라는 이야기인데요, 우리로서는 결코 용납할 수 없는 흑심을 내비친 것입니다."

중국을 견제할 수 있는 나라는 미국밖에 없다고 보는데, 반미를 무슨 민족주의자의 훈장처럼 내걸고 설치는 사람들이 있습니다.

"한국에게 미국보다 중대한 동맹국은 없습니다. 그러나 미국은 한국과 운명을 함께하는 것과는 무관한 나라입니다. 필리핀의 수빅만에서 기지를 철수했듯이, 세계정세가 변하면 언제든 한반도에서 떠날 수 있는 나라이지요. 우리와 순치(脣齒) 관계에 있는 나라는 일본이므로, 중

조국이 있기에, 그러므로……

국과의 관계에서 일본과 한국의 관계를 더 중시해야 한다고 봅니다. 중국이 초강대국이 되어 우리를 지배하려 들 것은 시간문제이므로, 이에 대비해야 하지요."

그렇다면 일본과 군사동맹을 맺어야 하나요?

"쓸데없이 중국을 자극할 필요는 없지만 일본을 위시해 러시아, 인도, 베트남과 꾸준히 물밑 접촉을 하면서 전략을 짜나가야 합니다. 그리고 꼭 중국을 의식해서가 아니라, 기본적으로 한국이 군사력을 키우는 데 전력을 기울여야 합니다. 특히 첨단무기에 대한 연구와 개발에 국력을 집중해야 하지요. 미국이 한국에서 떠나는 상황을 생각하는 사람이 많지 않은 것 같은데, 그 점이 걱정입니다."

세계화를 어떻게 보시나요? 한국이 가야 할 세계화는 무엇입니까?

"세계화는 선택할 수 있는 사안이 아닙니다. 특히 세계화 물결을 타고 산업국가로 발전한 한국으로서는 거역할 수 없는 대세이지요."

민족주의자, 경제 주권론자들은 세계화를 저주하면서 앙앙불락하고 있지 않습니까?

"1997년 우리는 세계화가 얼마나 무서운 함정을 파놓고 있는지를 뼈아프게 체험했습니다. 그러나 이 과정에서 나라가 성숙해지고 강해진 것 또한 사실이지요. 이제 세계화의 길을 계속 가면서 북한을 함께 데려

갈 방도를 찾아야 합니다. 북한은 교육 수준이 높은 질 좋은 노동력을 갖추고 있으므로, 남한의 기술과 자본 경영 마인드를 접목시키면 한민족이 큰 도약을 이룰 수 있을 것입니다. 그런데 일이 자꾸 꼬이기만 해서 답답할 뿐이지요. 개인적으로, 북한 지도부의 정치력을 형편없이 낮게 평가합니다."

한국 사회를 지나치게 낙관하고 있다는 인상을 받았습니다. 고국에 있는 동포들이 교수님의 이야기를 듣는다면 강 건너 불구경하듯 태연하다고 화낼지도 모릅니다.

"화내는 사람, 비웃는 사람, 욕하는 사람 등 여러 반응이 있겠지요. 나도 고국 동포들의 일상생활 감각이 어떤지 알고 싶기 때문에 이번에 방한해 한 달쯤 머물면서 직접 보고 배울 생각입니다. 하루하루 짜증나는 일, 화나는 일을 겪으면서 살아가는 동포 이야기를 귀담아 들으면 현실 감각이 어느 정도 돌아오겠지요. 숲을 보는 나의 눈이 바뀌지는 않겠지만, 하나하나의 나무를 살피는 정성을 들이지 않으면 스케일만 컸지 알맹이가 없는 시국관에 빠지게 됩니다."

※ 김상기 교수 : 73세, 서울대 철학과 졸업, 중앙일보 기자 역임, 뉴욕대학 철학 박사, 남일리노이대학 철학 교수 은퇴

조국이 있기에, 그러므로……

꽃씨 뿌리는 마음으로

초판 1쇄 인쇄	2010년 10월 15일
초판 1쇄 발행	2010년 10월 20일
지은이	이계송
펴낸이	신성모
펴낸곳	북&월드
등록	2000년 11월 23일 제10-2073
주소	서울시 마포구 서교동 449-43 국일빌딩 503호
전화	02-326-1013
팩스	02-322-9434, 031-771-9087
이메일	gochr@hanmail.net

ISBN 978-89-90370-77-8   부가기호 03810